だんじりの走る城下町にて

〜一口馬主始めました編〜

前田　守
MAEDA Mamoru

文芸社

だんじりの走る城下町にて◎もくじ

第一章　こまっちゃん、一口馬主を始めてみんか？

「そういや、こまっちゃん、一口馬主って知ってる？」

すべてはやまもっさんのそんな一言から始まった。

「一口馬主ですか？　それなんですの？」

初めて聞く言葉に、飲みかけた生ビールの手を止めた。

やまもっさんは中学、高校の二つ上の先輩で、地元岸和田の建築会社の二代目だ。妙に気が合い、半年に一度のペースで飲んでいる。かれこれ三十年来の付き合いだ。

少し残念そうに、

「やっぱり知らんか。競馬はやるんやっけ？」

「やってた時期はあったんですけど、大負けして、それっきりです」

「やったことはあるんや」

ちょっと嬉しそうなやまもっさんに警戒心を抱く。

「なんですの？」

「別に大したことではないんや。それよりなんで大負けしたん？」

なんとなく腑に落ちないが、とりあえず話し出した。

「思い出したくもない、身も心も懐も寒くなった話ですよ。大学四年生やったかなぁ。毎年十二月にサークルのスキー合宿があったんですけど、その年は雪不足で中止になったので、東京の下宿先で過ごさず帰省することにしたんです。帰省する日に彼女と新宿でランチをして店を出ると雪がちらほら降っていて、空を見上げたらそこにウインズの看板があったんです」

生ビールを飲みほして、お代わりを頼んだ。

「そういや、彼女を競馬場にデートで誘ったら、嫌な顔されたなぁ。なんか彼女の叔父さんが毎週競馬場に通っていたらしく、競馬の印象がすごく悪かったらしいんです。当時、競馬はギャンブルというイメージが強かったから、しかたないといえばしかたないんですけどね」

「まあ、競馬は金をかけるから、しゃあないわな」

やまもっさんが苦笑いしながら、煙草をもみ消した。

「それがオグリキャップのおかげで、彼女の競馬に対するイメージが一変したんですよ」

「おお、オグリキャップか。懐かしいな。あの馬のおかげで、世間のイメージが一変したよな。耳に赤ペン差したおっさんだらけの競馬場に女の子が交じりだしてな。そしたらＪＲＡも競馬場を綺麗にし始めて。ただ、女の子が競馬場におるんは華やかでええんやけど、さみしい気もしたな。なんか自分の居場所がなくなったみたいでな」

やまもっさんが遠い目をした。

「なんとなくわかる気がします。僕はそこまでがっつりはやってなかったんですけど、競馬場はおっさん臭に溢れた、おっさんのための遊び場でしたよね」

なんかしんみりしてしまった。

「で、なんの話でしたっけ」

「なんやったかな」

酔っぱらい同士の会話はえてしてこうなる。

「そや、ランチ食べて店を出たら、そこにウインズがあったというあたりや」

やまもっさんが思い出してくれた。

「ああ、そうでした。そう、彼女とご飯を食べて店を出たら、有馬記念の前日かなんかでえらいＰＲしていたんです。せっかくだから年末最後の運試しをしようとスポーツ新聞を買ったら、トップ記事が『トウカイテイオー大本命！』でした。大本命なら間違いないと彼女の手前ちょっとええかっこして、単勝に大金をぶち込んだんです」

「おお、トウカイテイオー。懐かしいな」

「そうですね。僕が今年四十三歳ですから、二十五年ぐらい前、うわッ、もう四半世紀も前になるんですね」

自分で言った言葉に自分で驚いた。

「もうそないたつか。考えただけでなんやゲー出そうやな」

「ほんまですね。そら僕らも立派なおっさんになってるはずですわ」

学生時代の話なんて、つい先日の話をしている感覚だ。感覚と実際の時間の経過の間にはすごいズレがある。見た目はおっさんだが言葉遣いや関係は昔と変わらないのがおもしろい。

「どこまで話しましたっけ」

酔っぱらいの話はなかなか真っ直ぐには進まない。

「どこまでって、どこまでよ。そう、トウカイテイオーにぶち込んだとこまでや」

思い出せたことに満足そうだ。

「ああ、馬券を買ったとこでしたね。それから彼女に見送られて、気分よく新幹線に乗ったんです。そこまではよかったんです」

「そこまでは?」

「そう、そこまでは」

薄ぼんやりしていた苦い思い出が、少しずつ甦ってくる。

現実逃避とばかりに生ビールをいっきに飲みほし、焼酎の水割りを注文した。

「二つな」

やまもっさんものっかってきた。

「新大阪で新幹線から地下鉄に乗り換えるとき、なにとはなく売店の夕刊紙が目に入ってしまったんが、悪夢の始まりでした」

「ほう」

やまもっさんがこっちを向いた。

「『有馬記念、本命ヒシマサル！』」

少しうつむき加減に吐き出した。

一瞬間があって、

「おお、ヒシマサル。おったおった。騎手は松豊やったかな」

「よう覚えていますね。そう松騎手です。その見出しを見たもんだから、慌てて新聞を買って読んでみると、なんと本紙自信の二重丸になっていました。トウカイテイオーもヒシマサルも共に関西馬なのに、地元の関西ではトウカイテイオーよりヒシマサルの評価が高いことにびっくりしました」

「確かに。地元の評価は気になるな。日頃から調教もしっかり見て比較しとるはずやからな」

やまもっさんが煙草に火をつけながら頷いた。

「けっこうな金額を突っ込んでいただけにショックでした。これはヤバい。外したら洒落にならん。大きなプラスにならなくても、せめてプラマイゼロになるようにはせなあかんと思って、ウインズ難波に慌てて寄ったんです」

「わかるわ。そら不安になるわ。俺なんか今でもそうや。たまに出張で東京に行くんやけど、東京でも競馬場に行きたいから、できるだけ金曜日に予定をいれてな。新大阪でスポーツ新聞を買って新幹線で予想するんや。ほんで土曜日の朝に東京のスポーツ新聞を買って、大阪の新聞と比べるんや。評価が揃ってたら自分の予想に自信が持てるんやけど、たまに評価が全然違うときがあるんよな、これが。そんときは地元にしか伝わってない情報があるんやないかと不安になるもんな」

(それやったら最初から東京で買ったスポーツ新聞で予想すればいいいんじゃないのかな)

ふと疑問に思ったが、そこは触れずにいた。

「やまもっさんもそうですか。あのときはほんまに不安になったんです。これは押さえにヒシマサルからも買っといたほうがいいかもしれん。でも万が一、トウカイテイオーもヒシマサルもこんかったら、こっちで飲みに行くお金も東京に戻るお金もなくなってしまう。どうしよう」

思い出せば思い出すほど、あのときの自分のあほさ加減が嫌になってくる。

「今やったら冷静に行動できたかもしれません。でもあのときは一文無しになることより最低でもチャラにしたいという思いがだんだん強くなってきて、悩んだ挙句、ヒシマサルの単勝を追加で買ったんです。有馬記念で東西の本命の単勝にぶち込むという、実に面白みのないことをしたんですけど、精神的にはなんかホッとして実家に帰ったんです」

となりでやまもっさんが深く頷いた。

「わからんではないなぁ。確かに馬券的には面白味はないけど、東西の本命を買ったんやったら、安心感はあるわな」

「もうそれだけでした。ほんま」

あのときの自分の焦りが甦ってきて、口の中に嫌な苦みが広がった。

それを消そうと焼酎をあおった。

「さあ、次の日ですわ。競馬中継を見ようとリビングに下りてきてテレビをつけると、親父が吸い寄せられるかのように僕の横に座って、『おい、賭けてんか』って。『まあちょっとだけな』と返したんですけど、今まで競馬のケの字も言うたことのない親父がそんなことを言うてきたから、なんか嫌な予感がしたんですよ」

カウンター越しに馴染みの大将がニヤニヤと笑っていた。

「大将、さっきから笑いすぎ」

思わず突っ込んだ。

「いや、ごめんごめん。お詫びに焼酎サービスするわ」

そう言って、なみなみと注がれた焼酎のロックをサービスしてくれた。

「ほんでどうなったんよ。まあ、大勝ちするか、大敗するか、どっちかやな」

やまもっさんが身を乗り出してきた。なんかすごく楽しそうだ。

「後は想像通りですよ」

ニヤつく二人に気が萎えてしまい、あとは端折ってこの話を終えようとした。

しかし、そんなことで止まるやまもっさんではなかった。

「思い出してきたわ。俺も松豊のヒシマサルから流したんや。松豊を信じて。川原のトウカイテイオーが一番人気で、的矢のライスシャワーが二番人気やったかな、確か」

「そうです。よく覚えていますね」

有馬記念とはいえ、大昔のレースの人気順まで覚えていることに驚いた。

「ゲートが開くと、トウカイテイオーは出足がつかずに最後尾で、確か山本のメジロパーマーが逃げたんや。一周目のスタンド前ではちょっと差ができて、メジロパーマーともう一頭の二頭で大逃げっぽくなってんな。なんちゅう馬やったかな、えーと」

「ダイタクヘリオスです」

悔しいけど、このレースのことだけは今でも鮮明に覚えている。

「そう、ダイタクヘリオス。せーかいや。ほんで、ペースが落ち着いて」

右手の人差し指をおでこに当てて話し出した。

「めちゃめちゃうしろの方にトウカイテイオーもヒシマサルもおってな。まあ、ヒシマサルの松豊は川原のトウカイテイオーをマークするから、トウカイテイオーのうしろにおるんはしゃあないけど、二人とも本音はもう少し前でレースを進めたかったんちゃうかな」

やまもっさんの記憶力は相変わらずすごい。

「トウカイテイオーの出足がつかなかったのが痛かったですよね。両馬に賭けていた僕としてはもうドキドキで」

「わかる。わかるよ」

やまもっさんが何度も頷いた。

「四コーナーを回って、さあ直線ッ」

「うしろからくる馬が外いっぱいに広がって、一斉に前に迫ってくる」

僕の声にやまもっさんも続く。

「でも差してくるはずのトウカイテイオーもヒシマサルも差してこない。『こいッ、こいッ』と必死で応援したんですけど、結局最後まで差してこないままゴール」

両手を広げた。

「そうやった。俺も正月資金が一瞬で消えて頭抱えたわ。でも、このときのメジロパーマーは天晴れ、よう逃げよったよ。腹立ったけど。猛追してきたレガシーワールドをハナ差かクビ差ぐらいで逃げきったもんな」

「あのときは親父の横で頭まっ白でした」

「それが競馬やからな」

やまもっさんがぽつりと言った。

「親父も僕の姿を見るに見かねたんでしょうね。何にも言わずに離れていきました……」

やまもっさんに肩をポンポンと叩かれた。


「あれ、なんの話から、僕が大負けした話になったんでしたっけ？」

酔っぱらうと話の流れがわからなくなる。

「なんやっけな？　そう、競馬はやったことあるかという話や。いや、実はな、俺馬主なんやけど、一口馬主もやってて、こまっちゃん興味ないかなぁと思ってな」

「馬主？　ですか」聞きなれない言葉に酔いも手伝って、ピンとこなかった。

（馬主……、馬主……、馬主！）

「またまた、僕が馬主になれるわけないやないですか」

からかわれたと思った。確か馬主はお金持ちしかなれないはずだ。

「いやいや、そうでもないんや。こまっちゃんなら馬主もなれるやろうけど、いきなり馬主やと訳がわからん過ぎてあれやから、まずは一口馬主をせんかなぁと思ってな。一口馬主、聞いたことない？」

「一口馬主ですか？　うーん、聞いたことないですね」

働かない頭で懸命に思い出そうとしたものの、そんなワードはまったく浮かんでこなかった。今は競馬をするといっても、年に数回、付き合いで馬券を買う程度なのだ。

「簡単に言うと、普通の馬主は馬を一頭まるまる買うんやけど、一口馬主は一頭を四〇人や四〇〇人で買うんや」

「はあ」

馬主のインパクトが大きすぎて言葉が頭に入ってこなかった。

「例えば四〇〇〇万円する馬がおるとするやろ。それを一人で買うと、四〇〇〇万円の金が必要となる。でも、そんな金、簡単に用意できる人はそないにおらんやん」

「えッ、馬一頭で四〇〇〇万円もするんですか！」

馬の金額に驚いた。

「まあ、四〇〇〇万円は例えやけどな」

「そら、そうですよね。そんな金額、ポンと出せるんはアラブの王子様ぐらいちゃいますか」

ワハハッ……。

「お、せーかいや。ようわかったな。ドバイの王族が世界中で馬を所有してて、日本でもかなりの頭数を走らせてるよ」

「ええッ、マジですか。冗談のつもりで言うたのに……。なんかすごい世界ですね」

焼酎グラスをテーブルに置いて、頭を振った。話の内容が現実離れしすぎていて、実感が湧かなかった。

「馬主やからというて、みんながみんなそうではないんよ。そんな大金で馬が買える馬主は少数で、俺みたいになんとか年に一頭買えるかどうかという弱小の馬主がほとんどなんよ」

「弱小って。馬主にそんな人おるんですか。馬主ってみんな大金持ちのイメージですよ」

大金持ちで弱小と言われても、いまいちピンとこなかった。

(ん、待てよ。弱小の馬主？　やまもっさんが？　ええッ)

「サラッと言いましたけど、やまもっさん、馬主なんですか！　マジですか。すげーな」

椅子の背もたれにもたれかかり、ふーと大きく息をついた。

やまもっさんが苦笑いしている。

「昔の馬主さんはそうやったかもしれんけど、今は馬主資格の要件が緩和されて、昔ほど金持ちやないとなれんというわけでもないんや。俺でもなれたぐらいやからな」

やまもっさんが自虐ぎみに言った。

「というても、簡単になれるもんじゃないでしょう」

資格が緩和されていようがいまいが、馬主のインパクトはでかい。

驚きからまだ立ち直れないでいると、ガラガラッと店のドアが開いて、お客さんが入ってきた。

「こんばんは」何人かの声がした。

知り合いかと思って振り返ったが、しらん顔だった。

「おう」隣でやまもっさんが返した。

「うちの青年団や」

地元で飲んでいるときのあるあるだ。

僕もやまもっさんも、大阪泉州は岸和田に生まれ、人生の大部分を祭りにかけて生きている。テレビで取り上げられて一躍全国的に有名になった「岸和田だんじり祭」である。十月から始まり九月で終わるという全国的には珍しいカレンダーがあるところだ。

岸和田市は大阪府の南部にある都市で、大阪都市部からは電車でも車でも一時間以内とアクセスはよく、関西国際空港からも同じく三〇分もかからない便利な都市だ。眼前には豊かな海が広がり、府内屈指の漁獲量を誇るとともに、山間部では桃やみかんの栽培が盛んだ。

祭りの時期を除けば、人口約十九万人のある意味どこにでもある地方都市だが、残念なことに、方言である岸和田弁は他の方言に比べて多少きつく聞こえることがある。そのため要らぬ誤解を招きやすいが、腹に一物はなく裏表がない人が多い、人情味溢れる土地柄である。祭りの話以外では。

赤ちょうちんの暖簾をくぐれば、「兄ちゃんら、どっから来たんな？」と気さくに⁉話しかけ、気が合うと、「おう、この子らにビール出したって」となる気のいいおっさんもいる。ただし、下手に知っている町を褒めると、「おっさんの町以外を褒める＝自分の町が貶された」と空気が一変することがあるので注意が必要だ。

時は元禄十六年、赤穂浪士による吉良邸討ち入りの翌年、岸和田藩主岡部長泰公が京都伏見稲荷を城内三の丸に勧請《かんじょう》し、五穀豊穣を祈願したのが「岸和田だんじり祭」の起源とされている。

それから現在に至るまで、疫病や戦争で曳行《えいこう》できなかった年もあったが、代々受け継がれてきた。「仕事より祭りを優先するのは当たり前、祭りで死ねたら本望や」と嘘か真か平気でそんなことを口にする人もいる。

岸和田では町ごとにだんじりを所有している。

やまもっさんとは同じ中学出身だが住んでいる町が違うので、一緒に祭りをしたことはなかった。現在、僕もやまもっさんも、それぞれの町で若頭という祭礼団体の組織に属している。

祭礼団体は年齢の若い方から順に、青年団、組、若頭、世話人と大きく四つの組織に分かれている。

青年団は高校生から二十七、八歳までの青年の組織で、だんじりを綱で曳くとともにだんじりの鳴り物を担当する。

組は青年団と若頭の間の年齢の団体で、だんじりのうしろで舵をとる後梃子《うしろでこ》と、だんじりの上で指示を出す大工方を担当し、町ごとに参拾《さんじゅう》人組や拾伍《じゅうご》人組のように呼ばれている。

若頭は三十八歳ぐらいから四十九歳ぐらいのおっさんが所属する祭礼団体だ。若頭は所謂「若いもの頭」で、青年団と組を下部組織に持ち、取りまとめをするとともに、だんじりのブレーキ係である前梃子《まえてこ》を担当する。

僕もやまもっさんも、それぞれの町で前梃子を務めている。さらにやまもっさんは今年、前梃子を束ねる前梃子責任者だ。

若頭は「若いもの頭」だけに、年齢的にも落ち着いていて、なだめ役に回ることが多いと思われがちだ。だが実際には、昔やんちゃしてたもんが年と共に丸くなる、とは限らないのが岸和田の面白いところだ。日ごろは物静かなどこにでもいるおっさんが、こと祭りになると、血の気の多いおっさんに大変身する。もしかすると祭礼四団体で一番うるさい団体かもしれない。

そして世話人は町のお歴々が属する組織で、町を代表し、だんじり曳行の責任者を輩出する祭りに関する最高責任者の団体だ。


田舎の年功序列制度は、時代を経て人が変わっても変わらない。

「大将、青年団とこに瓶ビール二〇本入れといて」

これもあるあるだ。年長者からご馳走になり、年少者にご馳走する。おっさんになってもその関係は変わらない。世話人さんの前では僕ら若頭も「うちの若い子」になる。店のバイトが、ビールケースにキンキンに冷えたビールを入れて運んでいった。


中学で入部したラグビー部のキャプテンがやまもっさんだった。新人だった僕は、毎日鬼のようにしごかれた。新人として二十数人が入部して、最初の夏休みを越えたのは、僕を含めて五人だけだった。

当時、僕の中学は荒れていて、校内暴力は当たり前、近隣の中学の不良とも学校単位でよく揉めていた。他校と揉めると、ラグビー部と野球部の下級生は助っ人として喧嘩に駆り出された。

やまもっさんはめっぽう喧嘩が強かったが、喧嘩にはあまり顔を出さなかった。そのくせ気が向いて顔を出すと、それだけで場を収められる人だった。

喧嘩が好きではなかった僕は、毎回顔を出してくれたらいいのにとずっと思っていた。のちに人伝に聞いた話では、やまもっさんも実は喧嘩が嫌いで見るのも嫌だったらしい。ラグビーの試合での荒々しさを知っているだけに、すごく意外だった。

そのくせ後輩の面倒見は抜群によかった。誰かが相談を持ちかけると、練習終わりに、近所の駄菓子屋でお好み焼きをごちそうしてくれながら話を聞いてくれた。怖かったけど、みんなの頼れる兄貴分だった。

僕はというと、喧嘩が特別強いわけでもなく、どこにでもいる普通の中学生だった。中学時代はただただラグビーに没頭した。練習をさぼらなかったからか、一年生の冬から並み居る先輩を差し置いてフランカーのポジションを勝ち取り、三年間守り通した。

もっとも、やまもっさんのように大阪代表にまではなれなかったが、関西の花園常連校から推薦の話がきたことは、僕の密かな自慢だ。

やまもっさんとは高校も同じで、さらに高校でもラグビー部の先輩、後輩ということもあってか、よく声をかけてもらうようになった。その後、僕が東京の大学に進学したので一時期疎遠になったが、就職で戻ってきたのをきっかけに、ちょくちょく飲みにいくようになった。

「どこまで話したかなぁ。まあ、馬主はなるよりも、馬主を業としてからの方がよっぽど大変なんや。牧場や調教師さんとのお付き合いもあるから気ぃも使うし、動く金額も大きいしな。そこで一口馬主なんよ」

「はぁ、一口馬主ですか」

やまもっさんが少し考えて、

「株式投資と似てるかな。自分で会社を経営すると、いいことも多いけど、嫌な悩みも多いやん。でも会社の株を買うだけやったら、経営者としての苦労はせずに株主として配当はもらえるやん。これと一口馬主は似てるかな。簡単に言うと、細かいめんどくさいことはクラブに任せ、出資した馬を応援して、レースに勝つと配当を受け取るシステムなんよ」

僕も小さいながらも会計事務所を経営しているので、経営者の苦労は理解できた。営業上のこと、人事に関すること、クライアントさんのことなど、これまでの悩みや辛かったことを挙げればきりがない。

「なるほど、一口馬主は株主みたいなもんですか。じゃあ割と権限があるんですね。騎手とか、どのレースに出走させるとか決められるんですか？　でも会社と似ているということは、議決権割合によってということになるんですかね？」

自分が一口馬主になったと仮定して、気になるところが口に出た。

「いや、一口馬主は騎手を決めたり、出走レースを決めたりという、意思決定には口出しはできへんのや。一口馬主は厳密には馬主ではなくて金融商品やからな。そういう意味では投資信託のほうがイメージに近いかもしれん。出資して配当を受け取るだけやからな。ただ、出資馬がレースに勝ったときの『口取り式』には参加できるんよ」

（ん？　『口取り式』？　なんやろう？）

「ああ、『口取り式』って、レースに勝つと馬主さんが馬と記念写真を撮ることをいうんや。一口馬主は正式には馬主ではないから、ほんまは『口取り式』はできへんのやけど、馬主会かＪＲＡかの好意でさせてもらえるんや。たかが写真と思うかもしれんけど、自分の出資馬がレースに勝って一緒に写真を撮ってもらうんは、けっこう嬉しいもんなんやで」

　僕の気配を察してか、やまもっさんが説明してくれた。

「へえー、自分の馬がレースに勝つと写真を撮るんですか。そういえばテレビでもたまに馬と写真を撮っているのを見たことがありますよ。あれがそうですか」

「そうそう、あれや。個人で所有してる馬で大きいレースを勝つのはなかなか難しいけど、クラブの馬やとけっこう勝てたりするんよ」

「それやったら、一口馬主も悪くないですね」

「そやろ」

　やまもっさんがここぞとばかりに身を寄せてきた。

「ところで、こまっちゃん。一口馬主を始めてみんか?」

トイレから戻っても、やまもっさんの言葉がまだよく理解できていなかった。

やまもっさんとは最近ではすっかり気が置けない間柄になってきたとはいえ、そこは先輩、後輩の関係だから、日ごろは酔っぱらいすぎて失礼にならないようにと多少は気にしながら飲んでいる。

ところが今日はほろ酔い気分のところに競馬で大敗した話に熱が入って、ついつい杯を重ねてしまった。おかげで、すっかり出来上がっていた。

こうなると話は聞いているようで聞いていない。

「けっこう面白いんよ」

やまもっさんが何度も同じ言葉を繰り返す。

「一口馬主、ですか?」

そして僕も同じ言葉を繰り返す。

ついに、

「そう。やらんかなーと思ってな。こまっちゃんと飲むと、祭りとかラグビーの話はするけど、競馬の話はほとんどせんかったやろ。どうしても競馬は博打のイメージがあるから、嫌いなもんは徹底的に嫌いやん。だから、もしそうやったらと思ってなかなか話しにくかったんや。せやけど、最近テレビでも競馬のコマーシャルがバンバン流れてるし、有名人でも馬主や一口馬主をしてる人が増えてきて、競馬もだいぶポピュラーになってきたかなぁと思ってな。ほんなら、こまっちゃんと一緒に一口馬主をやりたくなったんや」

照れくさそうにやまもっさんが言った。

さっきからたまに出る妙にやわらかい言葉遣いがゾワッとして気持ち悪い。

「そうやったんですね。いつもよりもなんか妙に丁寧な口調やったから、愛の告白でもされるんかと思いましたよ」

最近ではあまり見かけたことのない妙に真剣なやまもっさんの眼差しに、失礼ながら思わず笑ってしまった。

「笑うことないやんけ」

「そんなこと言うたかって、今日のやまもっさん、ずっとらしくない感じやったんですよ。ねッ、大将」

一人で背負いきれず、大将に話を振った。

大将が笑顔で頷いている。

「お前ら、ええかげんにせいよ」

深刻な話ではなかったので安心したが、やまもっさんの耳が真っ赤になっているのが可笑しかった。

「ほんで、どないよ」

「どないよと言われても、何とも言えんですよ。一口馬主ってよう知らんですもん。でも、せっかくやまもっさんが誘ってくれたんやから、前向きに検討しますよ」

「ほんまか。それは嬉しいな」

やまもっさんが破顔した。道ですれ違ったら間違いなく目を合わさないようにする系統の顔だが、笑うとびっくりするぐらい愛嬌がある。

「いや、前向きに検討するだけですよ。残念ながらすぐに『はい、やりましょう』と言えるほどの小遣いはもらってないんですから」

「そんなもん、わかってる、わかってる。でもやる気になってくれたんならそれでよしや。よっしゃ、次飲むときはパンフレット持ってくるわ」

そう言うと、やまもっさんは焼酎ロックをいっきに飲みほし、おかわりを注文した。

（まったくわかってないやん）

前向きにと言うただけなのに、もうやるんが決まったかのように喜んでいる。

そんなやまもっさんの姿を見ると、かなわんなぁと思う反面、一口馬主はよく知らないけど、この人の誘いなら付き合いで始めてみてもいいかという気持ちが芽生えた。

第二章　一口馬主って、儲かるんですか？

一　一口馬主は金融商品

翌日、二日酔いが収まってくると、少し冷静になってきた。

一人で一頭買うことを考えたら、確かに一口馬主の出費は小さいかもしれない。それでも、たとえ四〇〇分の一だとしても、僕の小遣いからすると非常に大きな負担になることは間違いなかった。

（やまもっさんには申し訳ないが、背に腹は代えられない。これは断ろう）

しかし電話で断るわけにもいかず、時間だけが過ぎていった。

桜の見頃も過ぎた四月半ばに、やまもっさんと飲むことになった。あれから何回かお誘いの電話をもらっていたが、気が引けて、仕事にかこつけて断っていた。

ただ電話のたびに伝わってくるやまもっさんの熱量は半端なく、ついにどこかで話をしなければと重い腰を上げた。

今回はいつもの居酒屋ではなく、明け方まで営業している駅前の個室居酒屋で飲むことになった。

顔を見るや開口一番、

「今日はカタログとパソコンを持ってきた。この時期やと二歳馬はほとんど満口やから選べる馬は少ないけど、残ってる中から何頭かええのんを選んできたで」と、にーと笑った。

（あかん。展開が速すぎてついていけない）

そもそも今日は断る気できたのだ。やまもっさんの気合いが怖い。

最悪の覚悟も少しはしてきたものの、やはり少ない小遣いからの万単位の出費は非常に痛いのが本音だ。

かといって、満面の笑みのやまもっさんに断る自信もあまりなかった。

「今日決めるんですか？」

恐る恐る聞いてみた。

「別に今日やなくてもええんやけど、日々出資できる馬が減っていくから、早いほうがええと思ってな。仕上がりの早い馬はもうそろそろ入厩《にゅうきゅう》するから、入厩すると残口《ざんくち》があっても出資できへんようになるんよ」

（入厩？　残口？）

　のっけから、やまもっさんの専門用語の連発に頭の中が？マークだらけだ。

「入厩ってなんですの？」

「ん、入厩か？　まあ、言葉の通り、厩舎《きゅうしゃ》に馬が入ることや。中央競馬やと栗東《りっとう》か美浦《みほ》の調教師さんの厩舎やな。入厩してから競走馬としての本格的なトレーニングがスタートするんや。ほんで、馬が入厩するとルール上、出資の募集は打ち切られる」

「募集の打ち切りがあるんですね。栗東とか美浦とかって、新聞で出てくるあの栗東や美浦ですか？」

「そう、栗東は関西、美浦は関東のトレーニングセンターや」

　たまに馬券を買う程度の僕には知らないことだらけだ。

「まあ、おいおいわかってくるよ。そんなん心配いらん。それよりどの馬に出資するかが大事や」

　やまもっさんが早くも前のめりになってきた。

「まずは飲みもん頼んで、乾杯しますか」

　少し間が欲しくて注文を勧めた。

　できれば断りたいのだ。

　しかし僕の思惑とは異なり、飲み物とつまみを頼むと、やまもっさんは早くもパソコンを立ち上げだした。マジかと思う反面、こんなに嬉しそうな姿を見ると、小遣い的には非常に痛いが、世話になった先輩を喜ばすのも悪くないという前回と同じ気持ちが湧いてくるのが自分でも不思議だ。

「時期的にはもうそろそろ限界なんよ。血統がよくて馬体もよく見える馬は人気になるから、募集を開始したら即満口になるんや。この時期まで満口にならずに残ってる馬は、募集時の馬体がイマイチやったり、怪我してたり、どこかに問題を抱えている馬なんや。でもそんな馬の中に一冬越えて丈夫になったり、骨折してたけど手術して治ったり、ガラッと変わるんがおるんよ。そういうのが狙い目やな」

「あの、やまもっさん、まんくちってなんですの。下ネタですか？」

さっきから出てくるその言葉が気になった。

「あほう。下ネタやないわい。こんな大事な話ししてるときに下ネタなんか言うかい。出資募集した口数がすべて埋まったことをいうんや。四〇〇口の募集をしたら、四〇〇口の出資があったということや。ちなみにまだ募集した口数に残りがあるんが残口《ざんくち》や。変なこというなよ、まったく」

仏頂面の見本ともいえるような表情だ。

「でもやまもっさんから『まんくち』なんて言葉を聞いたら、下ネタやと思わんほうが不思議ですよ」

「まあ、それもそうやな」

ここは大阪泉州岸和田だ。飲む前から酔っぱらっているかのような会話だが、これが日常会話だ。

店員さんが生ビールを持ってきたので、とりあえず乾杯した。一杯目はいつもいっきに空けるやまもっさんが、口をつけただけでグラスを置いた。

ありがたいといえばありがたい話だ。僕が一口馬主を始めたからといって、やまもっさんが得をする話でもなければ、誘ってあげたから金をよこせという話でもない。単に「一緒に趣味を楽しもうぜ」という先輩からのお誘いなのだ。後輩冥利に尽きる。

ただ出費を伴うだけに話はそう単純にはいかない。実に悩ましい。

「今日の時点で二歳馬を募集しているクラブはまだけっこうあるんやけど、こまっちゃんに勧められる二歳馬は正直そないに多くないんや。というか、それぞれのクラブで勧められるんは、一頭から多くて二頭ぐらいしかおらへん。かというて、最初からクラブの掛け持ちは、会費がそれぞれにかかるから、勧められん」

（いやいや。待て待て。僕にいったい何頭出資させるつもりなんだ？）

喉まで出かかった言葉をなんとかのみ込んで変換した。

「会費って毎月かかるんですか？」

「かかる。安いところで月一〇〇〇円、高いところで三〇〇〇円ぐらいかな。そういえば一口馬主の仕組みをちゃんと話してなかったな」
そう言ってやまもっさんが一口馬主について次のような説明をしてくれた。
・一口馬主は、金融商品取引法にもとづく金融商品であるということ。したがって、馬主ではなく出資者であるということ。
・クラブは競走馬一頭を概ね四〇口から四〇〇口に分けて出資を募集しているということ。
・馬主になるには所得や所有資産等のハードルの高い審査を受ける必要があるが、一口馬主にはそこまでの審査はないということ。
・クラブには最初に入会金を払い、毎月会費がかかるということ。
・牧場に行くと出資馬を見学することができるということ。
・育成料は出資口数に応じて負担し、レースに勝つと賞金も出資口数に応じて分配される、つまり手軽に馬主の疑似体験ができるということ。
・出資馬が賞金を得た場合の配当金は、所得税法的には雑所得になり、確定申告が必要ということ。
他にも丁寧に説明してくれた気がするが、残念ながら僕の頭に残ったのはこれぐらいだった。

やまもっさんがあまりにもまじめに説明してくれるもんだから、なかなか食べ物に箸を伸ばすことができず、飲み物ばかりに手を伸ばしてしまっていた。空腹でのアルコールは危険だ。

「お金の面で言うと、募集馬に対する出資金の他に、入会金を支払って、月々は会費と育成代を支払うということですね」

回らなくなってきた頭でも、出費を伴うことだけは気になった。

「そうや。出資馬がデビューするまでは持ち出しばっかりで、最初がしんどい趣味なんや」

やまもっさんが申し訳なさそうに言った。

でもやまもっさんのこういうところに、僕は好感を持っている。

いい事ばかり先に言われて、あとで話が違うとなると誘われた方はいい気がしない。かといって、悪い話ばかりだと、誘われた方は乗り気にならない。

お金の面で最初にしんどいことをきちんと伝えてくれた。

でもそれを上回るいいこともたくさんあるに違いない。きっとお金に関しても。それは「最初は」と限定していたからだ。やまもっさんの性格からして、美味しい餌で僕を釣ろうとはしないだろう。そういう人だ。

どうせ他の趣味でも、多少の差はあれ、最初に道具やなんやかんや出費があるものだ。

今日はできれば断ろうと思っていたが、やまもっさんが一生懸命に説明してくれている姿を見て、一頭ぐらいは付き合ってもいいかという気持ちが僕の中で徐々に大きくなってきた。

「最初にお金のことをちゃんと言うてもらえてよかったです。いいことばっかり言われてあとから話が違うとなるよりよっぽどいい。一口馬主、いいですよ。やってみますよ」

やまもっさんの真剣な顔を見ていたら、思わず口からこぼれ出てしまった。

二　出資金は回収できる？

まだこの時点では、一口馬主が底なし沼のような、一度ハマると抜け出せないとんでもない趣味だとは思ってもみなかった。

ただただお世話になっている先輩の誘いに応えて、同じ趣味を始めてみようという軽い気持ちだった。

「ほんまか、そう言うてくれるか」

やまもっさんの表情がパッと明るくなった。

酔っぱらいの弾みで出た一言は、翌日後悔することが多い。

いや、もとい。

酔っぱらいの弾みで出た一言は、口から出た瞬間から後悔することが多い。

今日は断るのが無理なら、一回持ち帰って考えてみますと返事をするつもりだった。それが説明を聞くうちにやまもっさんの気持ちを汲んでしまい、気がついたときには口から言葉がこぼれ落ちていた。自分でもどうしてそうなったのか、うまく説明する自信はまったくない。

（まあ言ってしまった以上、ウジウジ考えてもしかたがない）

気持ちを切り替えることにした。

「ようは一緒に馬に出資して、その馬を一緒に応援しようということですよね」

まだよくわかっていないが、ざっくりまとめてみた。

やまもっさんが一瞬、んッ？　という顔になったが、すぐにっこりと笑った。

「そや。おっさんの遊びは、気の合うもんとやるんが一番や。こまっちゃんがやってくれたらええなと思ってたんや」

珍しく照れている。

「なんや、愛の告白みたいやないですか」

やまもっさんには申し訳ないが、強面のそんな素振りに思わず笑ってしまった。

顔を赤くして、

「からかうなよ。いうても一口馬主は金のかかる趣味なんや。かかるいうても、出した金が全部なくなるというわけやなく、最初にかかるという意味やで。最終的にはプラスになることも割とあるしな。出費ばっかりではないんやけど、どうしても誘うほうからしたら気ぃ遣うんや」

「確かに金額を聞いてゾッとしましたよ。残念ながら、僕の小遣いはそこまで多くないですから。でも、今日もなかなかお目にかかれないやまもっさんが見れて、それだけでも出資する価値がありますよ」

気を遣ってもらえただけでも嬉しかった。ただ僕も照れくさくてうまく返せなかった。

「もうええやろ」

やまもっさんが嫌そうな顔をして手を振った。

「冗談はさておき、プラスになることもあるというのは、ほんまですか？」

ここは大いに気になるところだ。

「ああ、ほんまや。一口馬主のみんながみんなそういうわけではないけど、俺は累計でプラスやで。出資金をどれだけ回収できたかという指標があるんやが、この指標やと俺は出資馬合計では一〇〇パーセントを軽く超えてるで」

「マジですか！　出資金を全額回収できているんですか。すごい」

「経費は別計算やけどな。今まで四八頭に出資して一九頭がプラスや。現役の馬もおるから、このままいけばあと四、五頭は超えてくるやろ」

やまもっさんの鼻がヒクついている。

「五割近い確率でちゃんと回収しているって……。それってすごくないですか」

思わず身を乗り出してしまった。出資したお金は何やかんやいいながら返ってこないもんだとばかり思っていた。

「たぶん、当たりの馬を選べてる方やとは思う」

やまもっさんがちょっと誇らしげだ。ボリボリとたくあんをかじっている。

やまもっさんは気分がいいと、たくあんを大量に食べる。飲み屋のたくあんを一人で食べ尽くす勢いで食べることもある。そして、食べるペースが速ければ速いほど、上機嫌の証だ。今日も売り切れまで食べ尽くしそうな勢いだ。

「出資馬が未勝利で終わると出資金の回収は難しい。でも勝ち上がると、よっぽどの高額馬を別にすればいい線までいくことが多いんや。だから一口馬主にとっては、出資馬が一勝することがまず大事なんや」

「一勝することですか？」

やまもっさんがパソコンを閉じた。

「中央競馬では最も早い馬で二歳の六月にデビューする。勝てた馬は問題ないんやけど、未勝利の馬は三歳の九月ごろには未勝利戦という勝ったことのない馬同士のレースがなくなるから、それまでに引退することになる」

「ええッ。未勝利の馬は一年ちょっとでもう引退するんですか」

衝撃の事実だ。

「そうや。多少の例外はあるけどな。例えば、中央競馬で勝てんかった馬でも、地方競馬で二勝するなどの条件を満たせば中央競馬に戻れるし、未勝利の馬でも一勝クラスのレースに出走しようと思えばできんことはない」

「じゃあ、三歳の夏までに一勝もできなかったら即引退というわけではないんですね」

逃げ道が見つかった感じがして、ちょっとホッとした。

「まあそうやな。ただ、地方競馬から戻れたとしても、中央競馬で勝ち負けできるかというと、それはまた別問題や。ハードルはめちゃめちゃ高い。地方競馬と中央競馬では少しレベル差があるからな。ほんで未勝利戦も勝てんかった馬が勝ち上がってきた馬を相手に上のクラスで勝てるかというと、レアやわな。ラグビーでも秋まで敗戦続きで一勝もできへんかったチームが冬に突然強くなって勝つということは……」

「……ないですね」

「あるとしたら、能力は高いけど骨折で休養してたとか、良血馬やけど馬体の成長が遅くて成長待ちしてたとか、特殊事情のある馬だけや。馬はかわいいけど、ペットやない。競馬には生活がかかってる関係者が沢山いるし、馬主も遊びでやってるわけではない。毎月けっこうな額の経費を支払ってるから、どうしても経費をかけてペイするかという基準で判断することになるんや」

　やまもっさんが言いたいことがなんとなくわかった。

「それに六月からは次の世代が続々とデビューしてくるからな。強い馬だけが残っていける、ほんまにシビアな世界なんや」

「……」

　やまもっさんが頬をゆがめて視線を逸らした。

　なんか変な間ができてしまって、しばらく静かに飲んで食べた。

「こまっちゃん、中央競馬で年間どれくらいの馬がデビューするか知ってるか？」

「どれくらいやろう。一〇〇〇頭ぐらいですか」当てずっぽうで答えた。

「毎年だいたい四五〇〇頭がデビューするんや」

「そんなに多いんですか」

「そうや。意外と多いやろ。それも毎年やで」

「高校野球みたいですね」

　確か夏の甲子園の予選参加校は四〇〇〇校前後だったはずだ。

「高校野球と似てるといえば似てるな。毎年四〇〇〇もの数が、高校野球なら夏の甲子園、馬なら日本ダービーという頂を目指すという意味ではな」

言われてみれば、確かによく似ている。

「デビューした四五〇〇頭のうち、中央競馬で勝ち上がれるんはその三分の一の一五〇〇頭前後」

「ええッ、そんなに勝ち上がり率は低いんですか。半数ぐらいは勝ち上がれるんかと思っていました」

「そう、そんなに低いんや。逆に言うと、残りの三分の二は勝ち上がれんまま終わるんや」

やまもっさんの眉間に皺が寄っている。

「うーん。シビアな世界ですね」

ちょっと考えさせられた。

気分を変えたくて生ビールから焼酎にアルコールをチェンジした。

三　血統と馬体、どっちが重要？

「しんどい話はここまでや。嫌な話は先にしておかんとな」

やまもっさんが笑顔を向けてきた。

「ほんま、へこみかけています」

正直に答えた。

「そやわな。確かにへこむと思う。でも馬の勝ち上がり率と出資した金の回収は直結やないからな。要は勝ち上がれる馬に出資したらええわけやからな」

「確かに。出したお金がプラスになる馬に出資すればいいだけの話ですね」

目から鱗とはこのことか。

「一口馬主は馬主と違って判断はクラブがするから、出資して配当を受け取るというシンプルなシステムなんや。だからその分、めんどくさいことは考えずに出資馬を純粋に応援するだけですむ。ほんでさっきも言うたけど、この一口馬主は出した金がまったく返ってこんわけではないというところがミソなんよ。他の趣味やったら一回出費したら戻ってこんやろ。でも一口馬主は長く楽しめる割にはけっこう戻ってくるから、最初はしんどいかもしれんけど、いったん回り始めると、意外と資金的にはしんどくなくなるんや。ちなみに勝ち上がりの話やけど、クラブの募集馬は個人馬主の馬より勝ち上がり率がよくて、いいクラブやと五割前後勝ち上がるんやで」

「そんなに高いんですか。ほんまですか」

さっきまでの話からは、にわかには信じられなかった。

「ああ、ほんまや。うそやないで」

やまもっさんが頷いた。

「クラブの馬は良血馬が多いんや。馬はセリや庭先取引で売買されるんは知ってるか？」

「庭先取引ですか」

聞いたことがない言葉だ。

「牧場がセリを通さずに直接馬主と売買するんを庭先取引というんや」

「やまもっさんよう知っていますね」

「まあ、一応、馬主やからな」

「へー、馬主なんですか。そらよう知ってるはずですね。えッ、馬主ッ」

思わずやまもっさんの顔をガン見してしまった。そういや前回飲んだときにもそんなことを言っていた気がしないでもない。

「前に言うたやないか。でも馬主いうても弱小やぞ」

やまもっさんが手を横に振りながら答えた。

「一口馬主ではなく、ほんまもんの馬主ですよね。スゲー」

「いや、ほんまに大したことないんや。ちょっと俺のことは置いといてや」

やまもっさんが焼酎ロックを飲み干して、部屋の電話で店員さんにおかわりを注文した。

「クラブの馬の勝ち上がり率が高いんは、関係者にそれぞれメリットがあるからや」

「それぞれに？」

「そう、それぞれに。大雑把に一口馬主には牧場、クラブ、出資者と利害関係者がざっくり三者存在する。牧場には馬を生み出す生産牧場と、入厩するまで馬を育成する育成牧場とがある。ややこしくなるから、牧場は二つをまとめて話をするな。クラブは一口馬主の運営会社で、牧場が経営する牧場系のクラブと、セリを中心に馬を集めてくるバイヤー系のクラブとがあるけど、ここはシンプルに牧場系のクラブで話をするな。ほんで利害関係者の最後は出資者である俺らや」

　やまもっさんが説明し始めた。

「詳しいことは端折るけど、競馬はブラッドスポーツといわれるように、血統が非常に重要なんや。いい血統の馬はいい成績を収める可能性が高いから、欲しがる馬主は多いんや。おんなじ馬を欲しいと思う馬主が多いということは、その馬の金額が高くなるということや。スポーツ新聞とかで、セリで馬が数億円で落札されたとか見たことないか？」

「ああ、ありますね。走ってもない馬がどうしてそんな金額で売買されるんか、不思議に思っていました」

「セリやと一頭の馬は一人しか買えんから、買いたい人が複数いるとどうしても金額が競り上がってしまうんや。血統がよくて馬体もええ馬やと、とんでもない金額になったりする。でもこれがクラブやとそうはならんのよ。クラブは一口いくらと決めて出資を募集するから、セリのように金額が競り上がっていくということはない。ただ、募集口数の出資が集まったら募集を締め切るから、その馬に出資したくても出資できへん会員がでてくることにはなる」

「なんか痛し痒しですね」

やまもっさんが頷いた。

「不思議に思うやろうけど、牧場は人気になりそうな血統のええ馬をセリには出さず、あえてクラブに出したりすることもあるんや。それもセリに出すよりも低い金額でな」

「えッ、マジですか。そんなことって。ほんまですか」

話がうますぎて、にわかには信じがたかった。

「それがあるんや」

やまもっさんがニヤリと笑った。

「もっともこれには理由があってな。牡馬《ぼば》やと将来、種牡馬《しゅぼば》になる可能性がある。牝馬《ひんば》やと引退した後、繁殖牝馬として子孫を残すことができる。セリで馬を売ると、その馬の所有権は買った人のもんになるから、牧場にはその馬の権利は何にも残らへん。でもクラブの場合、牧場とクラブとの間で将来その馬を買い戻すことができる契約を結んでるから、牧場にとって必要な馬は戻すことができるんや」

（なんかよくわからん。なぜそんなことをする必要があるんやろ）

僕の様子を察したやまもっさんが、さらに説明してくれた。

「牧場は馬を一回売ったら終わりやない。これまで馬を売ることを生業としてきたし、これからも続けていくやろう。そのためには将来馬を売るための準備も必要になる。牧場で強い種牡馬を所有していれば、種付けする権利を売却することで利益が出るし、コストをかけずに自分のところの繁殖牝馬に種付けもできる。さらに他の牧場の繁殖牝馬に種付けをすれば種付け料でも稼げる。牝馬は血統がよければ未勝利馬でも子孫を残すことで血統を繋いでいくことができる。ちなみに牝馬の場合はＧＩを勝っても未勝利でも、牧場の買い戻し金額はクラブの募集金額の一〇パーセントと決まってるんや。ＧＩを勝った馬なら、かなり格安やろ」

「ＧＩを勝った馬でも募集金額の一〇パーセントって、めちゃめちゃ格安じゃないですか」

「そうや。牡馬は違うけど、牧場が買い戻したい牝馬は、なんぼ活躍しようが活躍しまいが一〇パーセント。格安で買い戻せる。まあ、あくまで牧場が欲しいと思った馬だけで、いらん馬は買い戻さんけどな」

「なら牧場はぼろ儲けやないですかッ」

　思わず声が大きくなった。

「まあここだけみたらそうやな。でも、俯瞰的にみたらそうでもないんや。牧場が買い戻すことができるなどを条件に、セリに出さずにクラブに提供してくれるから、クラブは良血馬の出資を募ることができる。クラブの会員は、普通の馬主では所有できないような良血馬に、セリよりもリーズナブルな金額で出資できる。さらにGIを勝つような夢もみることができる。こまっちゃんがよく言う三方よしなんや」

やまもっさんの話にうなってしまった。「三方よし」とはちょっと違う気がしないでもないが、関係者にとってはすごくいいスキームに思えた。

「三方よし」とは、「売り手よし」「買い手よし」「世間よし」の三つの「よし」のことだ。近江商人の経営哲学で、「商売は売り手と買い手が満足するだけではなく、社会に貢献できてこそよい商売だ」という考え方で、僕の事務所の経営理念にもしている。

「ほんとにそうなんですか?」

あまりにもよくできた話すぎて違和感を覚えた。何か裏がありそうだ。

「ああ、ほんまや。ただ、こまっちゃんが感じたように、確かに牧場のメリットは大きいかもしれん。例えば、セリで馬を売るときは、レポジトリーというて馬の喉とか脚とかのレントゲン写真を開示せなあかんねんけど、クラブでは開示してない。だからレポジトリーでしかわからん悪材料は、悪く言えば、募集時にはばれへん」

「そんな詐欺みたいなことが許されるんですか」

「別に詐欺ではないよ。クラブにはレポジトリーの開示義務がないからな。とはいえ、クラブも骨折とか酷いノド鳴りとかレースに影響を与えそうな重度の問題がある馬はちゃんと募集取消しにしてるしな」

「せやかて」

言いかけた僕をやまもっさんが手で遮った。

「こまっちゃんの言いたいことはわかる。クラブが出来の悪い馬の受け皿になってる面はあると思う。開示義務がないからな。でもそこはしゃあない。牧場もクラブも、ボランティアやなく営利で運営してるんやから。種付け料から始まって、セリやクラブで募集するまでに牧場は馬にけっこうなコストをかけてる。ちょっと問題があるからといって、即売りませんとはできんわな。それに、ほんまに致命的な馬は売り出してないんやから」

「コストですか……」

「実際、難しいところでな。人間でもそうやけど、骨にひびが入っても、一年もしたら治ったりするやろ。それと一緒でな。レースに出るころには問題が解消してるようなケースも多いんや。まあ、気道が狭くなって喉から異常音がでるノド鳴りって病気があるんやけど、これは治癒せんけどな。ただ、出資するかせんかを決めるんは出資する会員やからな。気に入らんなら出資せんかったらええ話や。ほんで難しいのは、ノド鳴りしてるから走らんとは限らんのよ。ダイワメジャーのような馬もおるからな。ほんで脚が曲がってても、それだけであかんわけではないんよ。前脚が外向しててもハーツクライのような馬もおるし、内向してってもベガのような馬もおる。三頭ともGIを勝ってる名馬や。だから一概にそれだけをもって競走能力がないとはいえんのよ。ほんま馬選びは難しいで」

「なんや難しそうですね」

よくわからなくなってきた。

「一番大事なんは走る馬を見抜けるかということやからな。ノド鳴りしてても走る馬は走るし、してなくても走らん馬は走らん。前脚が曲がってるから走らんわけではない。前脚が曲がってても走る馬は走るし、真っ直ぐでも走らん馬は走らん」

「……」

なんて言えばいいか、言葉が思いつかなかった。

「すべての馬がなんの欠点もなく、きれいな体で生まれてくるわけやないんよ。欠点があったとしても、それはあくまでセリで売買されたりクラブで募集されたりする時点で欠点があるというだけや。レースに出走するときには治ってるかもしれんし、欠点があってもそれを補うぐらいの長所があるかもしれん。そこをいかに見極めるか、馬選びはほんまに難しいんよ」

やまもっさんが吐き出すように言った。

「そうか。人間と一緒だと思えばいいんですね。野球でも、投げるフォームは変わっていても、すごく活躍したピッチャーもいますもんね。怪我をしても、治療して元のレベルで活躍できる選手もいれば、怪我が原因で元のレベルに戻れず引退する選手もいますしね」

「そうなんよ。馬でも個体差がどうしてもあるからな。トウカイテイオーのように骨折しても完治してGⅠを勝った馬もおるからな。まあクラブの場合、そのへんは募集金額でなんとなくわかるとこもあるけどな。この種牡馬の仔馬にしたら極端に安いと思える募集金額のときがあるんや。普通やったらこれぐらいと思える金額との差が、その原因代やと俺は考えてる。さっきも言うたけど出資は強制やないから、リスクをとって出資するか、リスクを回避して出資を見送るかは会員それぞれの判断やからな」

「出資は強制じゃない……」

ネガティブになりそうだったが、なんとか踏みとどまった。

「馬体が小さいからあかんわけでもないし、逆に大きくてもあかんのもおる。じゃあどうやって判断するんやとなるけど、そこは出資者の走る馬を見抜く力である相馬眼《そうまがん》が試されるとこやわな。写真や動画から、極端に脚が曲がってる、所謂弓脚《ゆみあし》ではないか、歩様が故障しやすい動きをしてないか、そしてその判明したリスクは許容範囲なのか避けるべきリスクなのか。そして最後は牧場に行って自分の目で馬を見て確かめる。実際に見てみんと写真や動画だけではわからんことも多いからな。最初はわかりにくいかもしれんけど、こまっちゃんもやってくうちにだんだんわかってくるよ」

やまもっさんの言わんとするところはなんとなくわかる気がした。

「写真や動画、牧場見学で得られる情報ってなんですか？」

「詳しくはおいおい機会を見つけて話をするな。馬を見るポイントはめちゃめちゃあるんよ。かいつまんで言うと、写真は怪我しやすい脚をしてないかとか、馬体からその馬が芝のレースに向いてるかダートのレースに向いてるかというような判断に適してる。動画は故障しやすい動きをしてないかとか、背中を上手く使えてるかとか、動きに重点を置いてる。牧場で実際に馬を見学するときは、写真や動画のイメージと差がないかとか、馬体にハリがあるかとか、蹄の形が変じゃないかとか、実際に馬を見てみんと気がつかんところに重点を置いてる。でも、なにより牧場では馬の顔を見てるかもしれん。気品があって、顔つきが俺の好みに合致するかどうか。ほんまかいなと思うかもしれんけど、顔つきはけっこう大事なんやで」

「それじゃあ、キャバクラで好みの女性を探すのと変わんないじゃないですか」

「ほんまやな。言われてみれば、そうかもしれん」

　ワハハッ……。

「まあ、そのへんは牧場で教えるわな。実際に馬を見ながら説明するんが一番わかりやすいんや。ちゃんと説明しだしたら、それだけで一日終わってしまうからな。まあ任せとけ」

　そう言ってやまもっさんが親指を立てた。やまもっさんが昔から自信があるときにするポーズだ。

（牧場でというのはどういう意味や？）

気にはなったが、いい予感がしなかったので、あえて触れずにおくことにした。

「説明って、そんなにたくさんポイントがあるんですか？」

「あるといえばある。ないといえばない。馬見の神様といわれる人でも、百発百中ではない世界やからな。ある有名な騎手によれば、『馬は見ただけではわからん。乗って初めてわかる』らしいわ。早くて調教、下手すりゃレースに出て初めてその馬の能力がわかるらしい。残念なことに、走らん馬は見ただけで何となくわかるらしいけどな」

「ほんまですか」

「ああ、そうらしいわ。まあ人間でも運動神経が悪そうな人は、ちょっと動きを見てたらなんとなくわかるやろ」

「確かに。ちょっと動きがぎこちない人とかいますもんね。走ったり、ボールを投げたり、泳いだり、ああこの人苦手なんやと思わせる人」

「それとおんなじや。難しいのは出資が始まるタイミングではまだ馬の調教は始まってないから、馬の走る姿は見られへんことや。静止してる姿と歩いてる姿で判断せなあかんから難しいんや」

「それだけで出資するかどうかを決めるんですか？」

あまりに判断材料が少なすぎると感じた。

「他にもあるけど、大きな判断材料の一つではあるな。実際、馬が全力に近いスピードで走るんは調教師さんのとこに入厩してからやからな。入厩しても調教師さんによって調教の強度は違うし、調教では走らへんけどレースになるとめっちゃ走る馬とかもおるからやっかいや。悪い言い方したら、レースを見るまではわからへんがほんまの正解かもしれん」

「そんな……」

やまもっさんの話に呆然としてしまった。

「でもそこまで待ってたら馬が売れへんわな。レース見て走らへん馬を誰が買うかいな。そやろ。それが理由かどうかは知らんけど、馬の売買はほとんど当歳か一歳でされるんや」

「なるほど」そこは素直に納得できた。

「まあ、調教タイムで馬の能力はだいたいわかるけど、自由に走る姿だけではそこまではっきりとはわからんのよ。ほら、人間でも走るフォームはめっちゃ綺麗やのにタイムはそこまで速くない人っておるやろ」

「いますね」

「理想的なフォームやから速いとは限らんからな。それはあくまでその人にとって走りやすいフォームなだけで、他人との速さの比較になったら、それはまた別の話や。なんぼフォームがけったいでも速い人は速いやん。基本、持って生まれた個々の能力次第や。ほんでそれがどこまで伸びるかなんて、誰にもわからへんで」

やまもっさんが肩をすくめた。

「ほんま、そうですね」

「それでもそのときの情報や知識で馬を選ばなあかんから大変なんや。馬のセリなんて馬の世界のプロが集まってるわけやん。当然、血統がよくて馬体も見栄えがする馬やと買いたいと思う人が多いわな。そしたらセリでは値段がつり上がって億を超える金額で落札されたりするんやけど、じゃあそんな馬がすべて走ってるかというと、そうともいいきれんのよな」

「そんなことあるんですか」

馬のプロたちが高額で落札した馬が走らないことがあるのに驚いた。

「そらあるよ。プロ野球でもドラフト一位指名された選手が活躍するとは限らへんやろ」

「確かにそうですね。ドラフト直前までのプレーぶりを知ったうえで指名しているのに、活躍しないまま引退する選手もいますもんね」

「もって生まれた能力はわからんけど、俺らにでもわかることはあるんや。例えばラグビーでも動きを見てて、怪我しそうやなって思う選手がたまにおるやろ」

「いますね。ステップのきり方とか、怪我しそうって選手」

やまもっさんが頷いた。

「そやろ。馬でも怪我しそうな動きをするんがおるんよ。その動きのリスクをどう考えるか。変な言い方になるけど、出資を検討するときにリスクを何処まで容認できるかは、よく考えなあかん重要なことやと俺は思ってるんや。怪我しそうな動きをしてる馬でも、調教の過程でその動きが矯正されることもある。中にはそういう動きを矯正されなくても、怪我せず大きなレースを勝つ馬もおる。あくまでその動きで怪我するリスクが高いというだけやからな。でも逆に、そのリスクが引退せなあかんぐらいの怪我につながることも当然ある」

「見極めが難しそうですね」

「そうなんよ、なかなか簡単やない。でもこれがクラブだと、ある程度知識と経験があればなんとかなったりするんよ。レポジトリーを見んとわからんようなんは別として、クラブの募集馬は脚が曲がってるとか動きがおかしいとか、見てすぐわかる欠点は募集金額でわかることも多いんや。募集時点での写真の姿や動画の歩様に欠点がなければ、募集金額はその馬の評価金額そのままになる。逆に欠点があれば、そのリスク分値引かれてるはずやから、そのリスクをとるかとらんかという判断をすればええ」

「なるほど、クラブだとリスク分は値引かれているということですか」

リスクで金額が変わるというのは納得がいった。

「ただ、それはあくまで募集時点で見ただけでわかる欠点があるかどうかというだけやで。走る馬か、走らん馬かはまた別の話や。怪我しそうな馬かということと走る馬かというということはポイントが違うからな」

「ポイントが違う？」

「そう、ポイントが違うんや。丈夫でたくさんレースに出走できても、勝てへん馬に価値はないんや。この価値は、あくまで競走馬としての価値な。あくまでレースで勝つのが目的やからな。そうなってくると走りそうな馬かどうかは馬体だけやなく、さっきセリの話でちょっと言うた血統も大きな判断材料になってくるんよ」

「血統によっても大きな差がでるんですか？」

やまもっさんが大きく頷いた。

「めちゃめちゃ大事やで。他にも馬を預ける厩舎とか考えなあかんことはいくつかあるけど、仮に何か一つの基準で馬を選べと言われたら、俺は血統で選ぶ派やで」

「へらぶ派？」

唐揚げにかぶりついていたので、変な言葉になった。

「血統と馬体、どっちもええにこしたことない。けど、そんな馬は評価通りかそれ以上の金額になるから、出資した金額の回収という観点からは高額な分回収リスクが高くなるわな。期待通りに走ってくれたらええけど、万が一走らん馬やったら回収できん金額が大きいからな」

「うわ、それめちゃめちゃ怖いですね」

出資した金額はできれば回収したいところだ。

「やろ。だからなかなか手が出せんことも多いんや。まあだいたい、どっちかを優先することになる。馬体はいいけど血統がよくないか、血統はいいけど馬体が貧弱か。さあ、どっちを選ぶ?」

「どっちやろう。やまもっさんが選ぶぐらいやから血統ですか?」

やまもっさんが首を横に振った。

「正解はないんや」

(どないやねん)

先輩じゃなければ、突っ込みの一つも入れているところだ。

「名選手の子供が名選手とは限らへん、て聞いたことないか?」

「聞いたことありますね」

「親に能力があったからといって子供も親とおんなじ能力があるとは限らへん。それでも、例えばプロ野球で親ほどの名選手にはなれへんでも、親とおんなじプロ野球の世界まで上がってくる子供や他のスポーツで活躍する子供は結構おるやろ」

「確かに、お父さんほどの活躍はしていなくても、甲子園とかで誰々のご子息とかよく聞きますね。そうか、運動神経のいいところは遺伝されるということですか」

やまもっさんがにっこり笑った。

「そういうこっちゃ。親と比べるのは酷かもしれんけど、平均よりはずば抜けてることは多いわな。まあ確率論やけどな。親は特別優れてなくてもスポーツで活躍する子供もおるからな。ただそんな子供は親からの遺伝子というよりは、体格がいいとか運動神経がいいとか個体として優れてると思うんや」

「能力の高かった親から能力の高い子供が生まれる確率は高そうですね。運動会レベルならともかく、ずば抜けたレベルだと」

「そう、名選手の子供が名選手とは限らんけど、優れた能力を受け継いでる可能性は高いと思うわ」

「確かに」

「ここでこまっちゃんにクイズや。例えば三頭兄弟の一番下の馬に出資するとして、上二頭がＧⅠ勝ってる馬と、上二頭が未勝利の馬やったら、どっちの馬に出資する？」

「そら、上二頭がＧⅠ勝っている方ですよ」

迷う余地なしだ。

「そやな。上二頭が勝ってるという安心感があるからな。じゃあ、上二頭はＧⅠ勝ってるけど馬体がひょろこい馬と、上二頭は未勝利やけど馬体はいかにも走りそうな馬やったら？」

　せっかく動かしていた箸が止まりがちだ。

「うーん、どっちやろう。馬体ですか？」

「難しいやろ。これはさっき言うた通り正解はないんや。しいて言うたら、結果的によう走った馬を選んだほうが正解や。どっちのケースでも、走った馬もおればまったく走らんかった馬もおるからな。選び方として、血統を重視するんは親とか兄弟とかを考えるからその馬を単独で評価するわけやないということなんよ。逆に走りそうな馬体かどうかはその馬を単独で判断する。そこが大きく違うところかな」

　驚いた。大阪の有名ラジオパーソナリティばりに、持った焼酎をバッタど落とし、小膝叩いてにっこり笑いそうになった。

「なるほど。そうなんですね。血統を重視するということは、その馬のみを評価するわけではないんですね。なんか難しそうですけど、その分、面白そうですね」

「そう、面白いんよ。馬を選ぶポイントはめちゃめちゃあって、気にしだしたらキリがないけど、やりだすとそこが面白いんよ。正解はなくて、自分の相馬眼だけが頼りやからな」

「相馬眼ですか……」

「それが難しいんやけどな。血統も馬体もよくて、デビューまで順調にこぎつけたけど、さっぱり走らん馬もおる。これへこむんや。振り返っても、何があかんかったんか、まったくわからん」

「やまもっさんでもそんなことがあるんですか？」

「そら、あるよ。まあ、最近はほとんどないけどな」

失敗の話やのに、なんか、やまもっさんが生き生きしだした。そしてやっぱりたくあんのポリポリが止まらなくなってきた。

「だから相馬眼が大事なんや。いかに当たりの馬を見つけるか」

「なかなか難しそうですね。話を聞いていると、出資したお金を回収する自信がまったくなくなりましたよ」

完全に箸が止まった。

「そんなん心配いらん。大丈夫や。他の人にはあんまり言いたくないけど、俺は一口馬主の収支はトータルでもプラスやで」

「えッ、トータルでプラス？　どういう意味ですか？」

箸を皿に置いた。

「一口馬主は一般的に最初に払った出資金をどれだけ回収できたかが一つの基準になるんやけど、俺は出資金だけやなく、会費はもちろん、育成料や保険料、さらには未勝利で引退した馬の費用とか、一切合切全部ひっくるめてプラスやで」

やまもっさんがにやりと笑った。

「すッ、凄いですね！」

「じゃなかったら、こまっちゃんを一口馬主に誘わへんよ。今後もそれが絶対に維持できるとは言いきれんけど、ある程度の自信はあるで」

やまもっさんが親指を立てた。

四　馬の金額はピンキリ

その後、やまもっさんは早く出資候補馬の話をしたそうだったが、僕の質問に根気強く、丁寧に答えてくれた。

「やまもっさんはほんまもんの馬主やのに、なんで一口馬主もしているんですか？」

馬主と聞いたときに最初に浮かんだ疑問だった。馬主になるには資格要件が非常に厳しいので、代わりに一口馬主をしているイメージだ。

「馬主が一口馬主をやってることに違和感があるか？」

「ええ、馬主なら何も一口馬主をする必要なんかないと思うんですけど……」

やまもっさんが煙草に火をつけた。

「費用対効果。ちょっと違うな。リスクとリターン。これも違うな……」

やまもっさんが立ち昇る煙草の煙を眺めている。

「金と達成感のバランスかな」

「金と達成感のバランスですか？」

「馬の金額はピンキリでな。安ければ一〇〇万円というのもいるし、最高額だと六億円ぐらいやったかな」

「一頭で六億円！」

あまりの高額に驚いた。

「あくまで最高額な。馬の売買方法は、牧場と馬主が直接売買する庭先取引と、セリがあるんや。セリは映画とかで見たことないかな。買い手が人差し指を立てたりして合図を出すやつ」

「ああ、見たことあります。オークションみたいなシーンで」

「そう、それや。親しい牧場さんから馬主に話がきて、セリを通さず取引することもあるけど、多くはセリで売買されるんや」

「馬のセリなんて、海外での話だと思っていましたよ」

「まあ、マニアックすぎるから、馬に関与してない人にはあんまり知られてないかもな。

最近は景気がええからか、馬主になる人や一口馬主を始める人が増えてきて、結果、馬の売買も活況になってきてるんや」

「ブームがきてるということですか」

やまもっさんが頷いた。

「ただ一部の有力な馬主さんを除いて、大多数の馬主は一頭にそれほど金をかけてるわけではないんや。それぞれに予算があるからな。良血馬で馬体が良く見える馬は、みんなが欲しがるから競り合って馬の金額が跳ね上がってしまうんや。予算内で抑えようと思うと、できるだけ長所に目を向けて、許容できる欠点には目をつむって馬を選ばざるをえんなるんよ。そうなると、どうしても走らん馬の可能性はその分高くなるわな。もちろん例外はあるよ。でもやっぱりようできててな。安い馬には安い理由がちゃんとあるんよ。安い馬で一勝するだけでも難しいけど、オープン以上のレースで勝つとなると、可能性はゼロではないけど限りなくゼロに近いわな」

やまもっさんが渋い顔になった。

「なかなか厳しいですね」

「普通の馬主がレースに勝つのは結構ハードルが高いんや。ましてやオープンクラスのレースとなるとな。ところがこれが一口馬主になると話は変わってくるんや。馬主としては手が出せん金額の馬でも出資することも可能になる。なにせセリで買うよりも金額は抑えられてるし、さらにそれを四〇口とか四〇〇口で募集するからな。馬主としてクラシックにでるとかGIに勝つとかは難しいけど、一口馬主やとその可能性が結構あるんよ」

やまもっさんがしみじみと語った。

（だからか）

なぜ競馬新聞に馬主の欄があるのか、前から不思議に思っていたが、思わぬところでその理由がわかった。馬主も馬券を買うときには重要な情報の一つだったのだ。

「ディープインパクト、知ってるやろ。あれ、種付け料が数千万円するんや。例えば繁殖牝馬にディープインパクトを種付けしたとしよや。そこから仔馬が生まれてセリに出すまでに、飼葉代《かいばだい》とか厩務員《きゅうむいん》さんの人件費とか、諸々かかった経費を合わせると、それだけで四〇〇〇万円ぐらいになるんよ」

「四〇〇〇万円！　ってその前に、さっきから気になってたんですけど、種付け料ってなんですの」

会話の中で出てくる専門用語はほとんど知らなかった。あまりの知識のなさが少し恥ずかしい。

「ああ、種付け料か。繁殖牝馬に牡馬を交配させることを種付けというんや。ほんで種付け料は一頭の繁殖牝馬に種付けする料金のことや。活躍した馬や産駒《さんく》の成績がいい馬は種付け料が高くなる。ディープインパクトは自分の成績も抜群だし、産駒の成績も抜群だから、種付け料はダントツに高いんや」

「一頭への種付けで数千万円！」

「人間とおんなじに考えたらあかんで」

やまもっさんが僕の考えそうなことを想像したのか苦笑いした。

「そ、そうですよね」

頭の中を見られたような気がして恥ずかしくなった。

「原価が四〇〇〇万円ぐらいのディープインパクト産駒で馬体に問題がないと、セリではあっという間に億単位の馬のできあがりとなる」

「億。はぁー、桁が違いますね、桁が……」

恥ずかしさから一転して、その金額に絶望的な気分になった。

「そんな馬をセリで落として一人で所有しようとすると、とんでもない金額の金が必要になるから、そんなん普通の馬主ではなかなかできへん。でもそれが一口馬主やと可能になる。それはさっき言うたように、牝馬はどれだけ活躍してもクラブが必要なら、募集金額の一〇パーセントで買い戻すことができるというような条件があるからや。おかげで一口馬主の募集金額はセリよりもリーズナブルな金額に設定されてる。出資希望者が多いと抽選になるけど、セリと違って金額が競り上がらんのがありがたい。その金額を四〇口や四〇〇口という募集口数で割るから、ＧＩを目指せるような馬でも手の届く金額になるんや」

「なるほど。それならありですね。仮に一億円の馬を四〇口なら二五〇万円、四〇〇口だと二五万円……。それでも高すぎですわー」

もう笑うしかない。

「最初からそんな金額の馬に出資する必要なんかないよ。あくまでたとえや。ディープインパクト産駒以外ならそこまでせんから大丈夫や。かというて、数千円ちゅうわけでもないから、なかなか誘いにくかったんや」

やまもっさんが申し訳なさそうな顔をした。

「金額にびっくりしましたよ、ほんま。まあ、やまもっさんからのせっかくのお誘いやからやってみますよ。けど、お手柔らかにお願いしますね」

やまもっさんの表情がパッと明るくなった。

「このへんで本題にいきますか。やまもっさんのお勧めの馬はどれですか？」

やまもっさんが話したいことを我慢して、僕の質問に丁寧に答えようとしてくれているのはよくわかっていた。まだまだ聞きたいことはあるけれど、今度は僕が我慢する番だ。出資馬検討に話を進めることにした。

五　出資候補馬の条件とは？

「昔はよっぽどの良血馬で馬体もよくなければ、募集開始してすぐには満口にならんかったんよ。しばらく馬の成長を様子見して出資するかどうかじっくり決められたんや。ところが何年か前から一口馬主がブームで、これまで様子見できたレベルの馬が募集してすぐに満口になるようになってな。募集時から入厩時までは一年近くあるんよ。そのころは馬の変化も激しいから、本音で言えば入厩ぎりぎりまで様子見したいんやけど、それがままならんのが現状なんや」

やまもっさんがぼやいた。珍しい。

「馬の募集時って、人間だと何歳ぐらいなんですか？」

「何歳ぐらいやろか。三歳クラシックがだいたい人間の高校生ぐらいといわれてるから、ざっくり募集が始まるころが小学校入学ぐらいで、入厩するころが小学校卒業ぐらいかな。だから入厩直前まで出資の様子見ができると、体つきも大きく変わってくるし、牧場での調教の進み具合も確認できるから、めちゃめちゃ有利なんや」

「馬の一年は人間の六年くらいなんですか。そら確かにその年齢ぐらいなら変化は大きいでしょうね」

やまもっさんの話も頷けた。

注文した料理をあらかた片づけ、テーブルにパンフレットとパソコンを置くスペースをつくった。

「年齢はあくまで目安な。いろんな説があるからな。最近一口馬主を始める人が増えたから出資の様子見はしにくくなってはきたけど、まったくできへんわけやないんや。俺が入会しているクラブの中で、これはというのを何頭かピックアップしてきたから順番に説明していくな」

そういいながらやまもっさんがパンフレットを開いた。

すごく楽しそうで、ここまで嬉々としたやまもっさんを見たのは初めてかもしれない。

「まず、クマクマの16や。これはさっき話に出たディープインパクトの産駒や。ただ牝馬やから募集金額は少しリーズナブルな五〇〇〇万円。マンデーサラブレッドクラブの馬で四〇口募集だから一口一二五万円や。金額は高いけど、一押しはこの馬や。最新の調教動画は抜群にええ。この時期まで残ってるのには理由があって、十二月に骨折してキャンセルを受け付けたからや。だいぶキャンセルが出たおかげで今まで残ってる。ただ、骨折で出遅れてたけど、美浦の神奈川厩舎への入厩予定は変わらずやから、クラブからはまだ期待されてる馬や。神奈川厩舎は毎年リーディングでベストスリーに入る優秀な厩舎やからな。ほんでなによりこの厩舎は馬を無理して使わんから、骨折したこの馬にはぴったりや。

ただいかんせん四〇口やから金額が高い」

「高すぎて鼻血も出ませんよ」

金額を聞いて、思わずのけぞってしまった。

「まあそうやな。初めて出資するには高いわな。それはわかってる。でも現時点での一押しとなるとこの馬なんや。来年の今頃にはクラシックの結果がある程度でてるやろうから、この馬がどうなってるか楽しみにしといてくれ」

やまもっさんが自信満々に言いきった。

ちなみにクラシックとは、牡馬の皐月賞《さつきしょう》、東京優駿《とうきょうゆうしゅん》、菊花賞《きっかしょう》に牝馬の桜花賞《おうかしょう》、優駿牝馬《ゆうしゅんひんば》を加えた、五つの三歳GⅠのことだ。東京優駿は日本ダービー、優駿牝馬はオークスの副称のほうが有名かもしれない。ここに三歳牝馬三冠目の秋華賞《しゅうかしょう》が含まれていないのが興味深い。

「わかりました。出資はできませんが、どう成長していくかウォッチしときますね」

僕の言葉にやまもっさんが満足そうに頷いた。

「そしたら次がライニーの16や。クロフネ産駒の牝馬で募集金額は一六〇〇万円。リネンホースクラブの馬で四〇〇〇口の募集やから一口四万円。初めての出資としては金額的には手ごろかな」

「一頭目との金額の落差がえげつないですね」

金額を聞いて思わずホッとした自分がいる。

「まあ、ただ安いには安いなりの理由がある。この馬は牝馬やけど、芝向きではなくダート向きやと思う」

「ダート向きですか」

「そう、ダート向きや。ダート向きの牝馬で馬体が貧相やったから人気がなかった。ダートはパワー勝負やからな。牝馬はハンデが貰えるけど、基本的には牡馬が有利や。馬体は募集時に比べるとめちゃめちゃ良くなってて、馬体重も八〇キロぐらい増えてる。募集時にはよう出資せんかったけど、今なら十分あり得る。故障さえせんかったら勝ち上がれると思う。収支もプラスになる自信はある。同じクラブで他の馬にも出資するなら、この馬もセットで勧める」

「セットで？」思わず聞き直した。

「そうセットで。この馬はレースに勝つ喜びは与えてくれると思う。ほんで収支にも満足できると思う。ただ、クラシックとは無縁や。それにダートは一勝すると、その後出走できる中央競馬のダートのレースが春は非常に少ないんよ。だから勝ったとしても、芝向きの馬のようにクラシックを目指すわけではないから、どうしてもレース間隔が空いて間延びしてしまうんよ。複数に出資するんならええんやけど、一頭だけに出資するんやったらあんまり勧められへん。それやったら、最初は芝向きの馬を選んでクラシックを目指したほうが楽しめると思う。ほんで、この馬にはもう一つ残念なことがある。厩舎が美浦なんや。だから現地観戦は基本的には関東でしかできへん」

「えッ、そうなんですか。それは残念ですね。せっかく出資したんなら、やっぱり競馬場で現地観戦したいですよ」

さすがにそれはちょっと残念だ。

「そやわな。金の面からは一押しなんやけど、初めての出資で一口馬主を楽しむという観点からは微妙かもしれん」

「ちょっと悩ましいですね」

金額的にありがたかっただけに、もったいない。

「そうやな。候補として残しておいても悪くないと思う」

（あれ、やまもっさんがやけにあっさり引き下がったな）

何かひっかかった。

ちょっと間があって、やまもっさんが焼酎のロックをいっきに飲み干すと、表情が変わった。

「次がディスティニーの16や。マンハッタンカフェ産駒の牡馬で二八〇〇万円。カリフォルニアサラブレッドクラブの募集馬で四〇〇口やから一口七万円。半姉は桜花賞二着でGⅡを勝ってるホッコウレディーや」

半姉とは母馬は同じだが父馬が違うお姉さんという意味らしい。

「七万円ですか」

　僕の予算は五万円だった。

「マンハッタンカフェはディープインパクトとお母さんは違うけど、おんなじサンデーサイレンスの産駒なんや。春のクラシックには間に合わんかったけど、クラシック三冠最後の菊花賞を勝って、そのまま年末の有馬記念も制したんや。ほんで翌年の春の天皇賞にも勝ってフランスの凱旋門賞に遠征したんやけど、レース中に故障してな。三歳秋からGⅠ三連勝で、さあこれからというときに故障しての引退やからな。めちゃめちゃ強い馬やったんや」

「名前は知ってますけど、そんな強い馬やったんですね」

「故障せんかったらGⅠあと何勝したかわからんかったで。そんな馬やのに種付け料は意外とリーズナブルで、ディープインパクトほど高くはなく、同世代のクロフネよりちょい高いぐらいなんよ。ほんでさっきの二頭はウエストファームの馬なんやけど、この馬は掛布牧場の馬なんよ。だから、さらに金額が抑えられてるんや」

「馬の金額は牧場によって変わるんですか？」

　正直そのあたりはよく知らなかった。

「めちゃめちゃ変わるで。ウエストファームの馬は強いからな。ただ、掛布牧場の馬も成績が悪いわけやないんや。ウエストファームの馬の強さが抜けてるんや」

「抜けてるんですか。それは育成のノウハウでもあるんですかね」

当てずっぽうで言ってみた。

「そうかもしれん。繁殖牝馬の質がいいというだけでは説明できんからな」

なんかよくわからないが、育成のノウハウがあるのは確からしい。

「あと、最初の二頭が牝馬でこの馬が牡馬。それが金額の違いになってるんじゃないですか？」

わずかに知っている知識をぶつけてみた。

「よう知ってるやん。めちゃめちゃあるよ。両親がおんなじ仔馬でも、牡馬やと牝馬より五割以上、下手したら倍くらい高くなるよ」

「そんなに変わるんですか」

「平気で変わるよ。基本的には牡馬の方が力は上やからな。それにクラブの募集でも牡馬は馬齢で引退が決まってないんよ。だから力があれば長くレースに出れる。でも今は気にせんでええよ。それよりこの馬なんやけど、お姉さんが今も活躍してるから、本来はもう少し募集金額が高くてもええはずなんよ。さらに募集してすぐ満口になってもおかしくないんよ。それがそうはなってない」

そう言いながらパソコンを僕に向けてきた。

「この動画を見てくれ。募集時の動画や」

言われるがままに、三〇秒ほどの動画を見た。

「ひょろこいやろ。写真ではなんとかごまかせても、歩かせてみるとサッパリや。セリに出したんやけど売れずに、セリのリザーブ価額のまま金額の上乗せもせずにクラブに回ってきたんや」

リザーブ価額とは、売主がこの金額以上でないと入札を認めないという入札最低金額のことだ。

「いくら血統的に魅力的やったとしても馬体があまりにも酷かったからな。一口馬主の出資者の眼もそないに甘くないから、クラブがセリの値段から値上げもせずに出資募集したにも関わらず、まったく人気にならずに今でも残ってるんや」

「ど素人の僕でもわかるぐらい動きが酷いですね。そら人気にならないはずですよ」

僕にでもわかるぐらいだからほんとに酷かった。

「そやろ。それがな。これ、最新の調教動画や」

やまもっさんがにやりと笑った。

そこには立派な馬体をした馬が、躍動感に溢れる走りを披露していた。

「同じ馬とは思われへんやろ。見事に化けよった。マンデーサラブレッドクラブかエシャロットホースクラブの募集馬やったら、もうとっくに満口になっとる」

「マンデーサラブレッドクラブかエシャロットホースクラブの募集馬やったらですか？」

「ああ、そうや。今でも満口にならずに残ってるのには理由があってな」

なんだか思わせぶりな山ぶりだ。

「まず、カリフォルニアサラブレッドクラブの会員がそないに多くないことや。会員の多いマンデーサラブレッドクラブやエシャロットホースクラブやったら、この馬を様子見してる会員も少なくないから、化け始めたんがわかったら、すぐ満口になると思う。会員が少ないのが幸いやった」

「クラブによって、そんなに会員数に差があるんですか？」

「めちゃめちゃあるよ。強いクラブほど、会員が多い」

なるほど。考えてみりゃ、そりゃそうか。

「ほんでな、このクラブはダート向きの馬はこれまでええ馬を輩出してきたけど、芝向きの馬ではまだパッとした成績を残せてないんや。だから、会員もこのクラブでの芝向きの馬への出資には不安があるんやと思う。いうても安い金額ではないからな」

「それ、ようわかります」

牧場も馬の専門家だから、得意分野があるというのは専門家なら当然だ。そして、会員が出資をためらうのも、これまた当然だ。

「日本では上のクラスほどダートのレースの割合が少なくなっていくから、その分獲得できる賞金も芝に比べるとダートは落ちるわな。だからダート向きの馬の評価もどうしても低くなる傾向にあるんや」

「確かに天皇賞や有馬記念など、有名なGＩはほとんど芝のレースですね」

クラシックにはダートのレースが一つもなかったはずだ。

「だからこのクラブの募集金額は、芝向きの馬中心のクラブに比べて基本的に安く設定されてんやと思う。そのせいか、このクラブで一口馬主を始める人も多いんや。そんな中で、芝向きの馬の一口七万円という募集金額は、他のクラブではそれほど高額な部類じゃなくても、このクラブにしたら高額になる。まあ、四〇口募集のクラブで一口一〇万円、一〇〇万円単位で出資してきた会員にとってはなんてことなくても、安ければ一万円代で出資してきたこのクラブの会員にしたら、このクラブの芝向きの馬で七万円。ちょっと勇気がいるわな」

「初めて出資する僕的には、けっこう高いって思いました」

正直に答えた。

「一口馬主をやってなかったら、それが普通の感覚やわ。その感覚に近い会員はけっこういてるんちゃうかな。だからディスティニーの16が今まで残ってると思うんや」

小遣い制の僕に七万円は大きかった。五万円の予算も僕的には目一杯の金額だった。

ただその一方で、やまもっさんの話術には失礼な話だが感心してしまった。最初に目玉が飛び出るような金額の馬を勧めて金銭感覚を麻痺させ、次に安いダート向きの馬を自ら否定して、最後に金額は思っていたより少し高いが、狙いを定めてきた芝向きの馬に話を着地させた。

見事だった。決して嫌な気分ではない。仕事柄、交渉上手な人物と仕事をすることもあるが、やまもっさんがこんな交渉術を身につけていたとは思わなかった。だてに社長をしているわけではないのがよくわかった。

「やまもっさん、トークうまいですね。いい意味で」

一瞬怪訝そうな顔をしたが、

「馬だけに上手いってか」

オヤジギャグで返された。

ワハハッ……。

「そうそう」

笑ってしまった時点でやまもっさんの勝ちだった。

（七万円の出費か）

思っていた金額より高くつきそうだが、なんともならない金額でもない。

（よし、やまもっさんと同じ趣味を楽しんでみるか。そうなれば善は急げだ。やまもっさ

んを喜ばせよう）

焼酎グラスを置いて、

「この馬に出資しますよ」

「えッ、マジか」

やまもっさんが口を開けたまま、僕の顔をまじまじと見つめてきた。

やまもっさんはこの馬に一緒に出資したいと考えてはいたはずだが、まさか即決して返事されるとは思っていなかったのだろう。僕の言葉に目を白黒させた。

「やまもっさんの一押しがこの馬なんでしょ。いいですよ。いってみましょう！」

戸惑いの表情が一変、クシャクシャな笑顔になった。

「乾杯しよう！」

そういうとやまもっさんが生ビールを追加注文した。

パソコンとパンフレットをテーブルから下ろし、

「出資の話はあとでええ。それよりこまっちゃんが俺のお勧めだと見抜いて即決してくれた、その気持ちが嬉しいんや」

二度目の乾杯をした後、馬の話で大いに盛り上がった気がするが、飲みすぎてよく覚えていなかった。やまもっさんがさらにハイペースで飲みだしたからだ。たくあんを何回か追加注文したところまではうっすら覚えているが、乾杯した回数は思い出せなかった。やまもっさんのとろけるような笑顔だけが印象に残っていた。

第三章　馬を見に北海道へ行こよ！

六月のある日、やまもっさんからディスティニーの16を見学しに北海道へ行こうと誘われた。

出資馬見学のお誘いは非常に魅力的ではあるが、今回の出資で懐が疲弊する僕にとって、ここでの北海道行きの出費は祭りを前にして止めを刺しかねない。断腸の思いで断ろうと思っていた。

しかし、そんな僕の心はお見通しとばかりに、偉大なる先輩は初出資のお祝いに招待すると言ってくれた。

とはいえ、さすがに金額の張る北海道旅行の招待を受けるわけにはいかない。金額がでかすぎる。

断ろうとしたところ、「航空会社のマイルのキャンペーンで行くから、金はかからんから遠慮はいらん。そのかわり日帰りやぞ」と、僕が誘いを受けやすい設定まで用意してくれていた。

出資で手一杯の僕に、自腹で北海度まで往復する余裕などない。かといって、奢りだと北海道往復は高すぎて、今後僕がやまもっさんに気を使ってしまうから付き合いにくくなる。それが航空会社のマイルのキャンペーンで無料だと言われたから、すごく気が楽になって話に乗ることができた。

気配りに感謝して、六月最後の日曜日、僕はやまもっさんとともに機上の人となった。北海道には毎年スキー旅行で訪れてはいるが、雪のないシーズンに訪れるのは今回が初めてだ。

千歳空港に着くと、時間を惜しんで大阪でもよく食べる牛丼をかきこみ、レンタカーで日高の牧場を目指した。

行きは僕が、帰りはやまもっさんが運転することになった。帰りに備えてやまもっさんには睡眠をとってもらうことにした。

三〇分ほどで日高道に入ると、助手席で寝息を立て始めた。

「日高道は取締りが多いから飛ばさんように」とのアドバイス通り、走行車線をゆっくり走った。

フロントガラスから飛び込んでくる景色は、地元の岸和田とそう変わらないはずなのになぜかのどかに感じた。

長い直線が続く日高道をさらに小一時間走ると、牛や馬のいる牧場が見えてきた。晴れ上がった空と相まって、ここが北海道であることを強く実感させてくれた。

日高道の出口が近づいてきたのでナビを確認すると、びっくりするぐらい到着予定時間が短縮されていた。

「北海道のレンタカーあるあるや」

やまもっさんが目を覚ましたようだ。

「俺も最初のころ、よう驚かされたわ。平気で一時間とか二時間とか短縮されるから、ナビが壊れてんかと思った。でもこれ、車種をかえてもレンタカー屋をかえてもそうなるんよ」

欠伸をしながら、やまもっさんが説明してくれた。

「一瞬、ドキッとしましたよ」

「北海道で運転するときは、スマホのマップが一番安全なんや。慣れてくると、よっぽどやないと面倒くそうて設定せんけどな。空港から日高やと三時間みといたらまず大丈夫や」

「確かに到着予想が早くなるだけですから、害はないといえばないですけど、故障かと思って焦りましたよ」

「飛行機の出発時間ギリギリの到着予定になったりすると、けっこうたまらんよ。ナビのことを知っててもめちゃめちゃ気が急くから、帰りは俺が運転することにしたんや」

こういうところもやまもっさんらしい。

「そうやったんですね。行きではなくて帰りに運転すると言うから、なんかあるんかなとは思っていたんですよ。それにしても、北海道の景色はいいですね」

運転しながら道路わきの牧場に目をやった。

「そやろ。俺もこっちに来ると、なんや心が洗濯される気分になるんや。でも本番はこっからなんやで」

日高道が終わって少し走ると、今度は右手に海岸線が広がった。

「山の次は海ですか。これまた素晴らしい景色ですね」

「北の海やな。この海の景色もええんやけど、この先に俺の好きな道が二つあるんよ。一つは季節外れやから来年のお楽しみやけど、もう一つは今日お目にかかれるよ」

「てっきり海岸線のことかと思いましたけど、違うんですね。楽しみです」

大阪の海とは異なり、少し寂し気な感じのする北の海も、僕には十分魅力的だった。

「まあ、あくまで俺が好きな道というだけなんやけどな」

しばらく国道二三五号線を走ると新冠町《にいかっぷちょう》に入り、海岸線に別れを告げた。

ナビに従って国道を左折すると、道の両側に牧場が現れた。牧草地にたくさんの馬が放牧されている。集団で走り回る馬、寝転んでいる馬、牧草を食べている馬。

「壮観ですね」

　素直に感動した。

「この道はサラブレッド銀座というんや」

「競馬場以外で、こんなたくさんの馬を見たのは初めてですよ。ちょっと車を止めてもいいですか」

　やまもっさんがほほ笑んで頷いた。

　車を降りて道路わきから牧場を眺めた。

「この道が、俺の好きな道の一つなんや。時間帯によるけど、こうして放牧されてる馬を見ることができるんや」

「天気のせいもあるかもしれませんが、映画のワンシーンみたいですね」

　目の前に広がる景色は、そう思わせるぐらい素晴らしかった。

　前日の雨の影響でキラキラと輝く牧草に晴れた空。

　そこに放牧されてのんびりと過ごす馬の群れ。

　詩人にでもなった気分だ。

　眺めているだけで心が癒される。

　いつまででも眺めていられそうだ。

　隣でやまもっさんが柔らかい表情で煙草をふかしている。

牧場の右奥を指さして、

「あそこに大きい馬と小さい馬がおるやろ。あれ、母馬と今年生まれたばかりの当歳馬や」

「どうしてわかるんですか?」

「この時期になると一歳馬は母馬から離されて、一歳馬だけで集められて過ごしてるんや。七月のセリでも、当歳馬は母馬と一緒に登場するけど、一歳馬は一頭で登場するんやで」

「一歳で親離れですか。馬の一歳は人間だと小学校あがるくらいでしたっけ?」

「だいたいそんなもんやな」

「人間の子供が小学校に上がるころに馬は親離れしているんですね」

驚いた。目の前にいる生まれたての仔馬は、あと一年ぐらいしか親と一緒に過ごせないとは。

「馬自身がそう願ってるわけではないと思うけど、一般的に動物の親離れは早いから、意外と人間もそれぐらいが適正なんかもしれんけどな」

言われてみればそうかもしれない。逆に人間の親離れ子離れが遅いだけかもしれない。

僕が子離れできていないのか。自分自身に置き換えた途端、少し寂しくなった。

牧場の風景に、すっかり魅せられてしまった。

草茂る牧場でのんびりと過ごす馬の群れから視線を上げると、若葉色の山間部は前日の雨の影響か霧がかかっていて、そこに日が差し込み幻想的な景色を醸し出していた。

都会の喧騒の中で染みついた世俗の垢が、日高の空気で洗い流されていく気がした。

この道が好きだというやまもっさんに共感できた。

どれくらい時間がたったのだろう。時間を忘れて眺めていた。

やまもっさんに促されて車に戻った。

エンジンをかけて時計を見ると、三〇分以上経過していた。

「いつもここで癒されるんやけど、今日は抜群やな。ここまで幻想的なのはなかなかお目にかかれへん」

「ただただ見とれてしまいました」

「日高の神さんに歓迎されたんとちゃうか」

微笑みをたたえたやまもっさんの言葉に頷いた。そうかもしれないと思えるほどの絶景だった。

四十歳を超えたおっさん二人が、日高の牧場でたたずんだ。北海道に着いてからまだ数時間しかたっていないが、やまもっさんの知らない一面を垣間見た気がした。

サラブレッド銀座を後にして、本来の目的地である牧場を目指した。一五分ほどで牧場の入り口に到着した。「カリフォルニアファーム」と木で作られた表札が掲げられていた。

クラブの人との待ち合わせまで少し時間があったので、車の中で時間を潰した。勝手に牧場をウロウロするのは迷惑になることがあるので、控えたほうがいいらしい。

時間になると、クラブの担当者らしき人が歩いてきた。

「あの人がクラブの山田さんや。いこか」

僕たち以外にも老夫婦が一組いた。

「こんにちは。カリフォルニアサラブレッドクラブの山田です。今日はよろしくお願いします。早速ですが、お名前の確認をさせてください。山本紀夫さんと小松英雄さん」

名前を呼ばれて軽く手を挙げた。

「お二人ですね」

「はい、二人です」返事をして、

「つまらんもんですが、皆さんで食べてください」やまもっさんが手土産を渡した。

僕たちに続き老夫婦の名前と人数の確認が終わると、全員で牡馬の厩舎に移動した。

厩舎は牡馬と牝馬で分けられていて、先に牡馬を見学してから牝馬の見学に向かうことになった。

最初に僕たちの見学希望馬が三頭曳き出され、続けて老夫婦の見学希望馬が曳き出されることになった。

厩舎は想像していたよりもはるかに清潔だった。馬の匂いはするが、不潔が原因の嫌な臭いはしなかった。もっと昔ながらのボロボロの厩舎を想像していたので驚いた。

厩舎の中からコッツ、コッツと蹄の音が聞こえてきた。

初めて間近で見る馬は想像以上に大きかった。少し気の強そうな顔に筋肉隆々の臀部、あまりの好馬体に圧倒された。

「インサイトの16です。生まれは三月四日、体高は一五六センチ、体重は四五六キロです」

厩務員さんが僕たちの前で馬を静止させると、山田さんが説明を始めた。

インサイトの16は、前回やまもっさんがディスティニーの16を一押しした後に勧めてきた同じクラブの馬だ。

やまもっさんは馬を側面からじっと眺めていたが、説明が終わると、

「足元どないですか？」

厩務員さんに話しかけた。

「今のところ特に問題はないです」

「気性はどないですか？」

「カリカリすることもたまにありますが、日頃はそれほど気にならないですよ」

厩務員さんの説明にやまもっさんが頷いた。

話が終わると、やまもっさんが馬の正面に回り、左右の人差し指を立てた。

「前脚が曲がってないかチェックしてるんや」

ラグビーをしていたころのような真剣な表情だ。

「ええ顔しとる」

そう言うと、今度は馬のうしろに回り込んだ。僕も一緒に移動する。馬のうしろにいると蹴られることがあるので、少し馬から距離をとった。

蹄も揃っていて、問題なさそうだった。

「よし」

やまもっさんは満足そうに頷くと、

「すんません、歩かせてもらっていいですか」

とリクエストした。馬の歩様を見て、体の使い方や動きをチェックするらしい。

厩務員さんが静止させていた馬に合図をして歩きだした。僕たちの前から二〇メートルほど離れていき、輪を描いて戻ってきた。やまもっさんは離れていくときは真後ろから、戻ってくるときは正面からじっと見つめていた。

「もう一回お願いします」

そう言うと、今度は馬を真横から見えるところに僕を連れて移動した。

「細かいとこは気にせんでええから、動き全体を大きく見てみ。躍動感があるかどうか」

言われて、馬の動きを大きく見るようにしてみた。

向こうから戻ってくる厩務員さんに、やまもっさんが右手の人差し指を立てて頭を下げた。

厩務員さんが頷き、もう一度馬を連れて回っていった。

「思ってた以上にようなっとる」

やまもっさんが満足そうに笑みを浮かべた。

やまもっさんが戻ってきた厩務員さんにお礼をいうと、厩務員さんは馬を連れて厩舎に戻っていった。

「いい馬体でしたね。動きも悪くないいんじゃないですか」

「ええ成長してきてる。面白いかもしれん」

僕の言葉にやまもっさんが頷いてくれた。

（よかった）

北海道行きが決まってから馬の見方を勉強してきた甲斐があった。

「栗東ではなく、美浦の山下厩舎に入厩予定やから、なかなか観戦に行かれへんのがな」

ほんとそこが悩ましい。

コッツ、コッツ、コッツ。また蹄の音が聞こえてきた。

「ディスティニーの16です。生まれは四月十八日、体高は一六〇センチ、体重は四六二キロです」

いよいよ北海道まで来たお目当ての登場だ。なんか緊張してきた。まるで好きな女の子を待っているようなドキドキ感だ。自分で自分に苦笑してしまった。

目の前に現れたディスティニーの16は、動画の馬と毛の色こそ同じ芦毛《あしげ》だが、まったく別の馬になっていた。

まだトレーニングが本格化していない時期に撮影された動画のディスティニーの16は、美味しい牧草をしっかり食べ、本来は腹袋がどっしりとして馬体は全体的にふっくらしているはずなのだ。それが動画では馬体は痩せていて、素人の僕が見ても自信無さげだった。

それが十ヶ月経って、同じ馬とは思えないほど見事な馬体に変身していた。

一般的に芦毛の馬は馬体がわかりにくいといわれているが、それでも薄い皮膚は臀部の筋肉を浮き上がらせ、代謝の良さを感じさせた。自信無さげな動画とは別物で、澄んだ目の聡明そうな表情になっていた。少年が青年になったという言葉ぐらいでは片付けられないほどの成長っぷりだ。

一緒に見学している老夫婦も驚きの表情だ。品の良さそうな奥様が、興奮してロマンスグレーのご主人の肩をバンバン叩いて何か話しかけている。

やまもっさんも笑みを隠し切れない。

ディスティニーの16は厩務員さんの指示に素直に従い静止した。

背中が短くお腹のラインが長い、所謂、長躯短背の体型だ。馬の理想的な体型をしているのがよくわかった。

正面に回ると、厩舎から出てきたときの印象通りだった。人に対して物怖じもせず、じっと佇んでいる。動画でみせた不安げな様子はすっかり消えて、実に穏やかな表情だ。

「歩かせますね」

厩務員さんがそう告げると、小気味よく歩く姿を披露してくれた。

なんて躍動感があり、なんて美しい歩く姿だろう。

首の動きはきれいな八の字を描き、背中から腰は躍動感溢れる動きだ。動画では背中がやや寂しく映っていたが、すっかり逞しくなり、馬体にも幅が出たようだ。

「夜間放牧を継続できたおかげで、馬が強くなりました。肩回りやトモの筋肉がパンと張ってきましたし、馬体重も増加しているように、順調に成長しています」

山田さんが説明してくれた。

「夜間放牧てなんですか？」

山田さんに尋ねた。

「通常、馬は夜になると厩舎に戻すのですが、精神的にも肉体的にも成長を促すために、厩舎に戻さず夜間も外で過ごさせています。夜の牧場は野生動物も出現しますし寒暖の差もありますから、心も体も逞しくなりますよ」

明確に答えてくれた。

成長した姿をしっかりと披露すると、ディスティニーの16は厩務員さんに曳かれて厩舎に戻っていった。

すべてにおいてインサイトの16とディスティニーの16は対照的だった。ただ、どちらも驚くほど素晴らしかった。

側面から見ると、前脚の筋肉のむっちり感はインサイトの16が上回っていた。ディスティニーの16はスラッとしていた。これはインサイトの16がダート向きの血統で、ディスティニーの16が芝向きの血統だからだ。

胴はインサイトの16がディスティニーの16より少し短めだ。胴の長さの違いは適正距離が違うことを表している。一般的には胴が長いほど適性距離が長いといわれているので、ディスティニーの16の方が適正距離は長いということだろう。さらにディスティニーの16は調教が順調に進んでいるにも関わらず、腹袋がどっしりとしていた。よく食べている証拠だ。

臀部はゴリゴリ感のあるインサイトの16に対し、ディスティニーの16は柔らかく丸みがあり、良質の筋肉を感じさせた。他にも繋ぎの角度なども含めて、インサイトの16が中距離のダート向きで、ディスティニーの16が長距離の芝向きというのがよくわかった。

やまもっさんの勝ち上がっている出資馬を見学した後、老夫婦が希望した馬が厩舎から曳かれてきた。先の三頭とは素人の僕がみてもわかるくらい、歴然とした差があった。

四頭の見学を終えて牝馬の厩舎に向かって歩き出すと、

「ディスティニーの16、すごくいい馬でしたね」

老夫婦のご主人が話しかけてきた。

「ほんと、募集時の動画との差にびっくりしましたね。感動しました。牧場にはよく来られるんですか？」

「かれこれ四、五回目ぐらいでしょうか。私がリタイアしてから毎年この時期に訪れています。最初は私が始めたのですが、いまではすっかり夫婦の趣味になりました」

となりの奥さんがご主人を見上げてほほ笑んでいる。

「ご夫婦の趣味として毎年来られているんですか。いいですね。僕は先輩に誘われて初めて来ました」

「初めての見学ですか。それはそれは。最初に素晴らしい馬に出会われましたね」

そう言うご主人の横で奥様がニッコリと笑って、

「この趣味から離れられなくなりますわよ」

サラッと恐ろしいことを言われた。

その後、牝馬の厩舎でやまもっさんと老夫婦の出資馬を見学して帰路についた。

帰りの車はやまもっさんが運転してくれた。親しいとはいえ、先輩の運転中に寝てしまったらどうしようと思っていたが、牧場見学の興奮が冷めやらず、寝るどころではなかった。

「どないやった？」

やまもっさんが直球で聞いてきた。

「何というか、うまく言葉にできないですけど、すごく感動しました。日常では味わえない非日常の世界に。日帰りとはいえ命の洗濯ができた気がします」

ベタな言い方だけど本音だった。

「俺もけっこう牧場には来てるけど、ここまでええもんが揃ったんは初めてや」

やまもっさんも本音だと思う。

「やまもっさんでもそうですか。僕は運がいいですね」

牧場見学がこれほど素晴らしいとは思ってもみなかった。

「ほんま。俺もびっくりしてる。ところで俺の出資馬はどないやった？」

今日は牡馬と牝馬、合わせて六頭を見学してカリフォルニアファームをあとにしていた。

「やまもっさんの出資馬はさすがでしたね。勝ち上がっているだけのことはありますね。今年デビュー予定の馬も、ムッキムキでいい馬体でした」

「そやろ。入厩してる馬も含めて、このクラブでの出資馬は今のところ全部ダート向きの馬やからな。故障さえしなければそこそこ楽しめる馬を選べてると思ってんや」

ちょっと誇らしげだ。

このクラブは安く仕入れた馬や自家生産した馬に利益をあまり上乗せせず、リーズナブルな金額で募集することが多いらしい。

ただリーズナブルな馬ほど勝ち上がれるかを見極める相馬眼が必要になる。安いには安いなりの理由もあるからだ。

「で、実際に候補の馬を見てどないよ？」

海岸線に出たあたりで、やまもっさんが聞いてきた。

「驚きました。ディスティニーの16は募集時の動画とは別の馬かと思いましたよ。正直あそこまで変化しているとは思いませんでした」

素直な感想だった。

「募集時の動画は話にならんけど、最新の動画からもさらにもう一段成長してたな。若い馬にはこれがあるんや。あれは化けるで」

「化けますか」

ど素人の僕でも馬の成長ぶりは一目でわかった。ただ、どこまで登っていく能力があるのか想像できなかった。

「化ける。このクラブ初の芝の重賞馬になるかもしれん」

「えッ、重賞ですか」

ハンドルを握るやまもっさんは自信ありげな表情だ。

見学で出会った老夫婦もディスティニーの16を絶賛していた。

この馬は勝ち上がれると思ったけれど、重賞を制覇するところまでは想像していなかったので驚いた。でも素人の僕が見てもその素晴らしさがわかるくらいだから、やまもっさんのお眼鏡にかなうのも当然と言えば当然かもしれない。

「ああ、その可能性は十分秘めてる。ただ、デビューは早くないな。山田さんに聞いた話では焦らずにじっくり進めたいと言うてたから、秋口に入厩して年内にデビューできるかどうかぐらいちゃうかな」

「そんなに遅いんですか」

何となく秋口にはデビューしてるもんだと勝手に想像していた。

「入厩まではもう少しかかりそうやし、入厩してからゲートテストまでざっくり一、二ヶ月はかかる。ゲートテストに合格して、そのまま厩舎で調教を進められたら年内、放牧に出たら一月末から二月頭ぐらいのデビューになるんちゃうかな」

（あらら。早くてここから半年先かぁ）

思ったよりもデビューが遅そうで、少しがっかりした。

「まあ、そこはじっくりいかなしゃあない。ここのクラブの募集馬はダート向きの馬が多いから、早期デビューは基本少ないんや」

どういう意味だろう。

「ダート向きの馬が多いとデビューが遅いんですか？」

「そうや。日本の中央競馬は、二歳でデビューしてからクラシックが終わるまでは芝のレースが中心なんは前に話したかな。例えば、二歳の秋にダート戦で順調に勝ち進むとするやろ。さあ、次はオープンクラスと思っても、三歳の春にある伏竜《ふくりゅう》ステークスまでは中央競馬でダートのオープンレースはないんや」

「ええッ、そんなにないんですか」

「残念ながらない。中央競馬やと、二歳のダート重賞はないし、三歳限定のダート重賞なんて数えるほどしか思いつかん」

衝撃の事実だ。

「ダート向きの馬は楽しみが少ないんですね」

最初に見たインサイトの16も悪くないと思っていたのだが、この話を聞いてダート向きの馬に興味を失いかけた。

「と思うやろ。ところがそれがそうでもないんや」

やまもっさんがニヤッと笑った。

「確かに馬が若いときは、あんまりおもんないかもしれん。でも、勝ち上がればダービー以降は出走できる平場のレースも増えてくるし、クラシックが終わると三歳限定戦ではないけどダートの重賞もボチボチあるんや。だからそないに悲観せんでも大丈夫や。ほんで、ちょっと視点を変えるとええこともあるんやで」

「ええこと？」

ちょっと気になる言い方だ。

「芝向きの馬やとやっぱりクラシックを狙いたいやろ。だからどうしても出走権を獲得するために無理して馬をレースに向けて仕上げたり、レース間隔を十分とれずに無理使いすることもけっこうあるんや。そうすると馬の成長期なだけに、無理させた分馬体が悲鳴を上げることも多いんや。野球でも中学生や高校生のピッチャーが投げすぎて肘を壊すことがあるやろ。あれとおんなじや。でもダート向きの馬は勝ち上がると出走できるレースがあんまりないから、馬が若いときに無理使いする必要がない。だから馬の成長をじっくり待てるんや」

「なるほど。そういう面もあるんですね」

ちょっと気持ちが上向いた。

「それに何よりダート向きの馬は安い」

現金なもので、やまもっさんのこの言葉で、ダート向きの馬への興味がいっきに復活した。

「話がズレたけど、このクラブの募集馬はダート向きの馬がほとんどやから、基本的には早期デビューの必要性はそこまで高くないんや。ディスティニーの16は成長が遅かったから、このクラブの特徴がこの馬にとってええほうに転がってくれるんやないかな」

「ええほうですか？」

「そう。じっくり育成するという方向にな。馬体の成長が遅い馬は焦ってデビューを急ぐと故障が心配や。この馬も関係者が無理させんことを願うよ」

やまもっさんが真剣な表情で言った。

「で、こまっちゃん、どうするや。今回俺はこまっちゃんとおんなじ馬に追加出資しようと思ってんや」

「うわ、責任重大じゃないですか。それぞれでしましょうよ」

僕にはやまもっさんのような相馬眼はない。

「そんな重く考える必要はないよ。元々絞り込みは俺がしたんやから、こまっちゃんがどの馬を選んでも全部俺が自信をもって勧めた馬やから、なんの問題もないよ」

そう言われても、僕の立場ではそうはいかない。

「今日見た二頭はどちらもよかったですよ。ディスティニーの16は夢があるし、インサイトの16は勝ち上がれたら、長く楽しめそうだし、正直迷っています」

本音だった。

ちなみにインサイトの16は一口三万円でディスティニーの16の半額以下だ。僕の懐にもやさしい。

「なら、思い切って両方出資してみんか。悪い結果にはならんと思う」

やまもっさんにしては珍しくボソッと言った。

悩んでいる僕に言い出しにくかったのだろう。でも両馬のすばらしい成長ぶりを目の当たりにして、どちらも自信を持ったに違いない。

金額にビビッている僕に遠慮しているのだ。

後輩にここまで気を使ってくれている先輩に申し訳なく思った。別に僕が出資してもなんの特にもならないのに。

「二頭ともいっちゃいますか」

勝手に声が出ていた。

「ほんまか！」

やまもっさんが目を輝かせた。やっぱり僕に気を使ってくれていたのだ。

「ええ」

「こまっちゃんならそうくると思っとった」

一瞬嫁さんの顔が浮かんだ。

後悔先に立たず。

日頃はやさしい嫁さんだが、怒ると鬼のように怖い。

（バレたら怒られるかな。でも小遣いでやる話やし、悪いことするわけでもないし、怒られる話ではないような気がする。けど、話はしといた方がええかな。話せばわかってくれるよな。たぶん。きっと。自信はないな……。ああ、言わなきゃよかった……）

喜びを顔にみなぎらせているやまもっさんを前にして、やっぱり今の言葉はなかったことにして欲しいなんて言えなかった。

時間がたつと決意が鈍りそうなので、北海道から帰ってすぐにカリフォルニアサラブレッドクラブへの入会手続きと、ディスティニーの16とインサイトの16への出資申し込みを済ませた。

入会金はクラブのキャンペーンで無料になったが、出資金は二頭合わせて一〇万九〇〇〇円だ。非常に痛い、痛すぎる。

祭りを前にして、なんてことをしでかしてしまったのかと、すごく後悔した。

へそくりをすべて使い果たし、懐も心もいっきに寂しくなった。

そんな僕の心を知ってか知らずか、やまもっさんからは毎週のように飲みのお誘いがきた。

勿論僕にそんな資金的余裕があるはずもなく、すべて断った。

出資してすっからかんになったとはいえ、先輩に奢られっぱなしになるのは嫌だった。

「こまっちゃんにとって、今回の二頭は運命の出会いになるで」

それでも、やまもっさんから言われた一言だけは、そんな訳ないと思う反面、そうかもしれないと思う僕もいた。

第四章　だんじりの余韻の中で

一　法被に袖を通す

八月に入ると岸和田は一斉に祭りの準備に入る。日本三大奇祭の一つともいわれている「だんじり祭」だ。だんじりが勢いをつけて道路を直角に曲がる通称「やりまわし」が見どころの一つだ。全国的には、だんじりが角を曲がり切れずに電柱や家にぶつかる事故の映像で有名かもしれない。ちなみに東京の友人たちはいまだにそのシーンしか浮かばないらしい。

毎年九月の第一日曜日に一回目の試験曳きがおこなわれ、二回目の試験曳きを経て敬老の日直前の土日に本番を迎える。

お盆を過ぎると、各町の青年団がだんじり小屋を開けて鳴り物練習を始め、町内に設置された献灯台にも火が灯されて、祭りムードが高まっていく。

僕が属する若頭がだんじりの準備で担当するのは、つつみ巻きと駒替えだ。前梃子はこれに梃子の準備がある。

今年は一回目の試験曳きが九月二日だから、駒替えはその一週間前の八月二十六日、つつみ巻きは更にその一週間前の十九日と、ほぼ自動的に準備の日程が決まっていく。

岸和田のだんじりには正面左右に二本の前梃子というブレーキの役割をする梃子がある。だんじりの前にある梃子なので前梃子というが、前梃子を担当する者も同じく前梃子といったりする。ちなみにだんじりのうしろにある梃子は後梃子という。

つつみはだんじりに梃子を置くところで、ロープを組み上げて作る。祭りが終わると外し、次の年の祭り前にまた新しく作る。その作業がつつみ巻きだ。

だんじりには町ごとに沢山のこだわりがあるが、つつみもその一つで、梃子を入れるときに重要な役割を果たすため、けっこうな時間をかけて丁寧に作り上げる。毎年このつつみ巻きが始まると祭りが近づいてきたことを実感する。

駒というのは車のタイヤに相当するもので、木でできている。だんじりを小屋に保存しているときは置き駒と呼ばれる保存用の駒を使用しているので、それを祭り本番用の駒に替えるのだ。

若頭が準備している間に青年団はだんじりに曳綱《ひきづな》をつけ、組は後梃子に緞子《どんす》を張り、各団体が粛々と祭りに向けて準備を進めていく。

祭りが始まると、時計の針がいっきに進む。

曳き出しの朝、法被に袖を通す。ひりつく瞬間だ。

嫁さんに法被を塩でお清めしてもらい、家を出る。

まだ真っ暗な中、だんじり小屋に男達が集まってくる。

やがて用意が調い、御神酒《おみき》がふるまわれる。

そして曳行責任者の挨拶が終わると、
トンコトン、トンコトン、……。

鳴り物が始まり、まだ夜が明けきらない薄暗い空気の中、だんじりが動き出す。

僕が祭りで最も好きな瞬間だ。だんじりとともにゆっくり歩く。頭の上から落ちてくる鳴り物の音が心地よい。

岸和田に生まれてよかったと心から思う。


祭りが始まると、自分の町のだんじりに一日中付きっきりになるので、違う町のやまもっさんと会うことはほとんどない。

今年の祭りでは、やまもっさんの町が神社へ宮入りに向かうときに、「ご安全に」と声をかけたのが唯一の会話だ。

コナカラ坂の「やりまわし」は、神社に宮入りする町にとって年に一度だけおこなわれる特別な「やりまわし」だ。前梃子責任者が梃子を持つ。今年はやまもっさんがその重責を担った。

宮入りが終わると、あとは午後の曳行と灯入れ曳行を残すだけとなり、各町最後の力を振り絞る。

「だんじり祭」は雨が降ることが多いことから、「下駄祭り」と呼ばれることもある。その「だんじり祭」にしては珍しく今年は天候に恵まれ、四日間雨は降らなかった。おかげで僕の町も四日間、全力でだんじりを曳行することができた。

僕の町は宵宮の午後、テレビでよく見るシーンのように電柱にご挨拶に行ったが、それ以外は大きな事故も怪我人もなく、無事祭りを終えることができた。

僕はというと、今年は梃子を握った「やりまわし」がどれもきれいに決まったので、前梃子としては満足のいく祭りとなった。

祭りの翌日は泥のように眠りたいが、そうはいかない。寝惚け眼をこすりながら町会館に向かった。朝から町をあげての大掃除だ。町会館で役割分担が決まると、遅れてやってきた筋肉痛に悲鳴をあげる体で、だんじり小屋に歩きだした。

飲みすぎた酒を抜くためかと思うほど、大汗をかいて大掃除をした。

そして夜に楽作《らくさく》と呼ばれる打ち上げをして、一年の祭礼行事が終了する。この楽作で各祭礼団体の幹部が交代し、翌日からまた次の祭りに向けて動きだす。そういう意味では、楽作は祭礼関係者にとっては大晦日みたいなものかもしれない。岸和田に十月から始まるカレンダーが存在する所以だ。

また、楽作は若頭の最年長の代が世話人に上がり、組から最年長の代が若頭に入ってくるという、各団体における卒業式、入学式のような場でもあるのだ。

もっともお互い見知った顔なので、挨拶が終わるとすぐいつもの飲み会と変わらなくなる。

僕はというと、祭りが無事に終わった安堵感からか、楽作の一次会からすっかりできあがってしまった。

祭りは四日間でマラソンと同じくらいの距離を走破するといわれているだけあって、足の裏やふくらはぎをはじめとして体のいたるところが悲鳴を上げているが、今はそれが心地よい疲労に感じているから不思議だ。

テーブルに片肘をついてウトウトしているとメールが届いた。やまもっさんからだ。祭りの期間中、一口馬主のことはすっかり頭から消えていた。

「お疲れさん。お互い無事に祭りが終わってなによりやった。今度二人で楽作をしよう。来週の日曜日はどない？」

飲みのお誘いだった。やまもっさんとは六月の終わりに北海道に行ったきりだった。懐の寂しさはあるものの、久しぶりの先輩からのお誘いは断れない。

「前梃子責任者、お疲れさまでした。ほんま、大きな事故もなく、よかったです。来週の日曜日、了解です。行きましょう！」

と返信した。

祭りが終わった寂しさを感じ始めたところだったので、渡りに船だった。

祭りのオフシーズンは一口馬主を楽しむのも悪くない。

二　あいさつ代わりの祭り話

祭りが終わって一週間が過ぎた。体の節々の痛みはだいぶ治まってきたが、まだなんとなく重だるい。年々この重だるさが抜けるまで、時間がかかるようになってきた気がする。中学、高校とラグビーに明け暮れていたころは、タックルしたり、されたり、地面に転がったりと、体への衝撃は今とは比べものにならないくらい激しかったはずだが、これほど引きずることはなかった。もう若くはないことを実感させられる。

約束の日曜日、自転車をふらふらと走らせて、やまもっさんと前回出資馬を検討した居酒屋に向かった。

しばらく店の前で待っていると、僕以上にだるそうに自転車を漕いでやまもっさんがやってきた。

個室に入るとまずは生ビールで乾杯をした。

「こまっちゃんとこはどないやった？」

あいさつ代わりの祭りの話だ。

「小門で一回電柱いきましたけど、それ以外はたいした事故も怪我人もなく、いい祭りでした」

どこかの町で重篤者がでれば各団体に連絡が回ってくるが、幸いにも今年はなかった。

「何よりやったな。うちも貝源の花壇と小門の家にいったけど、大きな修理はせんで済みそうや。そういや、おさむがパレードの後、カンカン場の電柱いったときに屋根と柱いわした言うてたな」

おさむさんはやまもっさんの中学の同級生で、僕のラグビー部の先輩だ。山中町で若頭をしている。

「山中町ですか。珍しいですね」

山中町は「やりまわし」がうまいと評判の町だ。

「今年足回りを変えた言うてたからな。祭りの間はボルトかましてそのままやったみたいやけど、もう一発いってたらやばかったらしくてヒヤヒヤもんやったってよ」

だんじりには車のようなハンドルはついていない。そのためスピードを落とさずに道路を直角に曲がる「やりまわし」は、本来、真っすぐにしか進まないだんじりを曲げるため、人力で強引になされている。青年団がだんじりを前に曳き、前梃子が内側の駒に梃子を入れて内側の駒の回転を止め、だんじりのうしろについている梃子を後梃子が外側に回す。

この「やりまわし」をスムーズにおこない、事故をできるだけ起こさないようにするため、駒や心金と呼ばれる車軸、駒の中で心金を受けるドビなど様々な所に各町工夫を凝らしている。心金をメッキ処理している町もあれば、ドビの中の車軸受けにベアリングを入れている町もある。車のレースで使用するグリスや、電車で使用するような特殊な素材を使っていたりもする。意外と知られていないが、だんじりの足回りは最新の技術やノウハウ、素材がふんだんに使われているのだ。そして当然それらはすべて各町の極秘事項である。

それでも祭りに事故はつきものだ。万全の準備を整え細心の注意を払っても事故は起きる。事故をするとお世話になっている工務店の方が修理にとんできてくれる。曳行を中止するのは避けたいので、祭りの間は応急処置で済ませて、祭りが終わった後に本格的に修理する。

「えらい気ぃつこたでしょうね」

うちの町も一昨年の祭りで同じような経験をしていたので、その心中は察するものがある。

「ほんまによ。今年は程よう曇ってて涼しかったから、青年団が元気やったしの。俺らおっさんも雨やなく、かというて暑くもなく、快適でありがたかったけどな」

雨が降るとだんじりが滑るので、事故が起こりやすくなる。

カンカン照りだと青年団が日差しでバテやすくなるので、思ったほど「やりまわし」でスピードが出ず、意外と事故は起こりにくくなる。

曇りで涼しいとだんじりの曳き手である青年団が元気なので、「やりまわし」でスピードが出やすく、意外と事故も起こりやすくなる。

「雨だと最悪ですからね。寒いし、梃子も利かんし、ええとこなしですよね。それから考えたら今年は天気には恵まれましたよ。その割に事故も少なかったし」

全祭礼関係者の実感ではなかろうか。

「確かにな」

やまもっさんが頷いた。

「そういや、やまもっさん、次責ですか?」

若頭には責任者の下に副責任者がおり、なかでも翌年度に責任者を務める者を次責とよぶ。

「そや。前梃子もいよいよ最後やな。あっちゅう間やったわ」

やまもっさんが目を細めた。

「まずは前梃子責任者、お疲れさんでした」

頭を下げた。

「おおきに」

やまもっさんも頭を下げた。

「何かと忙しくなりそうですね」

「ああ。うちの町は次責になると内向きの会議が増えるんや。とはいうものの、責任者はもっと忙しいやろうから、遊びは今のうちにかの」

祭りが終わると、翌年の祭りに向けて新たな活動が始まる。

幹部でなくても月一回の寄り合いから始まり、年末の夜警、だんじり小屋の風通しに町内掃除と、なにかと果たすべき役割がある。そして春には地区の若頭会主催のソフトボール大会を皮切りに、町内会の親睦会や花見など、行事が目白押しだ。祭り前の忙しい時期を除いても、年間で平均すると月に二回は集まっている計算になる。

夏になれば日曜日はお盆を除いてほとんど祭礼関係の予定で埋まり、九月になれば花寄せやなんやかんやで、それこそ祭りまでは平日も土日も関係なく皆勤賞ものだ。

幹部、中でも責任者になると、そこからさらに忙しくなる。幹部会や町内会、町内の各祭礼団体との会議、地区の若頭会と、年中行事が引きも切らない。

　祭り前に会社を辞めるもんがいるのも頷ける。責任者になった当初は会社の上司も「責任者大変らしいけど、頑張れよ」と理解を示してくれたりする。しかし、祭りが近づくにつれて祭りを理由とした欠勤や早退が増えてくると、次第に態度を硬化させ、ついには会社と祭りを天秤にかけて「会社と祭りのどっちが大事なんや」との禁句が飛び出すことにもなる。

「『お前はできの悪い女房か』言うてやめたった」ここまでいく強者もいる。そこまでせんでもあと数ヶ月の辛抱やないかとも思うが、その気持ちはわからなくもない。

　それくらい責任者は忙しく、組織のため、町のために、自分の身を削って務めてくれているのだ。

三　牧場での馬のチェックポイント

「それはさておき、こまっちゃんと一緒に出資した二頭、どっちも入厩したな」

　話がガラッと変わった。

「僕もホームページで見ました。思ったより早くないですか」

お盆を過ぎて祭りに向けた動きが本格化すると、一口馬主のことは頭の中からすっかり消えていた。祭りが終わり、何気なくクラブのホームページを覗いてみたら、なんと二頭とも入厩していたのだ。

「インサイトの16は、うまくいけば八月中の入厩もあるかもしれんと思ってたけど、ディスティニーの16が、九月の頭に入厩とは思わんかったな。祭りは曇りやったから、青天ならぬ曇天の霹靂やな」

やまもっさんがおどけて笑った。

「うまいッ。座布団一枚！」

僕もつられて笑った。

「インサイトの16はゲートテストに合格したら、仮にその後近郊の牧場に短期放牧に出たとしても、十一月の終わりには初戦を迎えられそうや。厩舎が関東なのが残念やけど、新馬戦はテレビで観戦しよや」

「いいですねぇ」

出資馬の初レースになる。今から楽しみだ。

「ディスティニーの16も、早ければ十二月中には初戦を迎えられると思うんや。十二月やと阪神競馬場やから、こっちは見に行こか」

「おおッ、十二月は阪神競馬場ですか。これは楽しみですね」

ついに出資馬の初現地観戦が実現しそうだ。

「インサイトの16は調教タイムは平凡やけど、スタートはうまいみたいやな。スタートを決めてアイルハヴアナザー産駒特有の粘りの走りができたら、中山競馬場なら初戦から勝ち負けの可能性もけっこうあると思ってんや」

「えッ、初戦からですか」

「ああ、その可能性は十分あると思うで。まあメンバーにもよるけどな」

えらく自信ありげな表情だ。

「ディスティニーの16は何とも言えんな。調教タイムはめちゃめちゃええんやけど、いかんせん十二月の阪神競馬場での芝の新馬戦は、出てくるメンバーが強烈やからな。こっちも相手次第といえば相手次第やろうけど」

こちらはちょっと自信無さげだ。

「そうですか。相手次第ですか。まあそこはしゃあないですね」

「でもその分、ええこともあるで」

やまもっさんがニヤリと笑った。

「相手が強そうやと関西近郊の出資者は観戦に来ると思うけど、関東とか遠い人はわざわざこんと思うから、『口取り式』に当たる可能性はけっこう高いと思うで」

「『口取り式』ってなんでしたっけ？」

前に聞いたことがある気がするが思い出せない。

「ああ、そやったな。こまっちゃんは現地観戦が初めてやったな。すまんすまん。自分の出資馬がレースに勝ったら出資馬と一緒に記念写真を撮るんや。その写真を撮ることを『口取り式』というんや。なんでそれを『口取り式』というんかは知らんけどな」

ああ、思い出した。

「いいですね。出資馬と記念写真が撮れるのは」

思わず頬が緩んだ。

「俺もあれ、けっこう好きなんや。たとえそれが未勝利戦やったとしても、自分の出資した馬が勝って記念写真を撮るんは嬉しいもんなんよ」

ほんとに嬉しそうだ。

「ただ、四〇〇口のクラブやと『口取り式』の参加希望者も多いから、だいたい抽選になるんや。特に新馬戦は人気やからなかなか当たらんのよ。でも阪神での十二月の芝の新馬戦なら、そう簡単に勝てんと考える人も多いと思うから、けっこうチャンスやで」

「じゃあ、抽選にならないかもしれないですね」

「いや、抽選にはなると思う。俺もそうやけど、一口馬主やってる人はけっこう出資馬への思い入れが強いんや。出走レースを見るためだけに日帰りで新潟とか小倉とかに行く強者もいるくらいや。アイドルの追っかけみたいな感じやな。まあ、新馬戦はその馬にとって一生で一度きりの晴れ舞台やから、わからんでもないけどな。ほんで、競馬をしに競馬場に行くなら、ダメもとで『口取り式』も申し込んどこうという人も一定数はいるから、抽選にはなると思うけど、いつもより当たる確率は高いはずや。それより早いもん勝ちの電話受付枠があるから、そっちを狙ってみるとええよ」

「電話受付もあるんですか。それはありがたいですね。電話してみます。それよりそんな熱狂的な人がほんまにいるんですか？」

　馬にアイドルの追っかけみたいな人がいるのが信じられなかった。アイドルみたいに歌ってくれるわけでもなければ、握手をしてくれるわけでもないのに。

「馬がパドックを周回してるときに、『松下騎手がんばれ！』とか『メジロマックイーンがんばれ！』とか書いてる横断幕を見たことあるやろ。あれ、ファンが自腹で作ってるんやで」

「ええッ、そうなんですか」

　まさかの自腹。

「しかも横断幕を張る場所取りが大変らしく、競馬場の開門前から並んで開門したらダッシュして場所を確保するらしいわ」

「マジですか」

「マジや。それも数人とかやなく、意外と多いんやで」

いやー驚いた。テレビで横断幕を見たことがあるが、あれはてっきり家族とか、牧場関係者とかがやっているのだと思っていた。

「意外というては何ですけど、一口馬主って、けっこうコアなファンが多いんですね」

「一口馬主というよりは、競馬自体がそうなんかもしれんよ。昔は金を賭けるギャンブルとしての競馬が好きな人がほとんどやったけど、メジロマックイーンが登場したころから馬自体に興味を持つ人が増えてきた印象かな。ＪＲＡの努力の賜物やろうけど、コマーシャルも好評で競馬のイメージもだいぶ良くなったし、競馬場の雰囲気も明るくなったから、家族連れでも行きやすくなったよな。公園もあるし」

「確かに、ＪＲＡのコマーシャルはさわやかでいいですよね」

「おかげで、家での俺の肩身も若干広がったで」

ワハハッ……。

「昔の競馬場はイメージが悪かったですよね。汚いし、おっさんがくわえ煙草でおがってて、女、子供が来るとこやない感が満載でしたよね」

「今では考えられんけどな。でもたまに、その荒くたい雰囲気を懐かしく思うこともあるんよな」

やまもっさんが紫煙をくゆらした。

昔を懐かしむ気持ちはわかる気がした。

「でもまあイメージが上がったおかげで、一口馬主もやりやすくなったし、ええことの方が多いから、よしとせんとの」

そう言うとやまもっさんが煙草をもみ消した。

「そういや、前に牧場行ったときに、こうやって馬の正面で左右の人差し指を立ててたじゃないですか。『馬の前脚が曲がってないかチェックしてるんや』と言うてましたけど、どういうところに気をつけて見ていたんですか?」

空気を変えたくて、話題を変えた。

「ああ、あれか。前脚が真っすぐな馬ばっかりやないからな。どっちかというと、そんな綺麗な前脚の馬は逆に少ないぐらいなんや。外向してる馬もいれば、内向してる馬もいる。でもどうしても故障リスクが高いから、外向してる馬はある程度までは許容するけど、内向してる馬とオフセットニーの馬は選ばんようにしてるんや。まあどこまで許容するかは個人差があるところやな」

「オフセットニーってなんですか?」

「オフセットニーは膝の上と下でずれてる状態のことや。人間で言うと、足の軸は太ももの真下に膝、脛があるやろ。これが膝から下は真っすぐやけど、軸が太ももの外か内にずれてることがあるんや」

立ち上がって自分の足で説明してくれた。

「そんなことあるんですね」

「完璧な馬体の馬ばっかりやないからな。たいていはどっかに欠点はある。だからその欠点が許容される範囲かどうかを見極める必要があるわけや。なんぼ能力が高くても故障したらそれまでやからな」

「僕もこの前牧場に行くので馬を見るポイントを予習していったんですけど、ほとんど役に立たなかったです」

正直に話した。

「そらそうや。ちょっと勉強しただけで簡単に馬の見方がマスターできたら、それこそ逆に驚きや。俺なんか十年以上やってるけど、まだようわからんことも多いで」

「やまもっさんでもそうですか」

やまもっさんは一流の相馬眼を持った人だと思っていた。

「当たり前や。いうても俺なんて素人やからな。あれもあくまで故障リスクが高いかどうかのチェックを俺流でしてただけや。あのとき馬を何回か歩かせてもらったやろ。歩く姿を正面から見て、前脚が内から外に円を描くように歩いてないか、逆に外から内に円を描いてないかとか、リスクが許容範囲かどうかをチェックしてたんや。馬体でチェックすべきポイントは山ほどあってな。繋ぎとか蹄とかパーツごとにチェックしていくんや」

やまもっさんが新しい煙草に火をつけた。

「出資馬を選ぶときに、これっていうポイントってあるんですか？」

「ポイントか。そうやな、チェックしていく順番は人それぞれやと思うけど、俺の場合、まずカタログや動画で好みの馬を絞るかな。消去法も悪くはないけど、やるなら楽しくやりたいから俺は好みから入るようにしてる」

「好みの馬ですか？」

「そうや。馬体とか血統とか、一口馬主をやってるうちに好みってできてくるんよ。そのうちこまっちゃんにもできてくるよ」

　僕にも好みができることを当然のように言われて少し驚いた。

「やまもっさんでも、楽しさを優先しているんですか？」

「でもてなんな、でもて。当たり前や。なに当然なことを言うてんよ。趣味なんやから楽しさが優先に決まってるやん」

　なに変なことを聞いてくるねんと顔にも書いてあった。

（僕がおかしいのか？）

　やまもっさんの出資実績からすると、てっきり儲けることが最優先かと思っていた。

「まあ話を戻すとや。好みの次は能力に直結しそうな部位をチェックしていくかな。要は長所探しやな。この馬やったらどのへんまで期待できるか。血統や馬体は当然として、他の要素も含めて総合的にイメージするんや。ほんで絞った馬の中から、リスクの高そうな馬を除外するという流れかな。仕上げは実際に牧場で馬を見てみて、写真や動画のイメージと違うところがないか、実際に見んとわからんようなところにおかしなところがないかをチェックするんや。出資した馬が故障するんは辛いからな」

「いくら能力が高くても、故障してしまったら意味ないですもんね」

自分の出資馬が故障するシーンを想像したら、嫌な気持ちになった。

「それでも故障することはあるからな。金の面もあるけど、やっぱり出資するとその馬に情が湧くんよ。出資馬が故障して苦しむ姿は見たくないし、ましてや治療できずに予後不良になるんはもっと辛いからな。走力が衰えて引退するまでは元気に走り続けてほしいと思ってんや」

予後不良はレース中に馬が故障し、回復が困難なときに安楽死処置することだ。レース中に馬が競走を中止するシーンは、テレビでも目にしたことはあった。でも、出資した馬がそうなることなんて、考えてもみなかった。やまもっさんとの話の成り行きで出資して、そういうことも考えずに浮かれていた自分を恥じた。

「ほんま、その通りですね」

「生き物やから故障することはある。俺も最初はそんなこと考えもせんかった。経験して初めてわかった。こまっちゃんと一緒に出資した馬がそうなったら楽しくなくなるから、今回はよけい慎重に選んだつもりや。だから絶対ではないかもしれんけど、故障リスクはだいぶ小さいとは思う」

やまもっさんの言葉に胸をなでおろした。

ペットを飼っても別れはあるのだ。当たり前といえば当たり前だが、そこまで深く考えていなかった。でも考えなくてはならない問題だと思った。

しばらく沈黙があり、やまもっさんがトイレに立った。

競馬では避けて通れないこの問題を、早い段階で僕に伝えてくれたのだろう。トイレに立ったのは、僕に考える時間を作ってくれたような気がした。


やまもっさんがトイレに立ってくれたおかげで、気持ちの整理をすることができた。人間でも怪我もすれば、病気にもなる。そして、馬に限らず、すべての生き物は死ぬことから逃れられない。そこに考えが至って、ちょっと気持ちが落ち着いた。

ふとわが身に置き換えてみたら、複雑な気持ちになった。祭りで最も命の危険にさらされるのが前梃子だ。それを認めてくれている嫁さんの気持ちを想像したら、申し訳なくなった。

気分転換に焼酎のロックを注文した。チェイサーとしてお水も頼んでいると、トイレから戻ってきたやまもっさんがドアを閉めながら、左手で僕にチョキをした。

その後、やまもっさんは焼酎を片手に馬を見るポイントの続きを話してくれた。想像していた以上に細かいところまでチェックしていることに驚かされた。

今度は僕がトイレに立った。

四　毎年変わる募集馬の質

トイレから戻ってくると、テーブルの上にはクラブのパンフレットが広げられていた。

(ついこの前出資したばかりやのに、まさか僕に勧めるつもりではないよな)

「今年の新規募集の話をしようと思っての」

不安的中だ。やまもっさんがストレートに切り出してきた。

(マジか)

口から出かかったが何とか押し戻し、

「新規募集ですか?」に変換した。

「ああ、この前二歳馬に二頭出資したやろ。あれはかなり特殊なんや。各クラブとも毎年七月から十月ぐらいの間に、一歳馬の新規出資募集を開始するんや。リネンホースクラブもちょうど募集が始まってな。このパンフレットにある全頭が新規募集の対象なんや」

そう言ってやまもっさんがパンフレットを開いた。

「けっこうな頭数が募集されるんですね」

パンフレットには七〇番まで番号が振られていた。

「ウエストファーム系列のクラブは募集頭数が多いんよ。それはさておき、実は今年、このファームの系列のクラブで面白いことが起きてるんよ」

「面白いこと？」

やまもっさんはやっぱり話が上手い。思わず聞き返してしまった。

「ああ。これまでこのファームの系列のクラブは、一口馬主の間で本家と呼ばれてるマンデーサラブレッドクラブと、クラブの血統を大切にしてるエシャロットクラブの競馬成績が抜けてたんや。それが今年は系列のリネンホースクラブでめちゃめちゃええ馬の募集がされとるんや。これほどええ馬が一つのクラブに多く集まることは普通ないんや」

（それが僕に何か関係あるんだろうか？）

話の先が見えなかった。

「リネンホースクラブはもともと別の会社が経営してたんやけど、クラブ馬の成績が振るわんかったから、経営はしんどいんちゃうかと噂されてたんや」

「クラブ馬は会員が出資しているから、経営とは関係ないような？」

「いやいや、大ありやで。クラブ馬の成績が悪いということは、会員からしたら出資した金が返ってこんということやからな。前にクラブの馬の勝ち上がり率はええところだと五割ぐらいと言うたけど、これが悪いとこやと一割とかになるからな。一割やと一〇頭いて一頭しか勝ち上がることができんかったということやからな。えぐいやろ。これでは次も出資しようとはならんで」

「確かにそうですね」

勝ち上がれないと出資金の全額回収はほぼ難しくなる。

「勝ち上がり率が下がって会員が出資を控えたら、残った出資口数はクラブ負担になる。出資が集まらんと、馬代が回収できへんだけやなく、残口分の維持費も負担せなあかんなるからな。勝てる馬ならええけど、弱い馬なら持ち出しだけでえらいことになる。さらに会員が減ったら月々の会費収入も減ることになるから、完全に負のスパイラルに陥るわな」

「そんな仕組みになっているんですか。知らなかった」

「ほんで数年前にリネンホースクラブはこの牧場の傘下に入ったんや。このクラブを牧場がどんな風に活用するか注目してたんやけど、ついに今年、ネットでも話題になるくらい、よさげな馬をめちゃめちゃ集めたんや。想像をはるかに超えてて、これにはびっくりしたわ」

「そんなに募集馬の質って、毎年変わるもんなんですか?」

「あんまり変わらんと言いたいとこやけど、これがけっこう変わるんや。募集馬の質の差は他のクラブと比較してもあるし、同じクラブの年度間でもある。ほんで競馬会全体でも年度間であるよ。クラシックが終わると世代関係なくの勝負になるやろ。そしたら重賞を勝ちまくる世代とあんまり勝たれへん世代がはっきりしてくるんよ。なんでそうなるかは、ようわからんけどな」

ど素人感満載の質問をしてしまったけど、やまもっさんは丁寧に答えてくれた。

「なんか不思議ですね。競馬会全体だと、だいたい同じような種牡馬と同じような繁殖牝馬ですよね。個別では多少の差は出るかもしれませんが、全体ではそこまで差が出ない気がするのですが……」

「ほんま。大きくはそう変わらんはずやのに、大きな差が出ることがあるんよな。まあ、特定の馬が勝ちまくってそうなることもあるけど、世代ごとで古馬重賞をどれだけ勝ってるかをデータにしたら、そうやったらしいわ」

「考えてみれば、プロ野球やサッカーでも、すごい選手が沢山いる世代とパッとしない世代がありますからね」

わかりにくいことはとりあえず人間に置き換えて考えてみる。

「やと思うわ。ただ、馬と人間が違うのは、馬はおんなじお父さんから年に一〇〇頭以上の子供が生まれるけど、人間は一人のお父さんからは普通は一年に一人しか子供は生まれへんからな。例外は置いといて」

「例外は置いといて……」

「俺は例外やないはずやで、たぶん」

ワハハッ……。

「冗談はさておき、馬が人間と大きく違うんは異母兄弟がめちゃめちゃおることや。ディープインパクトなんか毎年二〇〇頭前後に種付けして、一〇〇頭以上がデビューするんや。ほんでデビューした子供らがこれまた強くて、毎年芝の重賞を二〇前後勝つんや。他の人気の種牡馬の子供らもデビューする頭数は似たり寄ったりやけど、そこまで重賞では勝てんからな」

「一年でそんなに。すごいですね。女性好きが『どこどこの種馬』といわれる由来ですかね」

「それが由来かどうかはわからんけど、少々の色男では追っつかんぞ」

人間とは桁が違いすぎる。

「話が戻るんですけど、同じクラブでも差があるというのはなんでなんですか?」

どちらかといえばこっちの方が気になった。

「こっちはいろんな理由が考えられるわな。例えばエシャロットホースクラブのように、クラブで出資募集した牝馬の子供はできるだけクラブで出資募集するようなところは、さっきの世代間の話と似てるわな。繁殖牝馬が大きく変わらず種付けする種牡馬も大きくは変わらんやろうから、あとは能力が抜けた馬がでるかどうかぐらいやな」

「確かにそうですね」

種牡馬と繁殖牝馬が毎年大きく変わらないのであれば、一頭ごとの個体差はあったとしても、クラブとしての勝ち上がり率はそう大きく変わらない気がする。

「ただこれがエシャロットホースクラブ以外の牧場系のクラブやと、ちょっと話が変わってくるんや。牧場はクラブに馬を出すけど、馬主にもセリで馬を売るやろ。同じ牧場からクラブに出した馬はめちゃめちゃ勝って、セリに出した馬は全然勝てんかったら、その牧場の馬は次からセリで買ってもらえんなるわな。逆も同じで、クラブの会員に出資してもらえんなるわな。これはあくまで俺の推測やけど、ええ馬はある程度偏らんようにしてるんとちゃうかな」

「十分ありそうですね」

間違っていない気がした。

「例えばクラブに出した馬が勝ちまくったりしたら、その次の年はセリにええ馬をちょっと多く出すというような調整はしてると思うで」

「経営を考えたら、逆にそんな調整があって当然のような気がしますね。ただ、そのときに評価が高かった馬がその評価通りに走るかどうかは、また別の話かなとは思いますけど」

「そう、その通り。仮に走りそうな馬ばっかり集めたとしても、思ってた結果と違うことも十分ありえる。馬はなんぼ血統がよかろうが、仔馬のときの馬体がよかろうが、走るか走らんかは最終的にはレースに出てみんとわからんからな。結果がすべてや」

「そこは人間のプロの世界と一緒ですね。あくまで結果からの逆算ですか」

やまもっさんが頷いた。

「仔馬のころに馬体が大したことなかった馬が、すごい成長してGⅠを勝つこともあるからな」

「そんなことがあるんですか」

「そらあるよ。どのタイミングで成長するかは個体差があるからな。ディープインパクトもセリのころの馬体はさっぱりやったらしい」

「ディープインパクトがですか」

それは驚きだ。

「そうや。パッとせんかったらしいわ。馬の金額と走るかどうかに完全な相関関係はないからな。あくまでその時点での評価や。高い馬が絶対走るわけでもないし、安い馬が絶対走らんわけでもない。ただ、安いには安い理由がある。血統が悪いとか馬体に問題があるとかな。だから高い馬に比べると勝ち上がる可能性は低いと思う」

「安い馬は額面通りということが多いんですか？」

「金額が決まるにはいろんな要素があるからすべてがそうではないけどな。ディープインパクト産駒と種付け料が安い種牡馬の産駒では金額が違うのは当たり前や。種付け料だけで数千万円違うんやからな。他の種牡馬の仔馬と比べて高い安いはまだわかりやすいからええんや。問題はそれまでにかかった費用と比較して安いかどうかということや。種付け料から始まって、育成にかかった費用の総額との比較やな。例えば、種付け料が二〇〇万円、育成代が二〇〇万円かかった仔馬が四〇〇万円以下やったらどう思う?」

「なんかあるんかと思いますね」

「そう思うよな。普通はそこに利益がのるはずやからな。そういう面で、安い馬はなかなか難しいんや。でも、そんな中にすごい馬がおらんとも限らへんのが面白いところや。とっておきの大器晩成がな。馬にロマンがあるとこや。そう、ロマンなんや」

(ロマンて、また顔に似合わんことを)

　思わず吹き出しそうになった。

「そうなると、何が正解かわからなくなりますね」

　頭が混乱してきた。

「走る前からすべてわかってるんやったら、金額通りに走らなおかしいやろ。でも金額通りに走るとは限らへん。つまり、プロでもわからんことがあるというこっちゃ。プロでもわからんことは素人にはもっとわからん。すべては結果論でしかない。じゃあなんで金額に差が出るんやというと、それは期待値の差やと思う」

「期待値？」

「ああ。例えば、ディープインパクト産駒の芝での勝率は、他の種牡馬に比べて群を抜いて高いやろ。芝の重賞で一番勝ってるのもディープインパクト産駒やからな。芝の重賞が多い日本の競馬で芝のレースでの勝率がええというんは価値があるわけや」

「その価値があるという評価が、種付け料に反映されるわけですね」

やまもっさんが満足そうに頷いた。

「そういうことや。ほんでそんな高い種付け料を払うんやから、当然つける繁殖牝馬も価値のある馬になるわな。馬体に異常がなければ、仔馬は生まれてくる前からある程度高い金額になるんは想像つくよな」

「なるほど、そうですね。育成代はそれほど変わるわけではないでしょうから、両親の価値と馬体の出来で金額が決まってくるということですね」

なんかスーッと入ってきた。

「他にもいろんな要素はあるけど、大きな部分を占めてるわな。ほんでその金額が妥当やったかどうかは、その馬が引退して生涯獲得賞金が確定するまではわからんな。ちなみに、アーニングインデックス、略してＥＩという指標がある。特定の種牡馬が全種牡馬の平均と比較して、どれだけ稼いでるかという指標や。一が平均で、それより高ければ平均以上、低ければ平均以下という種牡馬の成績を表す指標なんや。ディープインパクトはこんとこずっと二・五以上でダントツや。つまり平均的な種牡馬の二・五倍以上の賞金を稼いでるということや」

「そんなに違うんですか」

「びっくりするやろ。でも裏を返すと、一以下の種牡馬がその分おるということや。どの種牡馬の仔かがいかに重要かわかるやろ」

「ほんまですね。平均以下の種牡馬もそれだけいるということか……」

種牡馬のことなんて気にも留めたことがなかった。でも出資を検討するということはそういうことも考えるのだとすると、意外と嫌いではないかもしれない。いや、むしろ、楽しいかもしれない……。

「だから種牡馬は重要なんや。えらい話がズレたな。戻すと、長いこと一口馬主をやってると、なんとなくやけどわかってくることがあってな。このクラブならこの水準でこんな馬が募集されるはずやと。例年に比べると今年の募集馬の質はええとかあかんとか、わかってくるんよ。そういう意味では今年のリネンホースクラブの募集馬はびっくりするぐらいええんや」

「そうなんですね」

またクラブの話に戻ってしまった。

「間違いない。このクラブの募集馬の質やと、毎年GⅡかGⅢに出走できる馬が何頭かいて、運が良ければ勝つという程度なんや。それが今年はGⅠを勝つ馬が複数でてもおかしくないくらいの募集馬の質なんや」

「えッ。GⅠを勝つ馬が複数ですか！　ほんまですか」

思わずやまもっさんの顔を正面から見てしまった。

「ああ、ほんまや。俺の目に間違いはない」

でたッ。やまもっさんが右手の親指を立てた。

「なんで急にそんなに変化したんですか？」

所属馬がGⅡやGⅢに出走するのが精一杯のクラブから、GⅠを勝てるレベルの馬が複数頭募集されることに違和感を覚えた。

「牧場の戦略やと思う。このクラブはこれまでそれほど評価の高いクラブではなかったんよ。それが最近、一口馬主がちょっとしたブームやろ。牧場としては生産馬の受け皿としてクラブを活用したいんやと思う。特に牝馬。セリで売却すると牧場に血統という財産は残らへん。でもクラブで募集すればセリほど高い金額にはならんけど、必要な牝馬なら将来安く買い戻すことができる。おんなじ血統の牝馬ばっかりはいらんけど、必要な血統をちょっとずつ選んで残せるというメリットがクラブでの募集にはあると思うんや」

「血統を残すことですか」

「そう、めちゃめちゃ大事やで。牧場は勝てる馬を輩出する必要があるからな。活躍した繁殖牝馬にええ種牡馬をつけたら、価値のある仔馬が生まれる確率は高いわな。牧場はなんぼ活躍した牝馬でも必要なら募集金額の一〇パーセントで買い戻せる。優秀な血統を残すにはいいスキームや。必要ない牝馬は無理して買い戻さんでもええしな。あとはクラブで募集した馬がすべて満口となってくれたら、万々歳やな。セリより安かったとしても損するわけではないからな。売れ残りだけはクラブ負担になるから避けたいやろ。となれば、クラブの実績を上げて人気クラブにするんが、会員を増やす最短ルートやな。会員が増えれば出資口数も増えるし、月々の会費収入も増えるからな」

「競馬に関する話かと思ったら、なんや企業のグループ戦略の話になりましたね。牧場とクラブにとっての利潤最大化を実現するみたいな」

牧場の話だと思って聞いていたら、気がついたら思わぬ方向に話が進んでいた。

「お、さすがやな。牧場かて株式会社やから、そら利益も求めるわな。こっちの方面から考えていくのも、いろんな思惑がみえてきて面白いやろ。次の出資話はこの前出資した馬の結果がでた来年でええと思ってたんやが、このクラブの募集馬があまりに良すぎたから、こまっちゃんにもGⅠを勝つ喜びを味わわしたろうと思ったんや」

（やっぱり出資の話になるんか……）

またズバッと話を戻してきた。

「馬の質がそんなにいいと聞いたら出資はしたいですけど……」

言いながらシャツの袖を振った。ＧⅠを勝つのは魅力的だが、これぱっかりはいかんともしがたい。

「大丈夫や。分割払いもできるんや」

（全然大丈夫やない。こう見えても借金は嫌いなタイプだ）

「一口馬主は、出資するときのイニシャルコストが大きいから、躊躇しそうになるけど、一回回り出すと、それほどでもなくなるんや」

前回と違い、今回はぐいぐい押してくる。しかもイニシャルコストときた。

「祭りも終わったばっかりだし、資金的になかなか難しいですよ」

やんわりと断りを入れてみた。軽く言ってくれるが、この前の出資のこともまだ嫁さんに話をしていない身としては、そう簡単に「はい、出資します」とは言えない。

「こまっちゃん、変な言い方になるけど、今回の話はこの前出資した二頭とは訳がちょっとちゃうんよ」

なんか思わせぶりな言いっぷりだ。

「前に話した通り、インサイトの16は一勝したら長く楽しめる馬やと思うんや。出資金もそこまで高くないから、勝ち上がってたまに掲示板にのってくれるだけで、収支はトントンにはなるはずや。ディスティニーの16はこのクラブ初の芝の重賞を制覇する可能性がある馬やと思う。芝のレースで勝つのはほんまに難しいけど、その可能性を大いに秘めてる。こまっちゃんに二頭勧めたんは、実際に馬を見て自信を持ったというんもあるけど、生き物やから病気したり怪我したりすることもありえるからなんや。一頭だけの出資でそうなったらやる気も失せるやろし、後味も悪いやん。アクシデントがなければ自信はある。けど万が一どちらかにアクシデントがあったとしてもなんとかなると思って、金銭的にはしんどいのがわかりながら二頭の出資を勧めたんや」

「そうやったんですね」

なんとなくそんな気遣いを感じてはいた。

「でも今回のリネンホースクラブの募集は、牧場の力の入れ方がはっきりと違うんや。さっきも言うたけど、たぶんＧⅠ勝つ馬がでると思う。それも複数」

「複数ですか」

ただでさえ勝つことが難しいＧⅠを複数頭が勝てると言われても、にわかには信じられなかった。

「その可能性はけっこう高い。ウエストファームが威信をかけて、というてええぐらいの豪華ラインナップなんや」

えらく真剣な眼差しだ。

「なんで牧場が突然そないに力を入れるかが、やっぱりまだ納得できてないんです」

正直に話した。

「やっぱりそこが気になるか」

やまもっさんが苦笑いした。

「そら、気になりますよ」

「大きくはさっき言いかけた、グループ全体の戦略やと思う。一口馬主は競馬人気のおかげで大流行してるやろ。中でもウエストファームの生産馬は強いから、個人馬主だけではなく一口馬主にも大人気なんや」

「芝のＧＩを勝っている馬のほとんどがここのファームの生産馬なら、当然人気になりますね」

結果を出しているのだから当然だ。

「これもさっきの続きになるけど、ファームの看板クラブであるマンデーサラブレッドクラブは、出資口数が四〇口と少ないうえに強いから大人気なんや。せやけど問題があるねん。人気がありすぎて一頭はなんとか出資できるけど、二頭となると出資できる馬がほとんど残ってないんや」

「マンデーサラブレッドクラブって、一口一〇〇万円以上の馬がけっこういて、最低でも数十万円単位でしか出資できないクラブですよね。はー、世の中景気いい人も多いんですね」

クラブの人気よりも、そんな高額な出資をバンバンできる人が多いことに驚いた。

やまもっさんがまた苦笑している。今日は苦笑いが多い。話したいのはそこやないんやけどなぁというのが伝わってくる。

「まあ、そうかもしれんな。あるところにはあるということやな。でも出資したくてもできへん会員がいるということは、需要が供給を上回ってるということや」

「確かに。ということは、ここにビジネスチャンスがあるということですね」

やまもっさんが頷いた。

「そういうこっちゃ。もう一つの看板クラブであるエシャロットホースクラブは四〇〇口やけど、こっちも大人気過ぎて新規で入会するのが困難なくらいなんや。需要はあるけど供給がたらん」

「それなら、クラブの募集頭数を増やしたらいいんじゃないんですか？」

素朴な疑問をぶつけた。

「そう思うよな。頭数を増やせたら、クラブにとっては一番ええ解決方法やと思う。でもそれはできんのや」

複雑な表情を浮かべながら説明してくれた。

「ＪＲＡの規則かなんかで、一人の馬主が調教師さんに預託できる馬の数は九〇頭以内と決まってるんや。この頭数は個人の馬主にとっては十分や。ちょっと頭数のシミュレーションしてみよか」

そう言うと、紙ナプキンに数字を書き込みだした。

「仮に、個人馬主が平均よりも多い五頭を、毎年デビューさせたとするな。未勝利戦が終わるまでは最大で二歳馬、三歳馬がそれぞれ五頭ずつ入厩したまんまや。四歳からは、中央競馬の平均的な勝ち上がり率より高い四割程度が残ると仮定して各世代二頭や。それが四歳から八歳までの五世代とすると、合わせて一〇頭。全世代を合計しても二〇頭やから十分入厩基準に収まってるよな」

「やまもっさん、二〇頭も一人で所有しているんですか！」

危うく手に持った焼酎グラスを落としそうになった。

「いやいや、俺はそないに所有してないよ。現役馬をそれだけ所有してる人は馬主の中でも少数派や。ほとんどの馬主は全世代合わせて数頭までや」

「びっくりさせんといてくださいよ」

「んなわけないやろが、あほ。個人で二〇頭なんて話にならんわ。話を戻すとや、これがクラブやと事情が違う。クラブが仮に毎年七〇頭出資を募集すると、二歳と三歳の二世代だけで一四〇頭と入厩基準を軽くオーバーしてくる。実際は怪我や成長待ちなどの理由で、二歳で全頭デビューできるわけではないし、三歳未勝利馬も秋までには順次引退するから、二世代で基準をオーバーするわけではないけどな」

「びっくりしました。二世代でオーバーでは、さすがにシャレにならんですよね」

　やまもっさんが手を横に振りながら、

「ないない。そこはクラブもちゃんと考えてるから大丈夫や」

「そりゃ、そうですよね」

　金融商品として募集しているのだから、きちんとコントロールされていて当然といえば当然か。

「でもこれに四歳世代より上の世代が加わるからな。強いクラブになればなるほど、勝ち上がってる馬も多いから、基準をオーバーする可能性は高くなる。だからクラブはそうならんように、レースに出走させるとすぐ放牧に出して牧場にいる馬と入れ替えたり、牝馬は六歳で引退させたり、募集頭数を制限したりして入厩制限を守ってるんや」

「なるほど、そうやったんですね。人気なら増やせばいいのにと、簡単に考えてしまいました」

　競馬の世界にもルールがあり、それを守るのは当然だ。

「頭数制限はいろんな観点から考えられたルールなんや。ルールはちゃんと守らなあかん。まあ話がまたズレるからこの話はちょっと置いとくな」

　そういって、飲み物のお代わりを注文した。

五　資金回収だけではない一口馬主のだいご味

「まあ、難しい話は置いといてや。今日はリネンホースクラブの新規募集について話がしたかったんや。今回の募集馬からＧＩを勝つ馬がでる。間違いない」

どこかで聞いたことのあるフレーズだ。

「でも、もう軍資金がないですよ」

正直に話すしかない。

「そうやわな。俺も最初のころ、嫁さんにどう話を持っていくかめちゃめちゃ悩んだから、そこはようわかる」

「この前の出資のこともまだ言えてないんですよ」

「えッ、まだ言うてないんか」

「言えるわけないじゃないですか。祭り前に。家は空けるわ、飲んで帰るわで、ただでさえ肩身が狭いのに。その上、『馬に出資してん、一〇万円ほど』なんて自殺行為以外のなにものでもないですよ」

「確かにな」

手を叩いて大笑いしている。

「笑いごとやないですよ」

「かんにん、かんにん」

あやまりながらも、やまもっさんの笑いが止まらない。

「ほんまに笑いごとやないんですから。僕の身にもなってくださいよ」

「いや、ほんまにかんにん、かんにんな。俺が最初に出資したときのことを思い出してな。まったくおんなじや。俺、一週間ぐらい口もきいてもらえんかったもんな」

「マジですか。やっぱりやめときゃよかった」

思わず頭を抱え込んでしまった。心底後悔した。

「大丈夫や。安心しとけ。俺が最初に出資した馬は大損して終わったけど、こまっちゃんがこの前出資した二頭はプラスになるから」

やまもっさんがまたまた自信満々に親指を立てた。

でも最近よく立てている気がする……。

「ほんまですかぁ。もし回収できんかったら、嫁さんに一緒にあやまってくださいよ」

「任さんかい。俺が勧めた馬に出資してマイナスやったら、俺が頭を下げに行ったる。だから安心せい」

赤ら顔なのに、やけに自信満々だ。

「酔っぱらいのおっさんに言われてもねぇ」

「あッ、先輩に向かって何ということを」

「その先輩の言うことをきいて、頭抱えているんですよ」

「そやった。かんにんや」

やまもっさんが拝むように両手を合わせた。さすがに先輩にそこまでされると、もう何も言えなくなった。

「わかりました。約束ですよ」

「大丈夫や。俺が頭を下げる結果にはならん」

自信満々な口調だけは変わらなかった。ちなみにたくあんは早くも二皿目だ。

「そういや前に飲んだときに、一口馬主としての成績は黒字やと言うてましたよね」

「ああ、黒字やで」

「それを見せてくださいよ」

「えッ、俺の成績をか？」

「そうですよ」

なんかすごく嫌そうだ。

「腐っても先輩やぞ。その先輩に証拠を見せろってか？」

「腐ってなくても先輩です。見せてください」

渋るやまもっさんにしつこく見たいと繰り返した。

根負けしたやまもっさんが、「自慢やないからな」と言いながら、出資馬の成績が載っているサイトを見せてくれた。

「これ……」

驚愕した。しばらく言葉が出なかった。

それほど競馬に関心のない僕でも知っている馬が何頭かいた。

「嘘はないぞ」

三冠馬もジャパンカップを勝った馬もいた。

「ほんまにここに表示されている馬、ぜんぶに出資していたんですか？」

「ああ。ただ、すべて一口馬主としてやけどな」

やまもっさんが、苦々しげに焼酎を口にした。

「オープン馬がずらりじゃないですか」

僕が知っている馬はもちろん、知らない馬もクラスの欄のほとんどがオープンとなっていた。確か中央競馬で勝ち上がる可能性は三割から四割ぐらいだったはずだ。一勝するだけでも難しいのではなかったのか。

「ちなみにオープンクラスになるには何勝しなければならないんですか？」

「何勝やったかな。ふつうは新馬戦か未勝利クラスで一回、あと一勝クラス、二勝クラス、三勝クラスでそれぞれ一回やから合計四回か」

指を折りながら数えてくれた。

「じゃあ、クラスがオープンと表示されている馬は、少なくとも四回は勝っているということですか？」

「全部がそうじゃないぞ。格上挑戦して飛び級してる馬もおるし、二歳馬、三歳馬も別やぞ。二回勝ってオープン入りとかあるからな」

まだまだ先のある二歳馬、三歳馬の話は正直どうでもよかった。これからもまだまだ勝つ機会はあるからだ。

「この三〇〇パーセントとか四〇〇〇パーセントとか、なんかすごい大きな数字のパーセントは何ですのん？」

「ああ、これか。前に言うてた回収率というやつや。出資金に対してなんぼ賞金を稼いだかという率や」

「ええッ。めちゃめちゃ稼いでいるじゃないですか」

三桁、四桁がずらっと並んでいる。

「ちゃうちゃう。これはあくまでも出資金に対してやから、預託料なんかの経費は考慮されてないし、賞金も進上金とか引かれる分も考慮されてへんから、現実的には一〇〇パーセントを超えてるからって、プラス収支というわけではないんや」

（ん、どういうことだ？　一〇〇パーセントを超えていても収支はプラスではない？）

前に聞いた気もしないではないが、まったく覚えていなかった。覚えていないなら、素直に教えてもらうのが一番だ。

「プラス収支になるのは何パーセント以上なんですか？」

「それが一概には言えんのや」

やまもっさんが困った顔をした。

「この回収率というんは、あくまで出資した金額に対しての回収率なんや。例えば賞金を五〇〇〇万円稼いだクラブ馬が二頭いたとするな。募集金額がそれぞれ一〇〇〇万円と一億円とすると、募集金額が一〇〇〇万円の馬の回収率は五〇〇パーセント、一億円の馬の回収率は五〇パーセントとなるんや」

「えッ、一〇〇〇万円の馬の回収率が五〇〇パーセントで、一億円の馬の回収率が五〇パーセント……」

スーッと入ってこなかった。

「そう、あくまで募集金額に対しての」

やまもっさんがお手上げのポーズをした。

「募集金額に対しての……」

「レースに出走するまでにかかる費用は、一〇〇〇万円の馬も一億円の馬もほとんどおんなじや。わかりやすく、調教師さんに払う預託料とか、かかる費用をざっくり一ヶ月六〇万円としよか。そうすると年間で七二〇万円。仮に二歳から六歳まで馬が故障もなくレースに出走できたとすると、五年やから合計三六〇〇万円」

「うわッ、けっこうかかるんですね」

口から出てしまった。

（しまった。またやってしまった。やまもっさんが話したいのはそこじゃない）

「そう、意外とかかるんや。さっきと逆に、同じ回収率で考えたらどうなるか。一億円の募集馬で回収率が二〇〇パーセントやと二億円稼いだことになる。そこから出資金の一億円と経費の三六〇〇万円を引いた残り六四〇〇万円が利益として残る。これが一〇〇〇万円の募集馬で回収率が二〇〇パーセントやと稼いだ金額は二〇〇〇万円やから、そこから出資金の一〇〇〇万円と経費の三六〇〇万円を引いた二六〇〇万円が赤字となる。な、わかりにくいやろ。他にもいろんな引かれるもんがあるから、回収率では損益はわからんというのが結論や」

一瞬経費の金額の大きさを気にしてまた話の腰を折ってしまったかと思ったが、やまもっさんが気にせず話を続けてくれたのでホッとした。危うく、またやまもっさんに苦笑いされるところだった。

「じゃあ、プラスやったかマイナスやったかは把握できないんですか？」

やまもっさんの説明で、回収率では収支がプラスなのかマイナスなのかはわからないということはわかったが、ここが最も気になるところだ。

「把握はしてるよ。クラブが計算した表を毎月送ってきてくれるからな」

「ああ、なるほど」

（って、なんじゃそりゃ）

完全に肩透かしを食らった。新喜劇なら出演者が全員でこけているとこだ。なら最初からそれを教えてくれたらいいのに。

「で、実際どうなんですか？」

「どうとは？」

白々しい。

「収支に決まっているじゃないですか」

やまもっさんがたじろいだ。

「一口馬主の醍醐味は、それがメインではないんやけどなぁ」

なんか残念そうだ。

「で、どうなんですか？」

「まあ、プラスはプラスやで」やまもっさんがしぶしぶ答えた。

「累計でどれぐらいのプラスなんですか？」畳みかけて聞いてみた。

ちょっと間があって、

「あんま人に言う話やないからなぁ。誰にも言わんと約束せいよ。おさむにもやぞ」

間髪入れず、「はい」と返事をして体を近づけた。

それでもまだ言いたくなさそうだったが、ここはぜひとも聞いておかねばならなかった。混じりっけなしの興味本位で。

「高級外車二、三台分ぐらいかな」

「おおッ、高級外車二、三台！　凄い！　凄い！　夢ありますね！」

予想を遥かに超えてきた。テンション爆上がりだ。

「まあ、長いことやってるし、大きく当たったのがいるからな」

「ビックリしました。すごい相馬眼ですね」

「相馬眼もあるやろうけど、運がよかったんやと思う。選んだ馬がたまたま走っただけや。馬はロマンやから」

やまもっさんが少し恥ずかしそうに言った。


トイレに立ったが、「一口馬主の醍醐味は、それがメインではないんやけどなぁ」というやまもっさんの一言が気になった。

（一口馬主の一番の醍醐味は儲かったかどうかではないのか？　一口馬主は金融商品だし……）

やまもっさんの言葉の意図がよくわからなかった。

個室に戻ると、

「こまっちゃんに勧めるからには、一緒に楽しむのはもちろんやけど、長く楽しめるように、損せんようにはするつもりやから、そこは心配せんでええからな」

やまもっさんが真剣な表情で語りかけてきた。

（一緒に楽しむ？）

やまもっさんがパソコンを閉じた。

「どう考えるかなんよな。一口馬主を。出資やから投資と考えるか、趣味と考えるか」

「投資と趣味ですか」

「そう。こまっちゃんならわかると思うけど、一口馬主は金融商品やから、利益が出れば所得税の対象となって、源泉所得税が発生するやろ」

「そうですね」

一口馬主は金融商品なので利益が出ると所得税がかかる。レースで賞金をもらうと、出資者は出資金の返還か利益の分配を受けとる。投資信託みたいなものだ。出資金の返還とは名前の通り出資金の一部が出資者に返されることで、利益ではないので税金はかからない。利益の分配とは賞金で出資金の返還にできる金額を超えた額を利益として出資者に分配することである。この利益の分配は所得税の対象であり、出資者は源泉所得税を引かれた金額を受けとる。

「投資と考える人はどんなけ儲かるかが重要やろ。でも儲けたいなら、一口馬主より株とかＦＸとかもっと効率的なもんがあるから、純粋に投資として一口馬主をしてる人はそれほどおらんのとちゃうかな」

「そうなんですか」

頭がついていけなかった。

「勝ち上がり率が三割から四割ということは、残りの六割から七割は未勝利で終わるということやからな。未勝利で終わった馬への出資は、めちゃめちゃ掲示板にのった回数が多いとか、中央競馬から地方競馬に移籍してめちゃめちゃ勝ったとか、よっぽどなことがないかぎり普通はマイナスになる」

「出資金以外にも経費がかかるから、確かにそうかもしれませんね」

やまもっさんが頷いた。

「趣味と考えると、ゴルフや映画鑑賞でも多少の差はあっても金はかかるやん。趣味やったら、金はなんぼかかってもええというわけにはいかんけど、ある程度は納得して単純な支出として使うやろ」

「確かにそうですね。限度はあるでしょうけど、出費は厭わないですね」

祭りの後輩と飲むときなんかは当然のようにごちそうするけど、それについて深く考えたことなんか一度もなかった。自分もしてもらってきたからだ。

「そう、それが普通の感覚やと思うんや。趣味ならある程度までは金も出すやろ。ただ、一口馬主は金融商品でもある。だから、趣味としては楽しみたいけど、大きなマイナスはできれば避けて、ちょっとでも利益がでればうれしいな、というような人が多いんやないかな」

「なるほど。そうかもしれませんね」

僕もやまもっさんと一緒に楽しみたいと思う一方で、できれば大きなマイナスは避けたいと思っている。やまもっさんの言う通りだ。

もっとも僕の場合、その比重は後者が圧倒的に大きいのだが……。

「やろ。そやからこそ、最初は大きなマイナスにならん馬を勧めたんや。まずは一口馬主の楽しさを知ってほしいからな」

「ありがとうございます」

素直に言葉が出た。

「一口馬主はスパンの長い趣味でな。この前は二歳馬に出資したから、早ければ半年ぐらいでレースに出走できると思う。けど普通は一歳馬に出資するから、レースに出走するまでに早くても一年近くは待たなあかんのや」

「そうか、そんなに待たなあかんのですね」

「早くて約一年やからな。デビューが遅い馬やと、七月に出資して初出走が再来年の三月ということもざらにある」

「それは……」

絶句してしまった。

「だから一年出資を見送ると、出資馬の出走するレースがいっきに減るから、趣味として楽しむには間延びしすぎて、楽しむという感じじゃなくなる人も多いんよ。一口馬主がこまっちゃんにあわんのはしかたがない。そんときは無理して続ける必要はないよ。でもせっかく始めたのに、俺への義理だけで終わったらつまらんやん。だから出資馬でGIを狙ってみて、趣味としてありやと思えたら、その後も一緒に楽しめばええし、仮にないなと思ったら、収支がトントンならやめても嫌な思い出にはならずにすむやろうと思ってな」

先輩が遊びに誘ってくれて、そのうえここまで考えてくれているとは。僕はほんとに恵まれている。

「ほんま、ありがとうございます」頭を下げた。

「そんなんいらんよ。今年は資金的にほんまにしんどいとは思うけど、騙されたと思って出資してみ。GIを狙える馬に出資できるチャンスなんてそうそうないし、その醍醐味を味わわせてやりたいんや」

やまもっさんが勧める馬に出資したい方に、気持ちがいっきに傾いた。が資金をどこから調達するか。

独身時代の定期預金を解約するしかないか……。

「例年と変わらん質の募集やったら、俺もここまで熱心には勧めへん。今回無理して出資せんでも、この前みたいにじっくり様子見して出資するのもありやからな。でも今年のリネンホースクラブは過去にないくらいすごい質の高い募集馬が揃った。さらにクラブの会員数がまだそこまで多くないから、出資したいと思える馬に出資しやすいんや。でもこの世代が走ったら、クラブの評価が上がって会員もいっきに増えるやろ。そうなるとマンデーサラブレッドクラブやエシャロットホースクラブみたいに、新規会員は自由に出資できんなる」

「確かに。GI馬を輩出したら、クラブも人気になりそうですね」

「エシャロットホースクラブも、今でこそ会員数も多くて思い通りに出資するんが困難なクラブになったけど、ほんの五年前ぐらいまではほぼ希望通り出資できるクラブやったんやで。それがGI馬が誕生してから会員がいっきに増えて、思うように出資できへんクラブになってしもた。たぶん、リネンホースクラブもおんなじ道を辿ることになるんやと思う」

「エシャロットホースクラブが人気クラブになったんは、最近なんですか？」

「そうや。あっちゅう間に人気クラブになってしもた。既存の会員からしたら、GI勝つような強い馬には出資したいけど、希望通り出資できへんのもおもんないから、痛し痒しの状態なんよ」

確かにやまもっさんの言う通りかもしれない。

「出資したい馬に出資できなければ、楽しくないですよね」

不本意な出資をしてまでこの趣味を続けていくのは、やまもっさんの誘いとはいえ僕には難しそうだった。

「趣味は楽しくないと続かん」

まるで心を覗かれたかのように、僕が思っていたことをやまもっさんが口にしてくれた。

「だからこそ、今回の募集にはGIを勝つ可能性を感じる馬が複数おるから、うまくいったら複数のGI馬に出資できるかもしれん。こんなチャンスは滅多にない。俺が誘ったからには、こまっちゃんに誘われてよかったと思わせたいんや」

心に電流が走った。後輩の僕にいい思いをさせてやろうという気持ちがビンビン伝わってきた。

「わかりました。そこまでやまもっさんが言うてくれるなら、そないにたくさんの出資はできないかもしれませんが、なんかいい方法がないか考えてみますよ」

やまもっさんの熱を帯びた話に気持ちが前向きになった。

仕切り直しとばかりにやまもっさんがパソコンを立ち上げ、パンフレットの一覧表のページをテーブルの上に開いた。

パンフレットからチラッとのぞいた値段に、また勢いで言ってしまったことを後悔した。僕の悪い癖に落ち込みそうになったが、パソコンを真剣に操作するやまもっさんの気迫あふれる姿に救われた。

「まあ、最終的に出資するかどうかは別として、検討してみようや」

やまもっさんの言葉に、それもありかとパンフレットに体を向けた。

「今年のリネンホースクラブは関東入厩予定が三六頭、関西入厩予定が三四頭の合計七〇頭の出資募集や」

そう言ってパンフレットの一覧表を指差した。

「父馬というのは種牡馬のことですよね。錚々たる顔ぶれですね」

有名どころがずらりと名を連ねていた。

「そや。ほんで、このクラブはウエストファームと提携してるから、募集馬は当然ウエストファームの生産馬がほとんどや。それだけでも十分魅力的やけど今年は中身が違う。間違いない」

やまもっさんがまた親指を立てた。

「わかりました。お金を用意できるかどうかは別として、どの募集馬がいいか検討してみますよ。ちなみにお勧めはどれですか？」

そう言った僕に、やまもっさんの反応は思っていたのと違っていた。

少し間があって、

「まずは、こまっちゃんがどの募集馬がよさそうか選んでみてよ」

（僕が選ぶ？　ＧＩを狙えそうな募集馬を教えてもらうのではなく？）

やまもっさんの意図がよくわからなかった。

「ちなみにリネンホースクラブの所属馬の勝ち上がり率は、中央競馬の平均より遥かに高くて、ここ五年は平均で五〇パーセントを超えてる」

「えッ、そんなに高いんですか。二頭に一頭は勝ち上がっているじゃないですか」

「そうやで。ただ、そっから先の結果がでてないんや」

「そうなんですね。わかりました。ちょっとやる気がでてきましたよ。選んでみますね」

なんか得心できていないところもあるが、とりあえずパンフレットを受け取って一番の募集馬から順番に見ていった。

パンフレットは各募集馬ごとに一ページに情報がまとめられている。入厩予定の厩舎、募集金額、生産牧場等の情報が上段に記載されている。写真がドンと真ん中に掲載されていて、下段に血統表、母系、そしてセールスポイントが書かれていた。

どの募集馬もピカピカで、とても一歳馬とは思えないぐらいの好馬体だ。

母系とは馬のお母さんの血筋をたどった系統のことだ。そこには太字の文字が躍っていた。字が太いのはその馬の現役時代の成績が優秀だった証だ。一番太い文字は重賞を勝った馬だ。どのページの母系にも太文字の馬名が名を連ねていた。

どの募集馬もよく見えた。候補があまりにも多すぎて、気になった募集馬の番号を紙ナプキンに書き出すことにした。

やまもっさんは焼酎のお湯割りを飲みながら、僕の作業を黙って見守っている。

七〇頭もいるので始めてみると意外と大変な作業だった。ちょっと勉強した程度の僕の知識ではなかなか絞り切れない。

「動画を見たらまた変わるから、気軽に選んでええよ」

そう言われても、選外にできる募集馬がなかなか見いだせないのだ。

なんとか作業を終えてみると、紙ナプキン一枚では書ききれず二枚にわたっていた。これでは番号を順番に書いていったようなもんだ。

さすがにこれでは選んだとはいえないので、自分なりに条件をつけて減らしていくことにした。

まず、回収を考えて金額が五〇〇〇万円を超える募集馬を外し、どうせならクラシックに出走してほしいのでダート向きの募集馬も外した。これでようやく半分ぐらいに絞りこめた。

その間もやまもっさんは焼酎のお湯割りを飲みながら眺めているだけで、まったく口を出してこなかった。

残念ながら、今の僕の知識ではこれ以上減らせそうになかった。でもこの頭数では話にならないため、やまもっさんの言葉をヒントにさらに頭数を減らすことにした。

やまもっさんはGIを勝つ馬が複数でると言っていた。その可能性がある馬が極端に安いということはないと推測して、二〇〇〇万円以下の募集馬も候補から外した。

また、ウエストファームと提携したことが強みだと話していたので、ウエストファーム産以外の募集馬も外した。

そして最後に故障リスクの観点から、今の時点で極端に馬体重が重い募集馬と管囲《かんい》が細い募集馬も外した。管囲は馬の前脚の中央付近の太さのことだ。馬体重が重い馬や管囲が細い馬は骨折しやすく、長期休養や最悪引退となるリスクが高いらしい。

一時間近くかかっただろうか。なんとか七頭にまで絞り込んだ。

「なんとか絞り込みました」

やまもっさんは焼酎のお湯割りを片手に、僕の作業が終わるのを根気強く待っていてくれた。

「おお、終わったか。こまっちゃんがどの募集馬を選んだか楽しみやな。どれどれ」

テストの採点をされている気分だ。紙ナプキンに書かれた番号の募集馬をパンフレットで確認し始めた。

一仕事終えた僕はグラスのビールをいっきに飲み干した。

「驚いたな。ええ馬選んでる。動画を見るとまた印象が変わるから、このＤＶＤを家で見てもらうとして、ちなみにこの七頭に絞り込んだ理由を聞かせてよ」

とＤＶＤを渡された。

やまもっさんが相好をくずしている。すごく楽しそうだ。

でも、いつもの厳つい顔との落差がありすぎて、ちょっと気持ち悪い……。

それはさておき、なぜその七頭を選んだか自分なりの考え方を伝えた。

「ほう。さすがやな。ちゃんと根拠があるんがええ。確率論でも、そういう視点は絶対に必要や」

「というか、僕に馬を見る目なんかないですから、そのへんから選んでいくしかないじゃないですか」

「そんなもん、俺もそないに差はないよ。それにパンフレットで選んでも、動画や牧場で馬を見ると写真の印象なんてガラッと変わることも多いしな」

（ならパンフレットから選ばんでも）

と思った僕の気持ちを察したのか、

「でもパンフレットにはすごくいろんな情報が盛り込まれてるんや。クラブからのメッセージとでもいうかな」

「クラブからのメッセージですか？」

「そう。順を追って説明していくな。あ、でもこれはあくまでも俺の推測やぞ。クラブの人に聞かれたら、ぜんぜん違うって笑われるかもしれんからな」

ニヤッと笑って、説明してくれた。

「まずは金額や。種付け料から始まり、母馬の価値や育成のためにかかったコストに利益を乗せて算出してると思うんやけど、最近セリでの馬の金額が高騰してるから、それも考慮されてると思うんや」

「確かに、ニュースでもセリの最高値更新とか出ていましたね」

「あんな金額を回収するんはめちゃめちゃ難しいで。ただ、それができる方法というか、それでも買う理由はあるんやと思う。そこはこまっちゃんの専門分野の話ちゃうかな」

（ん、どういうことだ。僕の専門分野？）

税金がらみなのかもしれない。

「セリのような金額設定だと高すぎて、クラブではなかなか出資できる金額にならんのよ。そこは前に話した通り、クラブも条件をつけて金額を下げてる。まあ、金額を下げるだけの理由がある馬もおるけどな」

やまもっさんが眉をしかめて焼酎に手を伸ばした。

「でもまあ、金額が下がれば出資者にもメリットがあるし、募集が満口になればクラブにもメリットがある。そして引退後には牧場にもメリットがあるから、牧場の雇用促進を社会貢献と考えれば三方よしですか」

やまもっさんが目を見開いた。

両手の人差し指を僕に向け、片眼をつむって「ナイスッ」と言った。

「まず、俺のプラス収支とGIを狙うという話から、金額が五〇〇〇万円を超える募集馬とダート向きの募集馬を外したんは正解や。五〇〇〇万円はもう少し高くてもええ気はするけど、悪くはない」

「やっぱりそうでしたか。そこは悩んだんですよねー。いくらで線を引くか」

「GIと一口にいうても、優勝賞金はだいぶ差があるからな。有馬記念やジャパンカップは三億円やけど、阪神ジュベナイルフィリーズは六五〇〇万円しかない。まあ、このレースに勝つような馬はその後も期待できるんやろうけど、おんなじGIでもそんだけ差があるんや」

摘まみかけた唐揚げが箸からこぼれ落ちた。

「えッ、おんなじGIで、優勝賞金にそないに差があるんですか」

「まあ、びっくりするわな。意外と知らん人も多いんよ。ＧⅠておんなじ優勝賞金やと思ってる人も多いんや」

「僕もそうでした」

ドラマなら頭の一つも掻くシーンだ。

「普通はそんなもんや。優勝賞金なんて馬主以外は関係ないからな。ＧⅠの優勝賞金は一億円から一億五〇〇〇万円ぐらいが多いんよ。優勝賞金の他にも出走奨励金やら内国産馬奨励賞とかも貰えるし、逆に進上金やらなんやら引かれるもんもある。クラブやとそこから手数料とか引かれるから、ざっくり六、七割ぐらいが分配されると思っとったらええ」

「そんなに減るんですか」

「まあこれもびっくりするわな。でももらえる金額から考えんとな。この馬ならこのへんまで勝てる可能性があるというところを想定して、募集金額が妥当な金額かを考える。募集金額があわんと思ったら出資候補からは外す」

「金額的にあわないとやっぱり外すんですね」

「俺は外す。でも残念ながら、根本的にどこまでいけるかの想定が間違ってることも多いけどな」

失敗談を話しているのにニコニコと楽しそうだ。

「ＧⅠでの賞金をざっくり一億円として、それにＧⅠに出るまでに獲得できる収入を五〇〇〇万円として足すと一億五〇〇〇万円。その七割で一億五〇〇〇万円。費用として、育成から引退までの預託料からクラブの会費まで、もろもろざっくり三五〇〇〇万円とすると差引七〇〇〇万円。俺はこれをＧＩが狙える馬の募集金額の基準にしてる」

「七〇〇〇万円ですか」

「あくまで、思いっきりざっくりな。まあ、ＧＩを勝てるような馬はその後も稼ぐやろうけど、けがや病気でいつ引退するかもわからんから、こんなもんでええと思うわ。馬の金額を五〇〇〇万円で線を引いたんは、いいセンスしてる」

「なるほど、そんな考え方があるんですね。回収を考えると、一億円なんて現実離れしすぎていて、とてもとてもと思っただけなんですけどね」

　ワハハッ……。

「まあ、そんなもんや。でもええ線いってる。ほんで、ウエストファームの馬は、芝のレースはダントツに強いけど、ダートのＧＩはあんまり勝ってないから、ダート向きの馬を外したんも正解や」

「どうせ勝つなら芝の方がいいかなーと」

「結果オーライやけど、それも間違ってない。でもＧＩ馬が出そうな今年の募集やなかったら、ダート馬も悪くないんやで。ほんで極端に安い馬を外したんも正解や。種付け料の安い種牡馬の仔で、ＧＩまで狙うのは難しすぎるからな。ちなみにおんなじ種牡馬の仔でも金額に差がある募集馬があるやろ。母馬や兄弟の成績なんかで多少の差があるのはええけど、大きな差があるのは避けた方がええな。クラブの評価差やからな。この血統のこの馬体でこの金額なら安い！　となりがちやけど、外して大丈夫や」

考え方は意外と大きく間違ってはいなさそうだ。

「ウエストファーム産以外の馬も外してる。これも正解や。今回限定やけど、それでええ」

「これも当たりですか。僕もなかなかやりますね」

ちょっとニヤついてしまった。

「現時点で極端に馬体重が重い馬と管囲が細い馬を外したんも正解や。故障のリスクがあるからな。ほんまにできのええ馬ならちょっとぐらいリスクを冒してもとなるけど、今のこまっちゃんがそんなリスクを冒す必要性はまったくないからな」

「ではけっこういい線いっていますか？」

「いってる。消去法としては満点に近い。でもここからが難しいんや。動画を見て、馬のキラッと光るところを見つけられるかやな。平均的にマイナスにならん馬は選べても、キラッと光る馬を見つけるには別の視点が必要なんや。でもGIを何勝もするような馬でも、意外と募集時にはイケてないこともあるんよな。じゃあなにが正解やねんとなるんやけど、出資時点で正解なんかわからん。あくまで結果論やからな」

（そんなん言われたら、ど素人の僕はもっとわからなくなるやないですか）と口から出かかったがなんとか堪えた。

「やまもっさんはけっこう歴史的名馬にも出資しているじゃないですか。どうやって見抜いたんですか？」

「どうやってか。どうなんやろ。しいて言うたら、欠点よりも馬のええところに重きを置いたからかな」

　意外とあっさり答えが返ってきた。

「欠点はリスクやろ。リスクを抑えると、平均点は取りやすくなる。でも上のクラスにいけばいくほど何か強みがないと勝つのがしんどくなる。でも欠点がない馬は募集金額が高いから、回収のハードルも高くなる。キラッと光るもんがあるのが前提で、リスクを考慮して出資に踏み切れるかどうかかな」

「キラッと光るもんですか……」

「そや。まずそれを見抜けるかどうかや。で、見抜けたら、あとは高い募集金額なら回収リスク、安い金額ならクラブが安い金額を付けた理由のリスクを、どこまで許容できるかやな」

　やまもっさんが真面目に答えてくれた。

「突き抜けた才能をもった馬を、まだ仔馬の募集時に見抜くのはなかなか難しいけどな。

まあ、俺らでわかるぐらいなら、プロがやってるセリやクラブの募集馬は金額の高い順に好成績を収めてなおかしいわな。でも現実には億単位の馬でも未勝利で終わってるのがゴロゴロおる世界やからな」

「億単位で未勝利ですか」

「ああ、意外と多いんやで」

「プロでもわかんないなら、僕らがわかんなくて当然ですね。まあ人間でも突然背が伸びる子とか、スポーツがうまくなる子とかいますけど、幼稚園で見抜けといわれたらわからんですもんね」

「そうわからん。でも、なにかヒントを見つけて推理して、それを見抜こうとするんが楽しいんや。血統もその要素の一つやな。まあ当然、収支も気にはするけどな」

やまもっさんの言葉に違和感があった。

（楽しい？　収支も気にはするけど……）

もしかして、僕は出資候補馬の選び方を間違っていたのかもしれない。趣味なら出資したいと思える馬を選ぶ方が消去法よりも楽しいに違いない。無意識のうちに、どこか付き合いで出資するという意識があったからかもしれない。

「もう一回選び直してもいいですか？」

一瞬、やまもっさんが意外そうな顔になったが、すぐ笑顔になった。

「おお、かまわんよ。じっくり選んでみ」

やまもっさんも心なしか嬉しそうだ。

トイレに立って酔いを醒まし、パンフレットをもう一度一番から見直した。三〇分以上かかったかもしれない。やまもっさんは今回も口出しせずに僕を待ってくれている。

入店してからかれこれ三時間以上いるが、ラストオーダーと追い出されないのがこの居酒屋のいいところだ。

「お待たせしました。五頭になりました」

やまもっさんが僕の選んだ馬をパンフレットで確認し始めた。さんざん待たせてしまったけど、なんかすごく楽しそうだ。

「ええ馬選んどる」

やまもっさんがボソッとつぶやいた。

「こまっちゃん的にはどれが一押しや？」

「一押しですか……」

少し迷ったが、

「五八番ですかね」

ロードカナロア産駒の牡馬を選んだ。牡馬で一番気品があるように思えたからだ。

「ええな。最終的には動画を見てからになるけど、カタログではええのん選んでる」

褒められて、少し嬉しかった。

「リネンホースクラブは嘘かほんまか、都市伝説があってな。通常は募集口数を超える出資申し込みがあると抽選になるんやけど、新規入会希望者はなぜか一頭だけは必ず抽選に当たるらしい」

「そんな都市伝説があるんですか」

ちょっと笑ってしまった。

「らしいぞ。でも、新規会員を増やしたいなら、ありえん話でもないわな。ならその都市伝説を信じて、一頭だけ申し込んでみたらどうや」

「今年は一頭だけ申し込むということですか？」

それは助かる。

「いやいや、そういう意味やない。最初の一頭は抽選になりそうな募集馬の中から、こまっちゃんが選んだ一頭だけ申し込むんや。抽選になる募集馬を複数申し込んでも、どうせ一頭しか当たらんのやったら、一番出資したい募集馬だけに申し込む方が賢いやろ」

「確かに。抽選に当たるのが一頭だけなら、それがいいかもしれませんね」

なんか変わった戦略だが、その可能性が高いのなら、その戦略もありだと思った。

「申し込んでもあかんもんはさっさと諦めて、可能性のあるもんを確実にゲットする。これが一口馬主としてのあるべき戦略かな。あとは抽選にならん馬から選ぼう。抽選にならん馬にもＧＩを目指せる馬が残ってるかもしれん。あとは動画と申し込み状況を見てからやな」

（やっぱり、一頭だけに出資するとはならんか……）

甘い期待が一瞬で吹き飛ばされた。

「なんや考えなあかんことも多いですね。出資申し込みも単に出資したい馬を選ぶだけやないんですね」

変わっていると思ったが、これはこれでこういうもんだと思うしかなさそうだ。

「まだ確定ではないけど、こまっちゃんが選んだハービンジャー産駒の二頭はけっこうえで。ハービンジャー産駒の現役世代が期待ほど走ってないから、たぶん抽選にはならんと思うわ。だからこの二馬はしばらく様子見して残口が少なくなってきてからで十分かな。まあ次は動画と申し込み状況を見てから、どれに申し込むか決めよか」

ありゃ、やまもっさん、もう一回このネタで飲む気なんや……。

第五章　引き返すなら今しかない

一　出資馬選びのポイント

やまもっさんに前向きな発言をしたものの、どうやってお金の都合をつけるか。非常に難しい問題が発生した。

散々考えたが、やっぱり定期預金を崩す以外に方法が浮かばなかった。

バレたときの嫁さんの怒った顔を想像すると恐ろしくて、止めておいたほうが無難なのは自分でもよくわかっていた。

かといって、やまもっさんとのこれまでのいきさつから断るのも難しかった。

いや、むしろ、僕にとっては出資馬検討が想像以上に楽しかったことが大きな理由かもしれない。

「出資したら、その金がすべてなくなるわけではなく、逆に増えることもある」とのやまもっさんの言葉が僕を後押ししてくれている。趣味らしい趣味のない僕に趣味ができるチャンスかもしれない。

もっとも、大損しないということが絶対条件ではあるが……。

僕にとっては大金を出資することになるから、出資馬選びはやまもっさん任せではだめだと思った。やまもっさんが選んだ馬に出資して、もし回収できなかったら、やまもっさんが責任を感じることになりかねない。それだけは避けなければならない。自分で選んで責任は自分が背負わなければならない。

というのは建前で、本音はどうせやるならすべてを他人任せにせず、自分でも調べて考える方がより楽しいだろうと思ったことは言うまでもない。

前回、僕が出資馬を検討している間、やまもっさんが口を挟まずじっと待っていてくれたのは、検討する楽しさを僕に知ってほしかったからではないかとようやく気がついたのだ。

一歳馬に出資すると決めてから、仕事の合間を縫って出資検討について勉強を始めた。ネット上には親切な人も多く、「一口馬主とは何か」から始まり、「馬体の見方」から「血統の評価」、「入厩予定先」など、一口馬主として出資するポイントを惜しみなく公開してくれていた。

さらに、ネット上にはやまもっさんの言葉と同じく、今年のリネンホースクラブの募集馬が豪華だという記事が溢れていた。今年の新規入会はチャンスだとも。疑っていたわけではないが、ネット上に溢れている記事を読んで、安堵している自分がいた。

次の週の日曜日、前回解散したのが夜中の三時半と遅くなったことを反省して、開店時間の夕方五時に待ち合わせた。

しばらく店の前で待っていると、やまもっさんが前回以上にフラフラしながら自転車でやってきた。

工務店の方がだんじりの修理にきてくれて、そのあと参拾人組の組長と青年団の団長を連れて一杯ひっかけてきたらしい。

店に入ると前回と同じ部屋に案内された。生ビールと簡単なアテを頼んだ。

「動画見た?」

世間話もなく、キックオフとともにいきなり攻め込んできた。

「ええ、見ました。面白いですね。あんな感じで紹介されているんですね」

動画は募集馬一頭ごとに撮影されていた。時間にして一頭当たり三〇秒程度だ。動画は募集馬が静止している画面から始まる。画面が切り替わると、歩いている姿を左側、右側、うしろ、正面の順に撮影していた。

募集動画を本格的に見るのは初めてだったので、最初は募集馬ごとの違いがよくわからなかった。ネットにアップされている「動画を見るポイント」を参考にすると、何となく募集馬ごとの違いがわかるようになってきた。そして動画も三巡目になるころには微妙な動きの違いにも気が付くようになっていた。

正解なのかどうかはわからないが、歩き方でいいと思える動きと、これは出資対象から外そうと思える動きが自分の中で判明してきた。

「最初はなんのこっちゃわからんかったやろ」

「ええ、どこを見たらいいのか、さっぱりわからなかったです」

「そんなもんや。でも見てるうちに、ちょっとずつわかってくるんよ」

まさにその通りだった。きっとやまもっさんも同じ道を辿ってきたのだろう。

「昔は今みたいにネット環境もようないし撮影も雑やったから、結局はツアーに参加して自分の目で確かめるしかなかったんよ」

やまもっさんが宙に目をやった。

「ツアーはけっこう行くんですか？」

「七月に一つだけ行ってきた。例年なら三つ行くんやけどな」

「三つも行くんですか」

思わず生ビールを置いた。

「けっこう楽しいんやで。さすがに今年はいく時間があんまりなかったからな」

「前梃子責任者なら、そらそうでしょう。来年は次責で前梃子だから、夏以降はほとんど時間とれへんのとちがいますか。再来年はもっと忙しいでしょうし」

心なしかやまもっさんがしょんぼりしたように見えた。

やまもっさんはこの一年、自分の町で若頭の副責任者筆頭である次責を務める。再来年は責任者だからその忙しさは想像を絶する。

「ああ、この二年はしゃあない。順番や。まあ祭りが好きやないとできんな」

「ほんまですね」

僕も青年団、参拾人組と幹部をしてきたので共感できた。

祭りが好きでなかったら祭りの幹部なんかやってられない。よく祭りに命を賭けているといわれるが、人生を賭けている人も多い。あまりに忙しいため、責任者の年に会社を退職する人もいるぐらいだ。祭礼団体の責任者は少しでも時間に融通が利く仕事に就いていないと辛い。

「自営業やから何とかなってるわ。サラリーマンやったら、上司に嫌味の一つでも言われてんやろな」

やまもっさんが苦虫を噛み潰した顔でビールをあおった。そんな姿を見ると、この趣味の時間ぐらいは純粋に楽しませてあげたいと思った。

「落ち着いたら、一回行きますか、ツアー」

やまもっさんが顔を上げた。

「おお、行こよ。落ち着いたらと言わずに、来月募集馬を見に行くか？」

油断した。

励ますつもりで言っただけなのに。初心者の僕には年に二回も北海道に行くのはヘビーすぎる。

「そんな余裕ないですよー。今回の出資も綱渡りやのに」

さすがに受け入れられない。

「それがマイル交換で行ける裏技があるんや。俺が招待したる」

「ありがとうございます。でも、今回は気持ちだけ頂いときます」

一瞬心を動かされかけたが、北海道旅行に二回も招待してもらう訳にはいかない。

話題を変えようと、カバンからクラブのパンフレットを取り出した。

「お、パンフレットきたんか」

（よしッ）

思惑通りだ。

「日程はあとで考えるとして、先に出資馬考えるか」

そう言うと、やまもっさんがトイレに立った。

いやいや、あとでも何も……。なんでそうなる。

「奥さん、郵便見てなんか言うてた？」

「まさか。ちゃんとアドバイス通り、パンフレットは僕の事務所に送ってもらいましたよ」

前回、やまもっさんから一口馬主を始めたころの失敗談とそこからのアドバイスを頂き、素直に実行した。

「せーかいや。こういう金のかかる話はデリケートなんや。ソフトにいかんとの。一口馬主のよさを説明して、粘り強く説得せんといかん。説明せんまま嫁さんに出資のことを知られたら、えらい目に遭うからな」

そう言い放つと、やまもっさんは何事もなかったかのような顔でがっちょの唐揚げを口に運んだ。がっちょは、別名「メゴチ」とも呼ばれ、泉州のおつまみの定番だ。ビールによく合う。

やまもっさんはサラッと言ってくれたが、嫁さんに話してないどころか僕自身も出資金額のでかさにまだ馴染めていなかった。

「こんな危険なもん家に置いとかれへんですよ」

「俺は今でも家においてへんけどな」

ワハハッ……。

（わろてもうたがな。おっさん、ほんまええかげんにせんと。こんな危険な趣味に誘いやがって）

嫁さんにバレたときのことを想像したら寒気がした。こんな気持ちで前向きに出資検討なんて、とてもじゃないができない。自分に空気を入れようとビールを飲み干し、追加注文した。

引き返すなら今しかない。

でもこの危険な趣味にハマりつつある自分もいる。

一頭一頭、自分なりにいろんなことを分析し出資候補馬を選んでいくのは、思っていた以上に楽しかった。

自分の出資した馬がレースで走っている姿を想像するのも悪くない。日本ダービーに出走したらどうしよう。競馬にハマっていたわけではないけれど、日本ダービーはやっぱり特別感がある。一口馬主は思っていた以上に夢があった。

ドラマのシーンを思いだした。主人公が夢の中で悪魔に手招きされて、引き返さなきゃ引き返さなきゃと思いながらも引き込まれていくというシーンだ。今の僕がまさにその状況だった。

「さっそくやろか」

早くも戦闘モードだ。出資検討が少しずつ楽しくなってはきたが、お金のことを考えると複雑だ。

「動画も見て、こまっちゃんがトータルで一番出資したいと思ったんはどれよ」

プレイボールの一投目はど真ん中の直球だった。

「そうですね、けっこう迷ってるんですよ。東西のディープインパクト産駒の牝馬で」

「おッ、ええのんに目ぇつけたな。三と三七か」

「あれ、よくわかりましたね」

ディープインパクト産駒の牝馬は東西で五頭いる。

「馬鹿にしてんか」

やまもっさんがニコリともせず、たくあんをかじった。

「あとの三頭はええとこ二勝までやな。とてもやないけど、ペイせんな」

「そこまでわかりますか」

ポリポリとええ音をさせている。上機嫌の印だ。

「あくまで俺の見立てやけどな。それに四と三八のあの前脚の運びは故障リスクが高い気がするな」

「やっぱりそうですか」

故障リスクはできるだけ負いたくない。

「選んだ二頭は、今んとこどっちも抽選対象やな。なんでこの二頭を選んだんや？」

　やまもっさん、ほんまに楽しそうだ。

「まず馬が綺麗というか、品があるというか、そんな感じがしたんです。ほんでディープインパクト産駒ならクラシックに出られる可能性もけっこうありそうかなと。牝馬なら金額も五〇〇〇万円以下だし、回収もなんとかできる範囲じゃないかと思ったんです」

　おお、今日は、出だしからやまもっさんのたくあんポリポリがまったく止まらない。これは久しぶりに売り切れまでいくかもしれない。

「ええやん。そういう見方はありやと思う。俺もディープインパクト産駒なら、その二頭やな。ただ、エシャロットホースクラブなら牝馬はメリットがあるけど、リネンホースクラブにはメリットがないんよな」

　やまもっさんが残念そうに言った。

「エシャロットホースクラブだとどんなメリットがあるんですか？」

　以前、エシャロットホースクラブはお勧めのクラブだが、本格的に楽しめるようになるには時間がかかるから、今は入会する必要がないと言われたクラブだ。

「このクラブは募集した馬の血統を大切にするクラブなんや。牝馬がある程度の成績で引退して繁殖牝馬になると、その仔はほぼクラブで募集されるんや。ほんでその繁殖牝馬に出資してた会員には優先的に出資する権利が与えられる。それがこのクラブの売りの一つかな」

「それいいですね」

すごく好感が持てる。長くこのクラブで出資したくなるシステムだ。

「そやろ。ほんでこのクラブは実績制ではないから、大金を出資せんでも三年に一回くらいは出資したい馬に出資できる。だからめちゃめちゃ人気があって会員数も多い。ただ、一口馬主として楽しむには最初の三年ぐらいは我慢せんとあかんというのが玉に瑕やな」

「でも僕みたいに小遣いが少ない人にとっては、ありがたいですね」

一口馬主のクラブは実績制をとっているところが多い。実績制のクラブでは過去に出資した金額の多寡により決まる。そのためクラブで過去に出資した金額が少ないと、なかなか希望した馬への出資が難しいらしい。僕には厳しいクラブだ。

これに対しエシャロットホースクラブは、母馬に出資していた会員や前年度抽選に外れた会員が優先的に出資できるシステムのクラブだ。

「長く一口馬主をしていくには、このクラブが一番お勧めや。せやけど、好きな馬に出資できるまでに年数がかかりすぎる。こまっちゃんには早く一口馬主の面白さを体験してもらいたいから、今年は除外したんや」

出資馬検討の方法は勉強したが、クラブ選びまでは手が回っていなかった。僕自身、まだ積極的に一口馬主をしたいというところまでは、たどり着いていないのかもしれない。

「そうなんですね。ということは、リネンホースクラブは活躍したクラブの牝馬の仔が募集されないんですね」

「いやいや、募集されることはあるよ。ただエシャロットホースクラブに比べるとかなり少ないな。ほんで残念ながら、繁殖牝馬に出資してたからといって、その仔に優先的に出資できるわけではないんよ。他の募集馬とおんなじ扱いや。逆に言えば、エシャロットホースクラブに出資するときのように、将来の優先出資権を見越して牝馬に出資するという戦略は必要なくて、純粋に走りそうか否かという観点から判断すればええだけなんや」

「ああ、そういうことなんですね」

エシャロットホースクラブのシステムを聞くと残念だったが、それはしかたがない。

「まあ、それは各クラブの方針やからしゃあないわ。ほんで、こまっちゃんはどっちのディープインパクト産駒を選ぶんや？」

「どっちがいいですかね。難しいですね。厩舎はどっちもリーディング上位だし……。しいて言えば、関西所属の方がレースを現地観戦しやすいから三七ですかね。どうですか？」

やまもっさんのポリポリが途切れない。

「そういう考え方もありやで。せっかくやるんやから楽しまんとな。ただどっちも良血やから、クラブは勝たせて繁殖入りさせるつもりやと思う。となると大事に使われることになるな」

「大事に使われる？」

「そう、人間でいうと箱入り娘みたいなもんや。故障させんようにレース間隔をあけて、ゆったりとしたローテーションになると思う。ほんで馬体もギリギリまで仕上げきるようなことはよっぽどの大舞台以外はせんやろな。ラグビーでも間隔を空けずに出続けると、体にダメージが残ってしまうやろ。将来の繁殖入りを考えたらそういうリスクのあることは避けるんやないかな」

「箱入り娘ですか。なるほどわかる気がします」

ストンと入ってきた。

「そしたらディープインパクト産駒の牝馬は避けておいた方がいいですかね」

やまもっさんが手を振って、

「いやいや、そうではないんや。クラシックでのディープインパクト産駒はグリグリの大本命やからな。それもウエストファームの生産馬のディープインパクト産駒がな。ただ、産駒でも牡馬は高いから、もし成績がパッとせんかったら損失がでかい。こまっちゃんが一口馬主を趣味として続けてみて、余裕ができて狙うんはありやけど、今はそのときやない。その点牝馬なら引退は早いけど、出資金額も低く抑えられてクラシックの夢も追えるから、そういう意味では悪くはない」

「悪くはない？」

「そう、悪くはない。一口馬主のやり方は人それぞれやからな。俺は今回のリネンホースクラブの出資募集では、こまっちゃんとおんなじ馬に出資しようと思ってる。でも出資する口数は各馬一口ずつではなく、一口の馬もいれば一〇口の馬もいる。バラバラや」

「口数ですか？」

出資口数はすべて一口だと当然のように思っていた。

「そう、その馬に何口出資するか。リネンホースクラブやったら、最初の募集のときは一〇口までできる。そのあと一般募集になると、確か募集口数の半分以下まで出資が認められてたはずや」

「そんなに出資できるんですか」

その馬を所有するのと変わらないではないか。

「まあ、いうても人気馬は最初の募集で満口になるから、大抵一〇口までになるけどな」

「一〇口出資するとして、この関西のディープインパクト産駒の牝馬は一口一二万五〇〇〇円だから、一〇口だと一二五万円ですか。はぁー」

思わずやまもっさんの顔をガン見てしまった。

「いやいや、ディープインパクト産駒の牝馬に一〇口はいかんよ。さすがにリスクが高すぎる。一口で十分や。怪我さえなければ十分楽しめて大損はせんやろ」

「じゃあ、ディープインパクト産駒の牝馬を申し込むのは正解ですか？」

「ああ、間違ってはないと思う」

（ん？　間違ってはない？　正解ではないということなのか？　違う選択肢もありなのか？）

「ちなみに、やまもっさんの一押しはどれですか？」

確かめてみた。

やまもっさんがパンフレットをパラパラとめくった。

「四八番かな。ステイゴールド産駒で二番仔の牡馬。一族の成績も文句なしや。ただ、クラシックにはちょっと距離が短いかもしれん」

「そんなんわかるんですか」

パンフレットには、どこにもそんなことは書いていなかった。

「母系とか馬体とかで大体やけどな。適性やと思われた距離で思ったほど走らんかったら、距離も色々試すことになるから、一概には言えんけど。芝で思ったほど走らんかったらダートに転向することもよくあるから、ずっと芝かどうかもわからんしな」

「そうなんですね。やっぱり凄いですね。四八番にしますか」

やまもっさんのお勧めの募集馬の方が遥かに走りそうだ。

「いやいや、今回はこまっちゃんが選んだ募集馬でいこうや。自信を持ったらええ。ディープインパクト産駒に出資できるんも、ディープインパクトの馬齢考えたらそう長くないやろうしな」

確かに。ディープインパクトはけっこう高齢だ。

「ほんで、こまっちゃんの他の候補はどれや」

選んできた残りの三頭を答えた。

やまもっさんがパソコンで出資申し込みの中間発表の画面を開けてくれた。

「なかなかええの選んでるよ。ただ、やっぱりどれも人気になってるな」

「確かにどれも抽選になりそうですね。やっぱりど素人の僕でもいいと思えた募集馬はみんな選んでるんですね」

これはと思って印をつけた募集馬は、中間発表ですべて上位に名前が挙がっていた。

「まあな。ええ血統で馬体もええ募集馬が人気になるんはしゃあないわ。でも出資馬選びのポイントはそれだけやないんやで」

「どういう意味ですか？」

やまもっさんがニヤリと笑った。

「出資馬を選ぶときに厩舎と種牡馬もポイントになるんや」

「厩舎と種牡馬ですか」

「ああ、募集馬のできは悪くても厩舎で人気になったり、逆にできが良くても厩舎で出資を見送ったりする人も多いんや」

「厩舎って、そないに大事なんですか？」

「めちゃめちゃ大事やで。クラブと相性のいい厩舎やとそれだけで人気になる。逆に厩舎に悪いイメージがあると、その厩舎の募集馬は不人気になったりするんや」

「厩舎に悪いイメージを持つって、どんな理由なんですか？　会員が厩舎と喧嘩するわけでもないでしょうし……」

厩舎に悪いイメージを持つことが想像できなかった。

「例えば出資馬がなかなかレースに使ってもらえんかったとか、あんまりいい騎手に騎乗してもらえんかったとか、レース選択が気に入らんかったとかかな」

「なるほど、そういう理由ですか」

「ただ、厩舎からすると、そうする理由があったんかもしれんけどな。なかなかレースに使わんかったんは馬の調子が上がってこんかったからかもしれんし、厩舎の馬房の都合で使わんかっただけかもしれん。騎手も馬の能力が低かったからいい騎手に頼めんかったんかもしれんし、贔屓の騎手を使いたかっただけかもしれん。厩舎としてはしかたのない理由なのか、厩舎の身勝手な理由なのかは出資者にはわからんからな。一概に厩舎が悪いわけではないと思うけど、あまりにも出資者の思った通りになってないから不満が溜まるんやろな」

なかなか難しい問題だ。一口馬主は出資者だから馬の方針を決められない。かといって、

料金受取人払郵便

新宿局承認

2524

差出有効期間
2025年3月
31日まで

（切手不要）

郵便はがき

160-8791

141

東京都新宿区新宿1－10－1

（株）文芸社

愛読者カード係 行

ふりがな お名前		明治 大正 昭和 平成	年生 歳
ふりがな ご住所	□□□-□□□□	性別 男・女	
お電話 番 号	（書籍ご注文の際に必要です）	ご職業	
E-mail			
ご購読雑誌（複数可）		ご購読新聞	新聞

最近読んでおもしろかった本や今後、とりあげてほしいテーマをお教えください。

ご自分の研究成果や経験、お考え等を出版してみたいというお気持ちはありますか。

ある　　ない　　内容・テーマ（　　　　　　　　　　　　　　　　）

現在完成した作品をお持ちですか。

ある　　ない　　ジャンル・原稿量（　　　　　　　　　　　　　　）

書　名				
お買上 書　店	都道 府県	市区 郡	書店名	書店
			ご購入日	年　　月　　日

本書をどこでお知りになりましたか?

1.書店店頭　2.知人にすすめられて　3.インターネット(サイト名　　　　)

4.DMハガキ　5.広告、記事を見て(新聞、雑誌名　　　　)

上の質問に関連して、ご購入の決め手となったのは?

1.タイトル　2.著者　3.内容　4.カバーデザイン　5.帯

その他ご自由にお書きください。

(　　　　)

本書についてのご意見、ご感想をお聞かせください。

①内容について

②カバー、タイトル、帯について

弊社Webサイトからもご意見、ご感想をお寄せいただけます。

ご協力ありがとうございました。

※お寄せいただいたご意見、ご感想は新聞広告等で匿名にて使わせていただくことがあります。

※お客様の個人情報は、小社からの連絡のみに使用します。社外に提供することは一切ありません。

あまりに理不尽な扱いをされると腹が立つのも理解できる。

「いいように解釈すれば、そういう不人気厩舎の募集馬は人気になりにくい。だからすぐ満口にはならず、じっくり様子見できる」

「なるほど」

そういう考え方もできそうだ。

「ただ、今回不人気厩舎で俺的に可能性があると思えた募集馬はおらんかった」

「あら、残念ですね」

「でな、おんなじように種牡馬で不人気になることもある。こっちはわかりやすいわな。単純にこれまでレースに出た産駒の成績が悪いということや。ただ、こっちは逆にお買い得になる可能性もある」

「お買い得ですか？」

やまもっさんが頷いた。

「種牡馬の初年度産駒から育成方法やレース選択がピタッと合えばええけど、データがないからそこはなかなか難しいとこもあるんや。特に海外から輸入した種牡馬はな。産駒が日本におらんからどうしても手探りで試し試しになる。産駒を育成してレースで使っていくなかでノウハウが蓄積されるからな。まあ、あかんままやった種牡馬もけっこうおるんやけどな」

ワハハッ……。

「でも今回はこっちにチャンスがあると思ってんや」

「えッ、そうなんですか」

「ああ、様子見はするけど、一発あると思ってる」

残念ながら僕はそんな募集馬を見つけられなかった。

「どの種牡馬の産駒ですか？」

これは興味がある。人気の種牡馬の仔から活躍する馬を当てるのは比較的できそうだが、不人気の種牡馬の仔から当てられたら凄い。

「人気はないけどいずれ大物がでると思う種牡馬はハービンジャーや。ほんで、出てもおかしくないんやがと思ってるんはワークフォースや」

「ハービンジャーとワークフォースですか。ハービンジャーは日本で繁養されるのが発表されたときにニュースになりましたよね」

そこまで競馬に興味がなかった僕でも知っているぐらいだから、競馬の世界では大ニュースだったのではないか。

「よう知ってるやん。この二頭はハービンジャーが四歳、ワークフォースが三歳のときにイギリスのアスコット競馬場で開催された、キングジョージ六世&クイーンエリザベスステークスで直接対決してるんや」

「イギリスで直接対決した馬が、どっちも種牡馬になって日本で繁養されているんですか。なんかワールドワイドですね」

「なんてったって世界最高峰のレースの一つやからな。ちなみにそのときの二着馬がケープブランコで、これも日本で繁養されてるんや……」

ジャパンマネーという言葉が頭に浮かんだ。日本人ながらなんかあんまりいい気がしなかった。

「ハービンジャーはこのレースをぶっちぎりで勝って種牡馬になったんや。ワークフォースはイギリスのダービー馬でこのレースで負けた後、日本でも有名な凱旋門賞に勝って種牡馬になったんや」

「すごい」

「ああ、凱旋門賞を勝つのはすごい。でも凱旋門賞を勝った馬ではトニービンが日本で種牡馬として成功したけど、それ以外に日本で成功を収めた種牡馬はおらんのよ。両レースを勝ったラムタラも繁養されるときは大ニュースになったけど、残念ながら結果を残せんかったしな」

あれ、やまもっさんが顔をしかめている。

「地球を半周するぐらい遠い国から連れてきて、結果が出んかったから返すというんは残念や。もっとも向こうから返還を強く望まれたとも聞くから、一概にそうとは言えんのかもしれんけどな。いずれにせよ、向こうでの成功を願わずにはおられんわ」

あ、おんなじ思いだ。

「僕もそこ引っかかりました」

やまもっさんが頷いた。

「ただ誤解せんといてほしいんは、牧場に文句言うてるんとはちゃうで。その逆やで。繁殖を考えると、海外から種牡馬を連れてくることは悪いことやない。違う血統を入れんと、日本はディープインパクトとキングカメハメハの血統ばかりになってしまうからな。そうなると血が近すぎて馬体に問題のある馬が生まれやすくなる。そうならんために牧場は海外から種牡馬を導入してるんや。現役時代の成績のええ種牡馬は、どうしても金額が高くなる。そういう有望な種牡馬を導入すると、金に物言わせてと批判されることもあるかもしれんけど、競馬界のプロとして考えてんやと思う。導入しても産駒が思ったほど走らんかったら大損するリスクも背負ってるんやからな」

「確かにそうですね。牧場が良くないのかと誤解するところでした」

「これは日本だけに限らず、どこの国でもおんなじや。日本からも海外に望まれて出してるからな。でも、遠いところから連れてきたからには、日本の馬場に合う合わんがあったとしても、なんとか結果を出さしてあげたいと思うんや。ちょっと感傷的やけどな」

「その気持ち、よくわかります」

「やろ。だからよけいにハービンジャー産駒とワークフォース産駒には日本で成功してほしいんや。ハービンジャー産駒は初年度から重賞を勝った馬も出たから、日本の馬場に適応できそうやけど、ワークフォース産駒はまだ出てないんや。そろそろ種牡馬としてはやばいやろうから、応援したいんや」

やまもっさんの言うことに全面的に賛成だ。

「いやー、いいですね。その応援の気持ち。ハービンジャー産駒とワークフォース産駒に応援出資しますか」

「おおッ。出資するか」

やばいッ。また口からこぼれ出た。

(俺は何回同じ失敗をすれば気が済むんや。ああ、やっぱり定期預金をこっそり崩すしかないか……)

口は災いのもと……。

口喧嘩以外にも口が原因で災いになることがあるのを、身をもって知った。

そのあと店を出るまでに、やまもっさんから二頭のハービンジャー産駒と一頭のワークフォース産駒を丁寧にお勧めされた。合わせて三頭も……。

「ハービンジャー産駒の一頭は足元が大丈夫ならGIを目指せるかもな」

やまもっさんのこの馬押しは半端なかった。

「足元が何とかなりそうかどうかは牧場で確認した方がええから、一緒に見に行こや」

こちらも熱心に誘ってもらったが、そこは丁重にお断りした。やっぱり二回も旅費を出してもらう訳にはいかない。

もう一頭のハービンジャー産駒は前回僕が選んだ関西馬だった。怪我さえしなければ勝ち上がることはできそうらしい。コストパフォーマンスも悪くなさそうで、現地観戦もしやすく楽しめるとのことだった。やまもっさんがこの馬を推してくれて思わず頬が緩んだ。

ワークフォース産駒のできは、やまもっさん的には残念ながらそこまでいいとは感じなかったらしい。選んだのは関西入厩予定の牡馬だった。募集されているワークフォース産駒では一番マシだが、勝ち上がれるかは微妙らしい。ただ、金額的にはお手頃なので、応援枠としてだそうだ。僕的には決してお手頃な金額ではないのだが……。

目指せクラシックではなく、目指せ一勝かと思うと、少しでも出費は抑えたいだけに憂鬱だ。もっとも今回も、その場の雰囲気で口を滑らした僕が悪い。

ただ、三頭ともすぐに満口になる馬ではないから、しばらく様子見しようということになった。

そして最初の申し込みは都市伝説を信じて、関西のディープインパクト産駒の牝馬一頭に決まった。もちろん一口だ。

都市伝説通り、当たってくれと思う反面、外れてくれたほうがいいかもしれないと思う自分もいた。

二　ついに手を出した

やまもっさんとの検討会から約三週間後、事務所にクラブから封筒が届いた。

やまもっさんと出資馬検討した翌日、入会と出資の申し込み書面をクラブに送付していた。

それにしても、クラブの情報発信はじつに出資希望者の心を揺さぶる。募集馬の情報を小出しにするところといい、人気馬をマメに発表するところといい、出資希望者の心理をつくのが心憎いほど上手い。

不思議なもので、日が進むにつれて人気馬の発表が楽しみになり、クラブから封筒が届くのを今か今かと心待ちにしている自分がいた。

その一方で、外れると出資は見送るので、家庭の平和を脅かす危険は去ることになる。外れたほうがいいという思いも日に日に強くなっていた。

嫁さんにバレないのであれば当たりたい、バレるくらいなら外れろというのが本音だ。

ドキドキしながら封筒を開けた。

都市伝説はしっかり生きていた。

馬名の横に丸印があった。

（よしッ）

と思ったのも一瞬で、嫁さんの顔が頭をよぎり、思わずこめかみに拳を押しあてた。定期預金の取り崩しが確実になった。

やまもっさんに連絡するとすごく喜んでくれた。やまもっさんも無事当たったようで、同じ馬に出資できることになった。

様子見している三頭を見に行こうとまた誘ってくれたが、資金捻出に頭が痛い今、とてもじゃないがそんな大胆な行動をとる精神的余裕なんてなく、また丁重に断った。

今回の出資はムダ金になるわけではなく、プラスで返ってくるかもしれないからと、心の中で嫁さんに手を合わせた。そして、独身時代に貯めた定期預金なんだから、自由に使ってもいいはずだと自分に言い聞かせ、定期預金を解約する腹を括った。

日がたつと迷いが生じそうだったので、通知が届いた翌日に自宅近くの銀行に定期預金を解約しに行った。

銀行で手続きを待っている間、知り合いが通りかかるんじゃないかと、できるだけ下を向いていた。こういう自分の気の小ささが嫌になる。

冷や冷やしながら定期預金を解約し、出資金を振り込んだ。余ったお金は自分の部屋に隠した。お金のことでこんなにドキドキするのはいつ以来だろう。

思いついたら行動が早いのが、僕とやまもっさんの共通点だ。クラブからの通知がきた翌週末には、やまもっさんは北海道に飛んでいた。

結果からいけば、三頭とも出資に問題はないとのことだった。特に関東のハービンジャー産駒は抜群によかったらしい。やまもっさんが不安視していた足元も、なんとかなるという感触が得られたそうだ。

「抽選にならんかった募集馬の中で、唯一GIを目指せる可能性があるのはこの馬や」

やまもっさんが電話の向こうで熱く断言した。

衝撃だ。ほんとにハービンジャー産駒からGI馬が誕生する可能性があるのだろうか。

「ハービンジャーとワークフォースは、ウエストファームが日本に連れてきた種牡馬なんよ。さすがにヨーロッパの最高峰GIの勝利馬を二頭も連れてきて、二頭ともあきませんでしたとはせんと思うんや。ワークフォースはさすがにもう難しいかもしれん。でもハービンジャー産駒は少ないとはいえ重賞勝ちが出始めてるから、牧場のメンツにかけて力を入れるはずや」

「なるほど」

やまもっさんの読みに感心させられた。

「ほんで、これは俺の推測やけどな。ファームの系列で、本家と言われるマンデーサラブレッドクラブを差し置いて、新しくグループに加わったリネンホースクラブからＧＩ馬を出すとしたら、日本でマイナーな血統やと思うんや。そうやないと、高い出資金を出してる昔からのマンデーサラブレッドクラブの会員が納得せんやろうからな。ディープインパクトやキングカメハメハの産駒の牡馬でＧＩを勝ったりなんかしたら、なんで新しいクラブにそんなええ馬を出すんやとなるやろ。メインの種牡馬のしかも牡馬となると、さすがに具合悪いわな」

これは説得力があった。

「ウエストファームの看板種牡馬ですもんね。しかもその牡馬で新参クラブの所属馬がＧＩを勝ったら、確かに角が立つかもしれないですね」

リネンホースクラブがＧＩを勝つなら、日本でマイナーな血統というのは一理ある。その点ハービンジャー産駒ならそこまで産駒の成績もよくないので、害が少ないかもしれない。

「この募集金額なら、出資したディープインパクト産駒の半額以下や。現地観戦できんデメリットはあるけど、大きくプラスになる可能性があるんはこの馬や。だまされたと思って、複数口出資しとき」

最後に爆弾発言が飛び出した。

「そんな、気軽に言うて。ただでさえ定期預金を崩してビクビクしているのに」

「どうせ崩したんならおんなじやん。プラスで回収したら、奥さんも文句は言わんはずや。知らんけど。結果が出るまで機嫌とっとったらええ。万が一損したら、俺も一緒に奥さんに謝ったるから、心配せんでも大丈夫や」

(全然大丈夫やないけど、そうしてもらえると非常に助かるのは間違いないな。でも、やまもっさん、口調が軽すぎるよ……)

「ついでに、定期預金を崩したんがバレたときも頼んますよ」

「あほか。そこはこまっちゃんの男気で乗りきらんかい」

嫁さんの怒りを乗りきれるほどの男気なんて、残念ながら持ち合わせていない。

崩した定期預金を多く隠しておくのも心臓に悪いので、半分やけくそでやまもっさんお勧めのハービンジャー産駒に四口も出資した。

結局、今回リネンホースクラブで出資したのは、
ピラクルの17、ディープインパクト産駒の関西牝馬に一口
ジャスティンの17、ハービンジャー産駒の関西牡馬に一口

フレックスの17、ワークフォース産駒の関西牡馬に一口
ハーフワンピースの17、ハービンジャー産駒の関東牡馬に四口
なかなかのラインラップだと満足度は高いが、締めて四二万円……。
後悔の方が大きかった。

三　ああ、嫁さんにバレた……

ついに恐れていたことが起きた。

嫁さんにバレた。

きっかけは些細なことだった。嫁さんの友達が、銀行で僕を見かけたと嫁さんに告げ口、もとい、話したのだ。

晩御飯の最中の何気ない会話の中に爆弾が仕込まれていた。

「そういや、この前みっちゃんが銀行で英ちゃんを見かけたって言うてたわ。気づいてた？」

「えッ、銀行？　行ってないで」

ヤバい、咄嗟に嘘をついてしまった。

「ウソー。みっちゃんが見間違ったんかな」

みっちゃんは子供の同級生のお母さんで、嫁さんとはツーカーの仲だ。

「ちゃうかー」

触らぬ神に祟りなし。

深入りせずに話を終わらせようとした。

お茶をいっきに飲み干し、「ごちそうさん」と、二階の部屋に逃げ込んだ。

その日はそのまま何事もなく終わり、ホッと胸をなでおろしていたが、嵐は翌日にやってきた。

家に帰ったら、電気もつけずに嫁さんが食卓に座っていた。

ひじょーにまずい。

「ただいま」

言うやいなや、そそくさと二階の自分の部屋に上がろうとした。

しかし、そうは問屋が卸さなかった。

「英ちゃん、ちょっと話があるねん」

背中から、か細い声が飛んできた。

「おッ、おう。どうした」

階段にかけた足をおろし、圧力に負けて食卓の向かいに座った。

「今日、みっちゃんと話してん。鞄が茶色でスーツが濃紺やった気がするって」

「……」

ああ、ついにくるべきときがきてしまった。

この危機をどう乗り切るか。

しらをきりとおすか。

「見間違いちゃうかー」――みっちゃんに電話でもされたら終わりや。

笑ってごまかすか。

「ワハハ。何を言うてるねん。ワハハ」――あかん、無理がある。

キレるか。

「行ってない言うてるやろが。亭主の言うことが信じられんか」――キレ合いになったら勝てる気がしない。

土下座するか。

「申し訳ありませんでした」――いきなりは逆効果な気がする。

どうしたらいい。

次の一手が決められない。

嫌な汗が背中を流れた。

「通帳、見せてくれる？」

この一言で観念した。

僕の思惑とは関係なく、あっけなく決める必要がなくなった。

ああ、終わった。


その後は淡々と事情聴取を受けた。これまでの経緯をできるだけ丁寧に話した。

嫁さんの左の眉がピクッと上がるたびにビクッとした。

独身時代に貯めたお金なので、意外と無罪放免になるのではないかと一瞬でも期待した自分がアホやった。

最後まで静かに説明を聞いていた嫁さんが、

「男同士の付き合いを否定はしない。それより嘘をつかれたことが悔しいねん」

怒りを爆発させるわけではなく、ポロッと涙をこぼした。

予想外の展開だった。

鬼の目に涙。

もとい、嫁の目に涙。

これほど恐ろしいものだとは知らなかった。

無言の時間が流れた。

「ただいまー」

息子が帰ってきた。

一瞬目が合った。

（助かった！）

と思った瞬間、嫁さんの姿を見て、そそくさと階段を上がっていった。

我が息子ながら、なかなかの危険回避能力だ。

（息子なら助け船ぐらい出さんかい）

声にならない声が出た。

大きな雷を落とされるかと思っていたら、涙を流されてパニックになった。雷の方がよっぽど気が楽だ。

「すまん」

そう頭を下げたが返事はなく、また無言の時間に戻った。

「残金を定期預金にする」

「飲みに行く回数を減らす」

「二度と出資しない」

「……」

いくつかの案を出したが、すべて首を横に振られた。

「英ちゃんが独身時代に貯めたお金だから、何に使っても文句は言えない」

うつむきかげんの言葉が重い。

(文句は言えないといいながら、全身で文句を表現しているくせに。いや、待てよ。どういうことだ。意外とおとがめなしなのか)

ここは黙って聞いている方がよさそうだ。

「私だって子供の学費とか、将来に備えてとか、いろんなことを考えて欲しいバッグとか我慢してるんだよ」

(バッグ？　ん？　どういうことだ)

また無言の時間に戻った。針の筵とはこういうことをいうのだろう。

嫌な時間が過ぎていった。

頭を必死に回転させる。

なんとか打開策を見つけたくて、さっきの「バッグ」という言葉に乗っかってみることにした。

「せっかく定期預金を崩したから、あれやな。ほら、そう、バッグでもプレゼントしようか？　結婚してから、そういうプレゼントはあんまりしてなかったしな……」

恐る恐る切り出してみた。

「そんな無駄使いしていいの？」

ん？　嫁さんの顔が上がった。

思っていた反応とは違うが、一歩進んだ気がした。

「お、おぅ。最近よう頑張ってるやん。うん。ほら、たまにはやな、そう、俺らにもご褒美があってもいいんじゃないかな」

僕の言葉が終わるや否や、パッと表情を明るくして、

「ほんと、ありがとう。嬉しい」

嫁さんがニッコリほほ笑んだ。

やられた……。

どうやら、きっちり罠にはめられたようだ。

ぐうの音も出ない。

失意のまま二階に上がろうとすると、

「でも飲みに行く回数は減らしてね」

追加でうしろから思いっきり殴られた。

四　取らぬ狸の皮算用

十月に入り山手の「だんじり祭」が終わると、岸和田は残暑も落ち着き、過ごしやすい気候になる。

毎年この時期になると、ようやく夏バテ、祭りバテから回復してくる。祭りで遅れ気味だった仕事を急ピッチでこなし、なんとか仕事を平常運転に戻したころには、周りはすっかり秋らしい景色になっている。近くの岸和田城のお堀端の桜もすっかり紅葉して、春とはまた違った美しさを見せている。

紅葉の時期のお堀端は、夏には毎晩聞こえていた青年団の走り込みの声もなく、祭りでついただんじりの駒の跡もすっかり消えて、まさしく「兵《つわもの》どもが夢の跡」だ。一年が終わったことを実感させられる。

岸和田城の歴史は古く、鎌倉幕府が滅ぶころ、楠木正成の一族、和田高家が築いたと伝わっている。そして豊臣秀吉の時代に、小出秀政によって五層の天守閣が築かれた。江戸時代に入ると岡部氏によって統治されたが、残念なことに天守閣は江戸時代末期に落雷で焼失した。その後、昭和にはいって三層の天守閣が建造され、現在に至っている。

十一月も押し迫ったころ、カリフォルニアサラブレッドクラブから立て続けに嬉しい知らせが届いた。初めて出資したゴールドアカツキとラッキーバレットの目標とするレースが決まったのだ。

ゴールドアカツキはインサイトの16の登録馬名で、ラッキーバレットはディスティニーの16の登録馬名だ。

通常仔馬は生まれてから競走馬として登録されるまでは、母馬の名前に生まれた年号を足してよばれ、登録されて正式な馬名となる。ちなみにインサイトの16は母馬の馬名がインサイトで、生まれが二〇一六年という意味の名称だ。登録されてゴールドアカツキとよばれている。

ゴールドアカツキが十二月九日に、中山競馬場での芝の一六〇〇メートルの新馬戦に、ラッキーバレットが翌週の十二月十七日に、阪神競馬場での同じく芝の一八〇〇メートルの新馬戦を目標にすることが決まった。想定頭数が多いと抽選になることもあるが、この時期の新馬戦は想定頭数がそれほど多くないため、抽選なしで出走できそうだ。

さっそく、やまもっさんから阪神競馬場にラッキーバレットの新馬戦を見に行かないかとお誘いがきた。待ちに待った出資馬の初現地観戦だ。

二つ返事で誘いに応じた。

せっかく行くのだからと、「口取り式」に申し込むことにした。申し込み方法は抽選と電話での早い者勝ちの二通りあるが、電話の方が確実だ。

この時期の芝の新馬戦は有力馬が集まるので勝つのはなかなか難しいらしい。それでも少しでも勝つ可能性があるのなら、それに賭けてみたいと思った。出資馬の初レースになるゴールドアカツキの新馬戦も見に行きたかったが、中山競馬場への遠征は家庭平和のために断腸の思いで断念した。出資してからレースまで、ほんとうに長かった。いや、長く感じた。嫁さんからの少し棘のある言葉にも耐え、ようやく迎える初出走だ。

嬉しくて嬉しくてしかたがなかった。

多くのクラブは今回のリネンホースクラブのように、馬が一歳の夏から秋ごろに出資を募集する。したがって、出走となると最短でも翌年六月の二歳戦が始まるまでは待たなければならない。そう考えると、出資してから半年足らずで出資馬のデビューレースが見られるのは、贅沢な話なのかもしれない。

しかし両馬とも、ここまでの道のりは平たんではなかった。ゴールドアカツキは僕が出資した直後に一頓挫あり、一時期休んでいた。休養の長期化が危惧されたが、牧場で入念にケアされ、十一月五日に奥山厩舎へ無事入厩することができた。

この馬はそこからがすごかった。入厩からわずか五日後の十一月十日には、ゲートからきちんと出られるかを確かめるゲートテストにあっけなく合格し、そしてなんと驚くことに、入厩から一ヶ月ちょっとで初出走を迎えることになったのだ。これにはさすがのやまもっさんも驚いていた。

一方ラッキーバレットは十月二十六日に和泉厩舎へ入厩したものの、ゲートテストに落ちてしまった。しかし、厩舎の懸命なサポートのおかげで、十一月二十二日になんとか二回目のゲートテストで合格した。そこから放牧を挟まずそのまま厩舎で調整され、入厩してからこちらもなんと二ヶ月弱で初出走に漕ぎつけた。

やまもっさんによると、紆余曲折はあったにせよ、年内の新馬戦に出られるだけでも順調な部類に入るらしい。

順調な理由は、秋に入厩できただけではなかった。両馬とも、ゲートテスト後に放牧されなかったのも大きかったらしい。それだけ両馬が調子を落とすこともなく、また厩舎の馬房調整もうまくいったのだろう。

厩舎はＪＲＡから馬房数を決められていて、その決められた馬房数の二・五倍まで馬を預かることができる。しかし、やまもっさんによれば近年の競馬人気で馬が増加していて、どの厩舎も馬房がなかなか空かないらしい。その影響で入厩してゲートテストに合格すると、ゲートテストで気が立った馬や調子が維持できない馬は厩舎に留めず、いったん近郊の牧場に放牧に出されて立て直されることが多いそうだ。

トレーニングセンター内にある厩舎とは違い、放牧先の牧場では調教がどうしても軽めになるので馬体が緩む。そこからレースに出走できる状態に馬体を戻すためには、厩舎に戻ってからまた一ヶ月程度の調教が必要となる。そのため、最初に入厩してから初出走までに三ヶ月かかることもざらにあるらしい。

二頭のデビューが決まって、取らぬ狸の皮算用ではないが、新馬戦に勝ったときの一口馬主の配当を計算してみた。計算方法も勉強したのだ。

新馬戦に勝つと本賞金が七〇〇万円、これに出走奨励金や内国産馬奨励賞などもろもろの手当が貰えるので、それらをざっくり合計で一〇〇〇万円とすると総額八〇〇〇万円。ここから調教師や騎手に対して賞金の二〇パーセントが進上金として支払われる。さらにクラブ経費などを引かれ、出資者には総賞金の六〇から七〇パーセント前後が分配されることになる。

平均をとって六五パーセントが分配されるとすると、八〇〇〇万円の総賞金だと五二〇〇万円、出資口数は四〇〇分の一だから、新馬戦に勝つと一万三〇〇〇円が僕に分配されることになる。

（あれ、少ないな。レースに勝ってもこれだけしかもらえないのか）

期待していた金額とは大きな差があったので、テンションが一瞬にして下がった。

気になって、もし二着ならどれくらい貰えるかも一応計算してみた。願いは一着だけど。

本賞金が二八〇〇万円、手当等が半分の五〇〇万円とすると、合計で三三〇〇万円。それの六五パーセントが二一六万五〇〇〇円。さらにその四〇〇分の一だから五三六二円。五〇〇〇円ちょっとか……。二着でこれということは、三着以下だと配当はさらにもっと少なくなる……。

椅子から下りてベッドに寝転んだ。

やまもっさんはなんちゅう趣味に誘ってくれたんだと、少し恨めしく思った。

ゴールドアカツキが三万九〇〇〇円にラッキーバレットが七万円。さらに毎月の会費や預託料を少ない小遣いから支払っている身としては、この程度の金額を回収したぐらいではとてもじゃないが満足できない。大赤字だ。

これでは嫁さんに説明できないではないか。大笑いされるか、お小言をいただくことになるか。

ああ、想像しただけで気が滅入ってきた。

五　一口馬主は儲からない?

毎年十二月の第一日曜日、大学の同級生たちと集まっている。ラグビーを観戦して、その足で新宿に繰り出す。二十年来の気の置けない友人たちと、年に一度、学生時代にタイムスリップする。

上京した当初、僕の岸和田弁は、大学の友人には「言葉遣いがちょっときつい」と言われ、帰省すると「なんな、その中途半端な標準語は」と地元の友人によくからかわれた。意識していたわけではないので落ち込んだが、当時付き合っていた彼女の「その言葉遣いが好き」の一言で立ち直り、現在に至っている。飛行機が羽田空港に着陸するときに、ふと思い出した。

明治神宮外苑にはバッティングセンターがあり、毎年観戦ついでに一振りしていく。去年は一二〇キロを打った気がするが、今年は一一〇キロが丁度いい……。

ラグビーが来週ならゴールドアカツキのデビュー戦が現地観戦できたのに残念だ。かといって、二週続けて関東に遠征する勇気はない。金銭的にも精神的にも。

まずはやまもっさんのアドバイス通り、航空会社のマイルを貯めるところから始めてみよう。

ラグビーの試合は一進一退の白熱した好ゲームだった。

明正大学が先制すると、早志田大学も負けじと食らいつき、前半を同点で折り返す。

後半に入ると、早志田大学が先にトライをあげるが、今度は明正大学が負けじと連続でトライをあげて逆転する。手に汗握る展開は、後半三〇分すぎに早志田大学がトライをあげてそのまま逃げ切り、昨年のリベンジに成功した。

勝利の余韻もそのままに、新宿の居酒屋で祝杯を挙げた。といいながら、勝っても負けても年に一度の同級生との飲み会が大いに盛り上がることに変わりはない。

飲み会が落ち着いてきた頃合いで、誰か一口馬主をやっていないか聞いてみた。

大手ゼネコンで営業部長のカゲが、

「僕、大学に入ってすぐくらいにやっていたよ」

衝撃的なことを口にした。

四半世紀も前に、一口馬主をやっていた同級生がいたことが信じられなかった。けっこうな資金が必要だったはずだ。

「おじさんが牧場をやっていてね。家庭教師で稼いだお金のほとんどをつぎ込んでいたよ」

カゲが苦笑いしている。なんか嫌な予感がしてきた。

「で、どうやった?」

それでも聞かずにはいられなかった。

「楽しかったよ。勝った馬もいたからね。出資仲間と記念写真を撮ったりしてさ」

いやいや、聞きたいポイントはそこじゃない。

「で、どうやった?」

もういっちょ重ねてみた。

「ん、どうやった？」

カゲが首をかしげた。

僕の意図がうまく伝わっていないようだったが、僕の真剣な眼差しにようやく気がついてくれた。

「ああ、儲からないよ、ぜんぜんだよ。儲かるのは一部の人だけだよ。一口馬主は損得ではなく、純粋に馬が好きで、その馬を応援する気持ちじゃないと続かないよ」

手を横にブンブン振りながら、一縷の望みを託していた僕にとどめを刺した。

「マジか……」

思わず両手を頭に置いた。

「でもトータルでは大きな損をせず、趣味としたら安くついている人も多いんじゃないかな」

へこんでいる僕をカゲが気遣ってくれた。

「おお、そうか。そこまで大損の人は少ないんや。トータルで小さな損で済めば、趣味としてはリーズナブルやもんな」

「そうだよ。ゴルフとかに比べたら安上がりな趣味だよ」

やっぱりカゲはいい奴だ。

「僕は最後の馬が掲示板にものらずに未勝利で終わったから、大損したけどさ」

さっきの評価は取り消しだ。

「でも楽しい趣味だと思うよ。ゴルフを始めていなければ続けていたかもしれない。さすがに趣味二つは厳しいからさ」

やっぱり楽しむことに重点を置くしかなさそうだ。

同級生との飲み会は楽しかったが、少しへこんだ今年の東京遠征になった。

第六章　激走！　レース編

一　ゴールドアカツキ新馬戦

「ゴールドアカツキの新馬戦を一緒に見ようや」

誘いを受けて、やまもっさんちでテレビ観戦することにした。

酒屋さんで六缶パックのビールを二つ買って、やまもっさんちに向かった。

奥さんに、「つまらないものですが」と渡すと、

「あらあら、気を使って貰ってすいません。こまっちゃん、ちゃんと飲みきって帰ってよ」と返ってきた。

師走の土曜日、しかも昼前から。いい年したおっさんが人んちで酒を飲むのは気が引ける。でもここは大阪泉州岸和田だ。下手に気を使うより、堂々と酒を持っていってお世話になりますとする方が、気ぃよく受け入れてもらえる。

広いリビングに入ると、テーブルの上には飲む準備が万端整っていた。

「おはようさんです」

「おう、よう来たな。まあ座れや」

競馬新聞をテーブルに置いて、席を勧めてくれた。

「うちくるんは久しぶりやな」

やまもっさんちは学生時代にはよく来ていたが、働きだしてからは専ら外飲みとなり、家に入るのは久しぶりだった。

「ええ、いつ以来だろう。高校以来ですかね。もっとも学生時代は挨拶もそこそこに、やまもっさんの部屋に直行していたので、リビングは初めてです。広いですね」

部屋を見回した。

「家はおやじの道楽やったからな。おやじの趣味の塊や。俺に会社を譲ったら、とっとと駅前のマンションに移りよったわ。景色のええ家に住んでみたかったんやて」

やまもっさんがしかめっ面だ。

「その気持ち、なんかわかる気がしますね。会社の代表の責任は重いですからね。この家を自分好みにすることでストレスを発散してたんとちゃいますか。そう考えたらいい趣味ですね」

「あほか。親父好みの家を引き継がされた俺の身になってみろよ。嫁さんの機嫌とるんも大変やったんやぞ」

確かに。自分の身に置き換えて想像したら、ゾッとした。

それでも、「僕も引退したら、景色のいい家に住んでみたいですね」と言うと、やまもっさんが肩をすくめた。

言葉にせず、ぺこりと頭を下げた。

はかったかのようなタイミングで奥さんがビールを運んできてくれた。さっそく乾杯した。昼飲みをするとすぐに眠たくなってグダグダになる。だから日頃は夜まで飲むのは我慢しているのだが、今日は特別だ。

やまもっさんと乾杯した。

やっぱり昼から飲むビールはうまい。ん、十一時すぎはまだ朝飲みか。

テレビからレースのファンファーレが聞こえてきた。このダート未勝利戦が終われば、待ちに待ったゴールドアカツキの新馬戦だ。

「調教評価は可もなく不可もなくみたいやな。でも新馬としては順調という評価や」

新聞の調教欄を見ながら解説してくれた。

「人気はどないですか？」

「今んとこ人気はないな。八番人気や。もうちょっと人気になってもええ気がするけど、まあ倍率は高いほうが俺ら的にはありがたいけどな」

（俺ら？）

一瞬なんのことかわからなかったが、馬券のことだと気がついた。

「やまもっさん、馬券買ってるんですか？」

「こまっちゃんは馬券買わへんのか？」

そう言いながらやまもっさんがパソコンを立ち上げた。

「ええ、今日は場外もいってないですし……。ああ、ネットですか」

「そや、けっこう便利やで。昔は全レース買うてたけどな。最近は自分の所有馬や出資馬の出るレースぐらいしか買わんなったわ」

出資馬の初出走ということだけで頭が一杯で、馬券を買うことなんてすっかり忘れていた。

「パドック見てから買うから、一緒に買うか？」

パソコンで買うことを提案してくれたが、今回は純粋にレースを楽しむことにした。

ラグビーの試合に出るよりも、前梃子として「やりまわし」に臨むよりも、肩に力が入っている自分がいた。

前のレースが終わって、テレビの画面がパドックに切り替わった。解説者が①番の馬から順番に解説を始めた。ゴールドアカツキは八枠⑬番だ。

一頭一頭、馬ごとにいいところを解説している。解説を聴いていると、どの馬もすばらしい出来に思えてきて不安になった。

ゴールドアカツキが画面にアップになった。栗毛に日が差して美しい。比較的落ち着いているようだ。

「調教タイムは平凡ですが、気配はいいですね」解説者の評価は上々だった。

感慨にふける間もなく、あっという間に次の馬に画面が切り替わった。

「思ったよりええできや。期待できるぞ」

やまもっさんが褒めてくれた。解説者のコメントより嬉しい。

解説者のコメントが効いたのか、一三頭立てのレースで五番人気にまで浮上した。一番人気は⑤番のディープインパクト産駒の良血馬だ。

「とまーれー」

係員の声に、周回していた全頭の動きが止まった。ピンクの帽子にクラブの勝負服を着た田中騎手がゴールドアカツキに駆け寄り跨った。

不安からか、いななく馬や後ろ脚を蹴り上げる馬がいる中で、ゴールドアカツキは凛として美しい立ち姿だ。

田中騎手を背にパドックを落ち着いて周回した後、地下道を通って本馬場《ほんばば》に向かった。

テレビの画面が切り替わり、誘導馬を先頭に①番の馬から順番に本馬場入場してきた。

一番人気の⑤番の馬は、馬体は大きくないが動きに素軽さが見えた。

ピンクの帽子が画面に映った。ゴールドアカツキだ。田中騎手を背に堂々としている。二、三度首を振った後、元気に駆けていった。

返し馬の解説が終わると、画面はゲート後方の輪乗りに切り替わった。返し馬を終えた馬が徐々に集まってくる。

画面にゴールドアカツキが映った。田中騎手がゴールドアカツキのくびをやさしく撫でている。あと数分でスタートだ。

馬券も買っていないのに緊張してきた。時間が進むのが急に遅くなった気がする。やまもっさんが缶ビールを開けて注いでくれた。

飲みだして小一時間、奥さんが用意してくれた料理に舌鼓を打ち、けっこうな本数の缶ビールを空けているが、いっこうに酔いを感じなかった。

ようやくスターターが台に乗った。いよいよスタートだ。台が持ち上がり、スターターが旗を振った。

ファンファーレが鳴り響き、ゲート入りが始まった。最初は奇数番号の馬が誘導される。続いて偶数番号の馬が誘導され、最後の一頭として、大外のゴールドアカツキがゲートにおさまった。

係員が離れると、間髪入れずにゲートが開きスタートした。

ゴールドアカツキは出遅れることなく、スムーズにゲートから飛び出した。

何頭か騎手が手綱をしごいて馬を出そうとしている。新馬戦の割に意外と先行争いが激しい。

中山競馬場での芝の一六〇〇メートル戦は最初の第二コーナーまでの距離が短いため、外枠に入った馬は外々を回されるので不利だ。展開にもよるが、基本的には先行馬が有利なコースとなっている。

外めから田中騎手が上手いコース取りで、二コーナー出口では先頭集団につけた。

ゴールドアカツキはゆったりとしたいいリズムを刻んでいる。

いい感じだと思ったのもつかの間、向正面の残り一〇〇〇メートル手前からズルズルと遅れだした。

「やばいッ」

ぼくとやまもっさんの口から同時に飛び出した。

田中騎手が懸命に手綱をしごいて前に進めようとしているが、逆に三コーナーの入り口では後方三頭目まで下がっていった。

三、四コーナー中間点で前の方が団子状態となり壁ができた。

すっかり後方に下がってしまい、ああ終わったと思いかけた瞬間、ゴールドアカツキが息を吹き返した。前に壁ができたのがよかったのかもしれない。

四コーナー出口で田中騎手が外にもち出した。

内では前四頭が広がっている。

ゴールドアカツキも遅れて直線を向いた。まだ先頭までは距離がある。

しかし外からじわじわと追い上げてきている。
六、七番手ぐらいか。けっこう盛り返してきた。
残り二〇〇メートルの標識を通過すると、内で並んでいた四頭のすぐうしろまで迫ってきた。

いよいよ最後の坂だ。中山競馬場には直線の最後に坂がある。ここからが勝負だ。

最内の二頭は頭が上がり苦しそうだ。

ゴールドアカツキが坂の上りで馬体を合わせるように前の四頭に並びかけた。

（抜け！　躱せ！）

外からいいリズムで苦しそうな最内の二頭を躱して三番手に上がった。

残り一〇〇メートルあたりで青い帽子の⑤番が少し抜け出した。ゴールドアカツキも外から強烈な末脚でついに二番手に浮上した。

「こいッ」

思わず声が出た。

青い帽子を追い、一完歩《いちかんぽ》ごとに差が縮まる。

田中騎手が全身を使って手綱をしごいている。

しかし、青い帽子が遠い。残り一〇〇メートルあたりでつけられた差がなかなか詰まらない。

一馬身差ぐらいに追い上げたところでゴール板を通過した。

「惜しいッ」

思わず声が出た。

「ほんまやな。あと一ハロンあったら差せてたな」

やまもっさんも悔しそうだ。

掲示板が点滅し始めた。着順はすんなりあがった。

自分が走ったわけではないのに、ドッと疲れた。

点滅していた掲示板が確定に変わった。

結果は上がり最速の二着だった。上がりは最後の六〇〇メートルのことだ。ゴールドアカツキは三六秒で駆け上がった。

「デビュー戦で二着は悪くないな」

「惜しかったですけど、上出来ですね」

新しい缶ビールを開けて乾杯した。緊張の糸が切れたのだろうか。急に酔いが回った気がする。

「ええ差し脚やったな。坂をあのタイムで上がってこれたら楽しみや」

「向正面ぐらいで遅れ始めたときは終わったと思いましたよ」

「俺も思った。あそこでおいてかれたら終わりやからな。今日は田中が上手いこと乗ってくれた」

ほんとその通りだ。田中騎手、さまさまだ。

「スタートよかったですよね」

「出遅れてたら、大外からずっと外々回されて、最後の直線では伸びんかったやろうしな」

田中騎手が二コーナーを抜けるまでにきっちり前めの内側につけてくれたのがよかった。

「でも向正面で遅れたんはなんでですかね」

「あれは単純にスピード不足や。ゴールドアカツキは中距離やと思ってたけど、距離がもう少し長いほうがええんかもしれんな。今回はよかったけど、芝よりもダートの方が合いそうや」

「えッ、上がり最速出しても、芝よりダートの方が向いているんですか？」

聞き間違えたかと思った。

「アイルハヴアナザー産駒は初年度やから特性がまだはっきりとはわかってへんけど、レースを見てると、なんとなく切れるというよりは長くいい脚を使うタイプが多そうなんや。スピードはなさそうやけどパワーはありそうやから、ダートの方が向いてるんとちゃうかな。あくまでアイルハヴアナザー産駒の総論としてやけどな。まあ牝系にもよるけどな」

「そうですか。ダートですか」

あわよくばクラシックと妄想していたので残念だ。

「ダート適正があれば、ダービーが終わるとレース選択に幅ができるから、トータルでみると稼げてるということも多いんやで」

「稼げるならそれもありですね。ちなみに、このレースでの配当はどれくらいあるんですか？」

自分の計算が正しいか確かめたくなった。

「新馬戦の二着の賞金はなんぼやったかな」パソコンを立ち上げて検索してくれた。

「二八〇万円か。他にも諸々もらえるから割合を七〇パーセントと高めにして、一九六万円。それの四〇〇分の一やからざっくり四九〇〇円くらいかな」

やっぱり僕の計算と大差ないか。

「ゴールドアカツキの一口の金額が三万九〇〇〇円やから、あと三万五〇〇〇円くらいか。まあ、まだ初戦やから、そないに気にせんでも大丈夫や。すぐには無理やけど、コンスタントに掲示板にのってそのうち勝ち上がってくれたら、十分元は取れるよ」

お決まりの親指立てポーズが出た。

「確かにこのレースがすべてではないですもんね」

「そら、いうてもまだ二歳やからな。ここから怪我がなければ、牡馬やから七歳ぐらいまでは走るしな」

そうだった、あと五年ぐらいは走れるのだった。

「そうですね、焦る必要はなさそうですね」

嫁さんに早く稼げるところを見せたいと、焦りすぎだったのかもしれない。

「じっくり楽しんだらええんや。それより、もっかい見よよ」

録画したレースを見返した。やっぱり田中騎手がいい仕事をしている。

しかし、途中からやまもっさんの表情が険しくなってきた。

「レースとしては、そこまでレベルは高くないかもしれんな」

「そうなんですか」

「ああ、スローな展開で、うしろからのゴールドアカツキが二着やからな。前にいた馬は強くないし、勝った馬も前めにつけててあそこまで詰め寄られてるから、芝ではそこまで上にはいかれへんかもな」

僕はゴールドアカツキしか目に入っていなかったので、全然気づいていなかった。やまもっさんが言うからにはそうなんだろう。よくわかるもんだ。ほんとにすごい。

「次走はダートですかね?」

「いや、さすがに芝で使うはずや。二着やからな。次で掲示板を外れるような着順かタイム差がついたら、その次はダートで使うと思う。年を越すと未勝利戦もだんだん出走頭数が増えてきて強いのが増えてくるから、できればあと二レースは放牧に出さんと使ってほしいとこやな」

いつの間にかビールも最後の一本になっていた。二人で缶ビール一二本。昼前からよく飲んだ。

「コース的にはゴールドアカツキは中山競馬場が向いてそうやな。東京競馬場の直線はちょっと長すぎるかもしれん。二月から東京開催やから、中山開催の間に普通にいけば一戦、できれば二戦してほしいとこやな」

「次勝ち上がればええんやないんですか？」

一瞬間があって、

「どやろな。今日の走りを見る限り、芝での勝ち上がりは恵まれんと難しいかもな。展開に恵まれるか、天候に恵まれるか。芝で一走、ダートで一走かな」

「天候に恵まれるというのはどういう？」

最後のビールを二人で飲みきった。

「雨で馬場が重ぐらいになったほうがチャンスありそうや。冬のパンパンの良馬場では、ディープインパクト産駒のような切れる脚のある産駒相手にはちょっと分が悪いな」

今日はいい線までいったが、ディープインパクト産駒相手にアイルハヴアナザー産駒が芝のレースで勝つシーンは、確かに思い浮かばなかった。

「なぜ芝でデビューさせたんですかね？」

素朴な疑問をぶつけてみた。

「そら、新馬戦は特別やからな。馬主も芝で走れるもんなら芝がええと思ってる人が多いしな。よっぽどダート向きとはっきりしてたら別やけど、最初は芝で使ってみて、結果が出んかったからダートへ変更するほうが馬主も納得するからな。試しもせんかったら、もしかしたら芝適性があったかもしれんのにと思うやろ」

「そうですね。どっちかといえば芝で結果が出るほうが嬉しいですし、仮に負けても納得できますすね」

やまもっさんが頷いた。

「クラシックが終わるまで重賞はほぼ芝や。勝ち上がっても出走できるダートレースが少ないから、芝で結果が出るなら芝を走るほうがその後のレース選択もしやすいわな。かというて、未勝利戦もあとになるほど相手が強くなってくるし、頭数も増えてくるからな。少なくとも五着には入って優先出走権だけは取っとかんとな。レースに出たい馬が多すぎてレースにさえ出られへんようになってしまうからな。だから、二、三戦までは芝の適性をみて、芝適性がないと判断したら早めにダートに切り替えて、未勝利脱出を目指すことが多いんや」

そんなことを考えて調教師さんがレース選択をしているなんて思いもしなかった。馬の調子が上がってきたからそろそろレースに使うか、という感じでレースを選んでいると安易に考えていた。冷静に考えたら、プロがやっているのだ。そのあたりはきちんと考慮していてあたりまえか。

「まあ、来月は配当が入ってくるから楽しみにしときよ。ほんで来週はいよいよラッキーバレットの新馬戦や。この時期の阪神競馬場での芝の新馬戦は、有力馬が一頭は必ず出走してくる。新馬戦はその馬にとって一生に一度やから、厩舎もめちゃめちゃ気ぃ使うんや。なるべく他の厩舎の有力馬とぶつからんようにな。調教でお互いに馬のレベルはだいたいわかってるから、他の厩舎の有力馬がどのレースに出てくるかを見極めてレースを選んでくる。腹の探り合いやな。ラッキーバレットは残念ながらそこまでの良血でもないし、和泉厩舎もリーディング上位の厩舎ではないから、ラッキーバレットがおるから有力馬が敬遠するということはないな。どっちかと言えば、上位厩舎からクラシックを目指せる有力馬が少なくとも一頭は出てくることを覚悟しとかんとあかん」

「厩舎同士で情報交換するんですか？」

「直接情報交換することはほとんどないはずや。直接せんでもおんなじ栗東でトレーニングしてるんや。他の馬の調教は見れるんやから、自然とわかる。あとは記者とか関係者からどのへんのレースを視野に入れてるかは漏れてくるやろう。避けるか勝負するかの判断やな。勝たな意味ないんやから、調教師もそこは必死で考えるはずや。良血馬ほど新馬戦の勝利には拘るからな」

「馬にもエリートがいるということですね」

無敗でクラシックに出走する馬がたまにいるが、上を目指す馬は特にそうなのかもしれない。

「どうも超大物馬主の山本さんとこのヤマトノクロニクルが出てくるらしいわ。半兄はなんてったって日本ダービー二着馬で、厩舎はリーディングの近江厩舎や。文句のつけようがない、バリバリのクラシック有力馬や」

半兄は、お母さんは一緒だがお父さんが違う兄弟という意味だ。

「そんな馬が出てくるんですか」

なんとも幸先の悪い話だ。

「おまけにフライデーサラブレッドクラブのディープインパクト産駒も出てくる。こっちも半兄は菊花賞二着馬で、厩舎はリーディング上位の角野厩舎や。なかなか骨のあるメンバーになりそうやな」

「レース変更しないんですかね？　一週ずらすとか」

無理せず、違うレースを選んでもいい気がする。

「そんなもん、この時期の芝のレースには必ず有力馬が出てくるから、ラッキーバレットの調子や距離適性でレースを選んでくれたらそれでええ。なんぼすごい馬でも初めてのレースなんや。取りこぼすことも十分にありえるんやで」

やまもっさんがニヤリと笑った。

「全頭初めてのレースですもんね。レースがどんなもんかもわかってないでしょうし」

「ラッキーバレットにもチャンスがないわけやないで。調教のタイムは抜群にええ。ほんで騎手はリーディングのリメールや。有力馬二頭にスキがあれば見逃さんやろ。和泉のおっさんも味な真似をしてくれよる。こんなところで終わる馬やないとラッキーバレットの能力を高く買ってるんやと思うで」

やまもっさんがいいこと言ってくれた。

来週末が楽しみになってきた。

二　ラッキーバレット新馬戦

やまもっさんに勇気をもらったものの、収支は当然大赤字のままで気が滅入る。出資馬が二歳馬と一歳馬で、ほとんどレースに出ていないのだから当然といえば当然なのだが、気が滅入るものは滅入るのだからしかたがない。

しかし、大赤字で気が滅入ることと、「口取り式」に申し込むこととは、まったく別である。なにせ初めて出資馬のレースを競馬場で見るのだ。勝利後の記念写真も撮れるものなら撮りたいに決まっている。

朝から嫁さんの協力も仰ぎ、自分のスマホ、嫁さんのスマホ、そして自宅の固定電話の三台体制で臨んだ。受付開始時刻の三〇秒前からカウントダウンをして、開始時間きっかりから電話をかけまくった。僕は自分のスマホと固定電話の二刀流だ。

しかし、かけてもかけても話し中の虚しい電子音ばかりが聞こえてきた。

受付開始から一五分ほどが経過し、やっぱり新馬戦は人気なんだと諦めかけたそのとき、

「かかった！　かかった！　スマホ、はいッ」

と嫁さんがスマホを僕に渡してきた。

慌ててスマホを受け取ると、電話の向こうで声が聞こえた。

「もしもしッ、もしもしッ」

とりあえず、つながっていますよとアピールした。

「はい、もしもし。カリフォルニアサラブレッドクラブです」

女性の落ち着いた声が返ってきた。

「十二月十七日のラッキーバレットの『口取り式』に参加したいんですけど」

祈るような気持ちで伝えた。

「十二月十七日のラッキーバレットの新馬戦ですね。少々お待ちください」

そう言うと、落ち着いた音楽の保留音に切り替わった。この少々お待ちくださいの時間が途轍もなく長く感じられた。

「もしもし、大丈夫です。では会員番号とお名前から教えてください」

（よしッ）

なんとか参加人数に滑りこめた。

嫁さんに向かってガッツポーズをして、受付の女性に会員番号と名前を伝えた。名前を伝えた後、参加するときの注意事項の説明を受けて電話を切った。

安堵から脱力感に見舞われていると、

「よかったね」

嫁さんがほほ笑んでくれた。

あれだけ嫌味を言われて高い買い物もさせられたけど、一生懸命手伝ってくれた嫁さんに感謝だ。


十二月十七日。思っていたよりも暖かい朝だった。空は見事な冬晴れだ。

よかった。馬場が渋らず正真正銘のガチンコ勝負ができそうだ。そう願えるぐらいラッキーバレットの追い切りが素晴らしかった。調教では決してライバルに引けはとっていない。

スーツを着て競馬場に行くのは初めての経験だった。

「口取り式」にはドレスコードがある。男性はスーツにネクタイのような服装が、女性もそれに準じる服装が求められている。サンダルに短パンは認められていない。「口取り式」は馬主さんに認められている権利だから、参加させてもらう一口馬主も馬主さんと同じような服装が求められている。

ただ、競馬場でスーツ姿というのは、ものすごく違和感があった。

「口取り式」に当たったから僕はスーツを着ていたが、当たらなかったやまもっさんもスーツ姿だったのには驚いた。どうやら馬主は「口取り式」がなくてもそういう服装でなければならないらしい。

やまもっさんはいつもなら車で競馬場に向かうそうだが、今日は祝勝会を想定して電車で向かうことになった。勝つ気満々だ。

電車で行くと阪神競馬場は岸和田からは遠かった。岸和田駅から南海電車に乗って、三回も乗り換えた。

レース前のパドック周回が十二時すぎからだから、余裕をもって十時に岸和田駅で待ち合わせたが、最寄りの仁川駅に到着したのは十二時近かった。

「これ胸元に付けとき」

駅から競馬場への地下道を少し速足で歩きながら、やまもっさんがバッチを貸してくれた。やまもっさんも立派なバッチを付けた。

「馬主章や。一応馬主席も押さえといた。今日は使わんかもしれんけどな。まあ、受付だけしとくわ」

入場門をくぐり馬主受付に向かった。今日はメインレースでＧⅠの朝日杯フューチュリティステークスがおこなわれるため、思っていた以上に競馬場は混雑していた。

ラッキーバレットが出走する第五レースと直前の第四レースとの間にはお昼休みを挟むため、出走馬はまだパドックに登場していなかった。

パドックの電光掲示板にはオッズが表示されていた。ラッキーバレットは四番人気で単勝七倍台となっていた。一番人気はヤマトノクロニクルで一倍台だ。

ラッキーバレットも競馬新聞での評価が高かっただけに、思ったより人気がないのが少し悔しかった。本命にしてくれた記者もいたぐらいなのに。でも、馬券的には倍率が高い方が払い戻しもいいと、ポジティブに考えることにした。

競馬場でのスーツ姿は周りから浮くのではないかと心配していたが、意外とスーツ姿の人は多かった。今まで気にしたことはなかったが、馬主さんや「口取り式」を予定している関係者は意外と多いのかもしれない。

緊張感からか、いつもは昼前にはお腹がすく僕だが、まったく空腹感はなかった。

「口取り式」の集合場所を教えてもらってパドックに戻ると、出走馬が登場し始めていた。ラッキーバレットは七枠⑦番だ。

黒い帽子に黒いサングラスの厩務員さんに曳かれて芦毛のラッキーバレットが現れた。えも言えぬ感動が僕の全身を貫いた。この感覚はなんだろう。

しばらく言葉にならず、立ち尽くしてしまった。競馬場で初めて見る出資馬の姿に、純粋に感動してしまった。

ラッキーバレットは時折厩務員さんに甘えるような仕草をみせるものの、いななくこともなく、実に堂々と周回していた。

さすがは十二月の新馬戦だ。どの馬も見事な馬体をしていた。

「とまーれー」

周回していた全頭の動きが止まった。クラブの勝負服に身を包んだリメール騎手が現れた。駆け寄る姿はテレビよりも小柄に見えたが、ラッキーバレットの背に跨ると、今度は逆に大きく見えた。

リメール騎手を背にパドックを数周すると、誘導馬に導かれて本馬場に向かった。よく手入れされた芦毛が日の光を浴びてピカピカに光っていた。

「ええ雰囲気やな。これはあるで。楽しみや。本馬場入場を見てから馬券を買いにいこか」

「ええ、今日は僕も馬券を買いますよ」

やまもっさんの言葉にレースがさらに楽しみになってきた。

正面スタンドからラッキーバレットの本馬場入場を見届けた。妙にテンションが上がることもなく、落ち着いた雰囲気で返し馬に向かっていった。

「ヤマトノクロニクルは少し太め感があるな。新馬戦やから仕上げきってなさそうや」

やまもっさんは冷静にライバルたちの仕上がりを確認していた。

僕はといえば本馬場入場では他の馬には目もくれず、ずっとラッキーバレットだけを目で追っていた。

「馬券的にありですかね？」

「大ありや。複勝は堅いぞ。単勝も十分ある。念のために、単勝が外れても最悪複勝でチャラになるようには買っときよ。今日はめちゃめちゃプラスになるぞ」

やまもっさんが親指を立てた。

これはいける。

「マジですか。わかりました。飲み代だけ残して大きく勝負してみますよ」

「あほ。飲み代は気にせんでええ。騙されたと思って飲み代も勝負してみ。外れたら俺の奢りで残念会や」

やまもっさんが自信ありげにほほ笑んだ。

散々迷ったが、やまもっさんの言葉を信じて大勝負にでた。自分でもびっくりするぐらいの、有馬記念で痛い目にあって以来の大勝負だ。

やまもっさんの言葉もあるが、僕自身もラッキーバレットの仕上がりが本当によく見えたからだ。

お金を機械に入れるまでは、えいやッ、とできたが、金額が記載された馬券を手に取ると変な緊張と後悔の念に駆られた。

外したシーンが頭に浮かぶ。

（やっちまった……）

だんだん後悔が大きくなってきた。

あかん。やっぱり僕は気が小さい……。

少し嫌になった。


馬券を購入してゴール板前に移動した。

「良馬場発表やけど、昨日の雨の影響がまだ残っとんな。これは時計がかかるかもな。ラッキーバレットには好都合や」

「そうなんですか」

「ああ。有力馬にディープインパクト産駒がおるやろ。パンパンの良馬場やと飛んでくる可能性が高いけど、馬場が重いとその切れ味も鈍るからな」

天も味方してくれているのかもしれない。

現金なものだ。朝は良馬場で真っ向勝負と思っていたが、今は勝てるのならどんな馬場でも構わなくなっている。

「阪神での外回りの芝一八〇〇メートルはな、二コーナー奥のポケットからスタートするんや。ここからはほとんど見えんけど、あのターフビジョンで映るから意外と見やすいんや」

そういやスタート位置は距離によって違っていたんだった。

正面スタンドの反対側からスタートするので、ゴール板付近からは馬の動きはなんとなくはわかるが、ラッキーバレットを肉眼で確認することはできなかった。

「そうなんですね。ゴールが目の前で見られるなら、スタートはターフビジョンでも構わないです。枠は内枠がよかったですか？」

「最初の直線が長いから枠の有利不利はあんまりないよ。今日は頭数も少ないからペースはスローになるやろうし、枠のことは気にせんでも大丈夫や」

「スタートして最初の直線が長いと先行争いが激しいのかと思っていました」

「一般的にはそうなりやすいな。でも阪神のこの距離やと、コーナーが三コーナーと四コーナーの二つしかないんや。逃げる馬はハイペースやとコーナーが少ない分変化をつけにくいから、どうしてもうしろからの馬に差されやすくなる。逆にペースを落としてスローにすれば前に行った馬が有利になるから、前めに位置取りした馬はあえてペースをあげへんのや。あと、新馬戦やから出遅れる馬もおるやろうから、余計にスローになりやすいわな」

僕とは知識の質も量も違う。

「前半はスローでいって、四コーナーの出口から直線に入る手前ぐらいでスピードが上がって、長い直線の最後の坂で勝負やな」

「スローということは前めでレースを進めるのがいいんですかね？」

「俺がリメールやったらペースはスローと読んで、前めの内側をとりにいくかな。阪神の外回りコースは三コーナーから四コーナーのカーブが長いから、できるだけロスなく回りたい。ほんで坂の手前でムチ入れて、スピードに乗せてから最後の坂で駆け引きなしの叩き合いや」

やまもっさんの言葉に目を見張った。すでにレースを見たかのような解説だ。

「慣れ慣れ。こまっちゃんもすぐわかるようになるよ。今は純粋に楽しんだらええ」

やまもっさんの話に感心していると、ファンファーレが鳴った。

さあ、いよいよだ。

ターフビジョンではゲート入りが始まった。奇数番号の馬からゲートに誘導される。

ラッキーバレットはスムーズにゲートに入った。
③番の馬がゲート入りを嫌がっている。
（新馬やもんなぁ。いきなり知らんとこに連れてこられて、狭いゲートに入れられるのだから、そら、嫌やわなぁ）

と思いながらも、ラッキーバレットは奇数番号だから、先入れで待たされているのが気になった。

幸いにもその後はスムーズにゲート入りが進んだ。そして最後に大外の馬がゲートにおさまった。

ガシャン
ゲートが開くと、ラッキーバレットがポンと飛び出した。いいスタートだ。

内の馬と二頭で並んで先頭に立ったが、外から⑨番の馬が追い越していった。一番人気のヤマトノクロニクルは出遅れた。

（よしッ）

思わず他馬の不幸を喜んでしまった。

リメール騎手が上手く二番手に付けた。やまもっさんの予想通りだ。

ゆったりとした動きで人馬がいいリズムを刻んでいる。

長い直線を逃げた馬をマークしながら二番手のまま三コーナーを曲がっていった。

前半一〇〇〇メートルの通過が一分三秒とアナウンスがあった。やまもっさんが予想した通りのスローの展開だ。

縦長の展開のまま、たんたんと流れている。

リメール騎手の背中と腰が一直線になる騎乗姿が美しい。

外回りコースのコーナーは大きく、まだどの馬も仕掛けてこない。

四コーナーを回り、ラッキーバレットは二番手で抜けてきた。いい手ごたえだ。ヤマトノクロニクルはまだ後方にいる。

坂の手前でリメール騎手のムチが入った。さあ、ここからが勝負だ。

しかし、リメール騎手の合図にラッキーバレットが反応しない。

リメール騎手が頭を低くして手綱をしごいている。

うしろから馬群が迫ってきた。
②番の馬の反応がいい。うしろからも続いて上がってくる。
(あかん、馬群にのみこまれる)

そう思った瞬間、再びリメール騎手がムチを入れた。

ラッキーバレットの首が一段低くなった。合わせてリメール騎手の騎乗姿勢も低くなる。

ようやくラッキーバレットが前を追い始めた。

先頭の馬との距離が少しずつ縮まる。うしろからはヤマトノクロニクルがすごい勢いで飛んできた。もう五番手に浮上している。

リメール騎手が左手で手綱を持ち、右手でムチを入れて斜行しないようにコントロールしている。

坂を上ってくる音が少しずつ大きくなってきた。

残り二〇〇メートルをきって、②番の馬の勢いが止まり、先頭の⑨番とラッキーバレットの叩き合いになった。

うしろからヤマトノクロニクルもムチが入って猛追してきた。

残り一〇〇メートルをきってラッキーバレットがついに先頭をとらえた。

先頭に立つと、徐々に後続と差を広げ始めた。

しかしホッとしかけた矢先、出遅れて最後尾を追走していたヤマトノクロニクルがいっきに二番手まで浮上してきた。強烈な末脚だ。

三馬身、二馬身、一馬身。あっという間に差が詰まる。無意識に手を握る。

「いけー」

「そのままやー」

思わず、声が出た。隣のやまもっさんも絶叫している。

坂を上りきって、目の前にラッキーバレットとヤマトノクロニクルの姿が大きくなってきた。地鳴りのような重低音が響きわたる。大迫力だ。

リメール騎手が懸命に手綱をしごいている。

ラッキーバレットの鼻が大きく開いている。ストライドも大きくなってきた。

ムチの音まではっきり聞こえてくる。

一完歩ごとに追いつめられる。

（ヤバいッ）

思わず目をつむりそうになったところがゴール板だった。

ラッキーバレットが辛くも逃げ切った。

「しゃぁー」


まさか、まさか、まさかの勝利だ。言葉にならない。

思わずやまもっさんと握手した。頭の中が真っ白で、パニックになるぐらいの嬉しさだ。

狂喜乱舞とはまさにこのことだ。周辺でも喜びが爆発していた。

勝てたらいいなぁ、勝てるかもしれない、勝てる！

描いていた妄想が現実になった。

何回ガッツポーズをしたかわからない。何度も何度も拳を握りしめた。こんなに喜びが爆発したのはいつ以来だろう。喜び疲れて、スーツ姿にも関わらずメインスタンドで倒れこみそうになった。

「早よ行かんと『口取り式』に遅れるぞ」

やまもっさんの言葉で現実に引き戻された。

やまもっさんに荷物を預けて、慌てて待ち合わせ場所に走った。

「口取り式」の待ち合わせ場所に着いたが、クラブの担当者らしき人は見当たらなかった。代わりにエビス顔で嬉しさを隠し切れない人たちがいた。

恐る恐る話しかけてみると、ラッキーバレットの「口取り式」の参加者たちだった。初めて会う人たちなのに自然と会話が弾んだ。年齢も性別もバラバラだけど、これほど喜びをわかち合える人がいることに驚いた。数分前に体験した興奮を互いに思うがままに話し、互いに感情移入して頷いた。

ラグビーやサッカーで観客が一体感を醸成するのと似ているのかもしれない。

一口馬主は金融商品だから、てっきり個人戦だと思っていた。それがどうだ。このまま居酒屋にでも流れこんで祝杯をあげてもおかしくない雰囲気だ。

北海道から駆けつけた男性がいた。募集時のひょろひょろだったころから牧場を訪れて、成長を見守ってきたらしい。

「雛鳥を巣立ちまで見守った親鳥の心境ですよ」と熱く語っていた。

僕もこのおじさんと同じ心境だ。ここに集まっている人たちも、きっと同じ思いを抱いているだろう。

やまもっさんに誘われて義理で始めた一口馬主だったが、牧場で見て触ったあの馬がここまで成長したかと思うと感無量だ。

ホームページで毎週近況を報告してくれ、動画や写真も随時更新してくれたクラブにも感謝だ。

配当も大事だが、好きな馬を応援する趣味としての一口馬主も悪くないと思った。

会員同士で喜びを分かち合い余韻に浸っていると、クラブの担当者が現れた。勝利の余韻を味わうこのすばらしい時間を邪魔せず、絶妙に時間を見計らったかのようなタイミングでの登場だった。

「カリフォルニアサラブレッドクラブの『口取り式』に参加される方は、こちらにお並びください。並ばれましたら順番にお名前をお呼びしますので、会員証をご提示ください。クラブの名前の入った名札をお渡しします」

そう言って名前を呼び始めた。

こんな感動的な日に欠席の方が一名いた。

もったいない。お金で買えるけれどお金で買えないのに。

よっぽど事情があるのだろうが、欠席するぐらいならやまもっさんに譲ってほしかった。

クラブの担当者を先頭に、通常では入れないエリアを通っていく。少し歩くとウイナーズサークルに着いた。まもなく厩務員さんに曳かれてラッキーバレットが登場した。久しぶりの再会だ。

スマホで写真を撮りたいところだが、ウイナーズサークル内での写真の撮影は禁止されている。

ラッキーバレットのうしろに和泉調教師の姿があった。トップジョッキーとしてならした和泉調教師もすっかり好々爺だ。

ラッキーバレットを真ん中に記念写真を撮ることになった。

ウイナーズサークルの周りには人垣ができていた。みんな笑顔だ。ラッキーバレットの勝利を喜んでいる。そんなところで記念写真におさまれる幸運に感謝した。

カメラマンのうしろに笑顔で手を振るやまもっさんを発見した。思わず手を振り返した。記念写真に一緒におさまれなかったのが残念だ。

「はい、撮りますよ」

カメラマンさんの合図で場が静まった。

「口取り式」が終わると、和泉調教師が記者に囲まれた。インタビューの受け答えが漏れ聞こえてくる。

「おめでとうございます。新星の誕生ですね」

「ありがとうございます」

「どうご覧になられましたか」

「初戦としてはいい内容だったね。騎手も上手く乗ってくれた。直線はモタれたのか反応が少し鈍かったけど、追ってから長くいい脚を使っていた。乗り手には従順だし操縦性も高いから楽しみだよ」

「クラシックがみえてきましたね」

「まだ初戦だからね。焦らずじっくりと。まだまだ成長過程だよ」

「次戦は格上、自己条件、どのあたりが目標になりますか？」

「今後のことはオーナーサイドと状態を見ながら考えます。ただ、距離はもう少し延ばしても問題なさそうだね」

矢継ぎ早の質問にも笑顔で丁寧に答えている和泉調教師が印象的だった。

ウイナーズサークルから戻ると、やまもっさんが満面の笑みで迎えてくれた。

この後メインレースには、ＧＩの朝日杯フューチュリティステークスが控えていたが、競馬場で軽く祝杯を挙げ、初馬主席もパスして、躊躇いもなく阪神競馬場をあとにした。

難波に場所を移して、やまもっさんと痛飲した。正確には、したはずだ。

あまりの嬉しさにハイペースでガンガン飲んでしまった。昼食もろくに食べていなかったのに。

おかげで記憶がほとんどない。

何度繰り返したかわからないほど乾杯をしたことだけがうっすらと記憶に残っていた。

翌朝、ガンガンする頭と吐き疲れた胃袋でとりあえず事務所に向かった。一日仕事になる気がしなかった。

電車の揺れが何も残っていないはずの胃袋を刺激する。

堺で途中下車してトイレに駆け込んだ。酸っぱい味とのどにひりつく刺激をくらった。少し早く家を出て正解だった。

しばらくホームのベンチで休むことにした。

少し落ち着いてきたので、電車を待っている間にスポーツ新聞を買い込んだ。複数のスポーツ新聞を買うのは久しぶりだ。

競馬欄は新聞の丁度真ん中あたりだ。

どの新聞も「ラッキーバレット新馬戦快勝！」の文字が躍っていた。

リメール騎手は「乗りやすくて距離が延びても問題ない。走りそうだね」と太鼓判を押してくれていた。多少のリップサービスがあるかもしれないが、素直に嬉しかった。

昨日漏れ聞こえた和泉調教師のコメントも掲載されていた。

なかでも嬉しかったのは、関西メインのスポーツ新聞が新馬戦にもかかわらず大きく取り上げてくれていたことだ。

記事を読んで昨日の出来事が夢ではないことを実感した。

これだけ激しい二日酔いは久しぶりだが、気分が幾分軽くなった。

三　ゴールドアカツキ二戦目

仕事始めの今日、ゴールドアカツキが出走する。中山競馬場での芝の二〇〇〇メートル戦に、鞍上《あんじょう》は前回と同じく田中騎手で挑む。

嫁さんの手前、仕事始めの日にサボって千葉県まで遠征する度胸は僕にはなかった。

定期預金で出資したのがバレて以降、家庭内での僕の地位は著しく低下していた。

ゴールドアカツキが二着になり、ラッキーバレットが勝利したことで、嫁さんの機嫌に改善の兆しがみえたが、入金予定金額は二万円弱と話すと、上がりかけた僕の地位は一瞬で元の位置に戻った。

二頭に一〇万九〇〇〇円の出資をして、最初の二戦で早くも二割回収できたのだ。悪くないと思うのだが、家庭内ではそんな理屈は通用しなかった。

出資した金額を回収するまでは、配当は全額貯金することになっている。

バッグを買わされて許されたと思ったら、あとから条件を色々と追加された。おかげで当面僕の懐に配当は入ってこない。バッグの代金は戻ってこないにも関わらずだ。

家庭内の理不尽を恨む。

がしかし、今の僕にはそんなことは些細なことだった。

自然と頬が緩む。

「神様、仏様、山本様」

そんな言葉もしっくりくる。

やまもっさんの助言に従い、ラッキーバレットの新馬戦で有り金全額勝負という大博打を打った。

馬券を購入した直後は、なんて大それたことをしてしまったのかと後悔していた。

それがまさかまさかの新馬戦の勝利だ。喜びのあまりあの日は馬券のことなど頭からすっかり消えさっていた。

感動の「口取り式」の後、やまもっさんと競馬場で軽く祝杯をあげ、換金して祝勝会に向かったが、どうせ大した儲けにはなっていないとの思い込みと過度の興奮で、金額をよく確認していなかった。

喜びに打ち震えたのは、翌日にお昼のうどん代を払おうとしたときだった。

細かいのがなくて、「大きくてごめんやで」と女将さんに一万円札を渡そうとして、財布の中にある一万円札の多さに気がついた。

どうしてそんな大金が財布に入っているのか、すぐには思い出せなかった。

二日酔いで頭がボーッとしていて、なかなか正解にたどり着けない。

定期預金の残りか？

しばらく考えて、ようやく正解にたどり着いた。

馬券を換金したことは思い出した。

でも確か堺でスポーツ新聞を買い込んだはずだ。

そうか！　スポーツ新聞を買ったときは、定期券に付いているＩＣカードで支払ったから気がつかなかったのか。

店を出るとトイレに駆け込み、慌てて枚数を数えた。自然と笑みがこぼれる。久しぶりに手にした大金だ。しかも嫁さんには内緒のお金だ。

顔のニヤつきが止まらない。自分でもわかる。鏡を見ればきっとだらしない顔をしているだろう。

歩きながらガッツポーズが何回かでた。自然とでるのだからしかたない。

向かいからきたおじさんに怪訝そうな顔をされ少し恥ずかしくなったが、気にしない、気にしない。

二日酔いも吹っ飛んだ。

いや、まてよ。どうしよう。嫁さんに正直に伝えるか。伝えたら家庭内での地位が少しは回復するかもしれない。それどころか、いっきに出資前の地位にまで回復するかもしれない。

それだけではなく、二頭の出資金を回収できたのだから、一口馬主への感情も和らぐかもしれない。

でもお金の存在を表に出せば、せっかく手にした裏金が自由に使えなくなる。どうしよう……。

嫁さんの顔が頭に浮かんだ。

まてまて、よく考えろ。小遣いをどう使うかは本来僕の裁量の範囲のはずだ。厳密には定期預金の残りを使ったが……。

結局迷いに迷ったが、今回は伝えないことにした。

嫁さんに買わされたバッグの金額に比べれば、これぐらい許されるはずだと自分に言い聞かせた。


ラッキーバレットの「口取り式」以来、僕はすっかり一口馬主の魅力にハマってしまった。

クラブのホームページはもちろんのこと、ネットの掲示板や個人のブログで、ゴールドアカツキとラッキーバレットの記事を探しては読むようになった。

ゴールドアカツキにはダート戦を望む声が多かった。理由はやまもっさんの指摘通り、アイルハヴアナザー産駒だからた。

ただ、やまもっさんと違うのは、ゴールドアカツキへの期待値がびっくりするくらい高いことだった。僕は新馬戦後のやまもっさんの言葉で、過度な期待はしなくなっていた。

「ゴールドアカツキは時間がかかるかもしれんな。しばらく馬券を買うのは止めておいたほうがええぞ」とやまもっさんに言われていた。

新馬戦でスピードが上がったときに、ついていけなかったのが気になるそうだ。

前走が芝で二着という結果に加えて、ラッキーバレットの馬券が当たったことで気が大きくなっていた僕は、二匹目のドジョウを狙って馬券を買う気満々だった。

やまもっさんの言葉を信じないわけではないが、すっかり欲に目がくらんでいた。

ゴールドアカツキのレースはお昼スタートだったので、少し早めにランチを食べて、ウインズ梅田に向かった。

直前のオッズでは三番人気だった。やっぱり人気になっていた。

今回は懐に余裕があった。

やまもっさんが馬券購入にはネガティブだったので、馬券のマークカードにはゴールドアカツキの単勝を少しと複勝を多めに記入した。複勝でもけっこうプラスになる計算だ。

記入ミスがないかを確認して、自動発売機に向かって歩き出した。

が、足が進まなくなってしまった。

しばらく思い悩んで、馬券の購入は見送ることにした。

やまもっさんとは今の腹を割った、だましのない関係でいたいという思いが、馬券で儲けたいという欲を上回った。

忠告されて、それでも買ったとは言いにくい。言えないならば当たったとしても外れたとしても、嘘をつくことになりそうだったからだ。

嘘はいつかバレる。

馬券を買いたい気持ちをグッと抑えて、発走時刻まで過ごした。

馬券を締め切るアナウンスが流れるとホッとした。これでレースを楽しむことに集中できる。

スターターが台に向かった。旗が振られて、ファンファーレが鳴った。

さすが、全頭レースを経験しているだけのことはあり、ゲート入りがスムーズに進んだ。

⑦番のゴールドアカツキも素直にゲートに入った。

最後に大外⑯番の馬がゲートにおさまった。

ゲートが開いて、スタートした。

ゴールドアカツキはスタートダッシュがつかない。

ゲートは真ん中あたりのいい位置だったが、出遅れた影響で一コーナーは後方で入っていった。

先頭が二コーナーの出口にさしかかったが、ゴールドアカツキはまったく画面に映ってこなかった。

向正面でもほとんど映らず、三コーナー手前でようやく映ったが、うしろから数えて四頭目だった。

しかし前回はこの位置から上がってきた。

「④いかんかいッ、差さんかいッ」

「②はそのままや、そのままー」

ウインズは室内なので、おっさんの声が反響する。

四コーナーを回ってもゴールドアカツキはまだ後方のままだ。

田中騎手が懸命に手綱をしごいているが反応が鈍い。

直線に向いてもまったく前を追ってこれず、騎手の動きだけが激しい。

残り二〇〇メートルをきってもまだ後方で、とても前まで届きそうにもなかった。

とうとう田中騎手も故障させないことを優先したのか、無理に追わなくなった。

最後は後方で流れ込むようにゴール板を通過した。

「よっしゃー。とったー」「なにやってんない」勝者と敗者の声が交差する。

ゴールドアカツキは一二着だった。

やまもっさんの言う通りだった。

解説者が「パドックでは太めに見える」と言っていたが、そのあたりも影響したのかもしれない。

欲に負けて、いろんなものを失うところだった。

四　ラッキーバレット二戦目

ラッキーバレットの二戦目は、やまもっさんが仕事の都合で競馬場に行けなくなったので、僕も大人しく自宅観戦することにした。

やまもっさんはこのレースで馬券を買うことには何も言わなかった。

最後の直線で坂がある阪神競馬場と、三コーナーから下りの京都競馬場では求められる能力が異なるらしい。

そしてレースを見直すと、前走は勝つには勝ったけれどタイム的には少し物足りなさを感じたそうだ。ゴールドアカツキのときとおんなじ感想だ。

格上挑戦はせず、自己条件の特別戦を選んだのは陣営の英断だが、残念なことに想定では例年以上にメンバーが揃っていた。

新馬戦よりも距離は二〇〇メートル延びるが、和泉調教師は「距離延長は問題ない」と太鼓判を押していた。

オッズは二番人気、三番人気をいったりきたりしていた。

直前の追い切りは抜群の動きで、和泉調教師も「メンバーは揃ったけど、デキは抜群だから期待している」と前日にコメントしていた。

パドックでは前回同様、落ち着いて周回しているように見えた。馬体重もプラス二キロと太め感もなさそうだ。

競馬場かウインズにいたら、さぞ馬券を買いたい衝動にかられていたことだろう。今回は自宅観戦でよかった。

でも今後のことを考えて、ネットでも馬券が買えるように手続きはしておこう。

やまもっさん宅に続き、正月にも昼飲みのよさを実感してしまったので、

「一月六日はまだ松の内やからな」と嫁さんに聞こえるように独り言を言って、缶ビールを開けた。嫁さんの冷たい視線を感じたが、黙認してくれそうだ。

だいぶ慣れてきたつもりだが、ファンファーレが鳴るとまだ緊張する。どうしても身構えてしまう。

気がつくと嫁さんが隣に座っていた。

（ん、どうした？　競馬に興味がでてきたのか？　それとも、これ以上ビールは飲むなとプレッシャーをかけにきたのか？）

触らぬ神に祟りなし。

ここは触れずにおくことにした。

ゲート入りが始まった。
③番の馬がゲート入りを嫌がっている。係員がうしろから懸命に押しているが入る気配がなかった。
いったん馬を後方に下げ、くるりと一回りして再度チャレンジした。ベテランの味というべきか、今度はスムーズにゲートにおさまった。

ラッキーバレットは大外なのでゲート内で待たされずにすんだ。最後のゲート入りで助かった。

ラッキーバレットがゲートに誘導されて係員が離れると、態勢が完了した。

ゲートが開いた。

スムーズにゲートを飛び出すと、スタートダッシュもよく、前に出られた。

大外から一コーナーの入り口ではスッと外から二番手につけた。さすがはリメール騎手だ。うまい。

二コーナーを回ると、⑧番の馬が掛かり気味に外から上がっていった。釣られて先頭の馬もペースが上がり、前二頭が四馬身、五馬身、六馬身と後続と差をつけ始めた。ラッキーバレットは離れた三番手だ。

リメール騎手の手はまだ動かない。手綱は淡々としたリズムを刻んでいる。

思ったより差が広がって不安になったが、残り一〇〇〇メートルをきると徐々にその差が縮まりだした。

坂を下り始めた三コーナーの入り口で先頭から最後尾までの差がなくなり、一団となった。いよいよ勝負が始まる。

四コーナー出口で全頭が数馬身内に固まって直線を向いた。

全馬最後の直線勝負だ。後続馬が一斉に外に広がる。

リメール騎手の手が動いた。

二〇〇メートルを切って、逃げた二頭をラッキーバレットが外からかわし先頭にたった。

「よしッ、きたッ」

思わず声が出た。

「きたッ」

あれ、横から声が聞こえたような……。

いやいや、それよりレースだ。

先頭に立ったのも束の間。追い抜いた二頭が盛り返し、三頭が横一線に並んだ。

さあ、ここからだ。

さらにうしろからも一頭飛んできている。

うちではまだブービー人気の馬が粘っている。

叩き合いだ。

リメール騎手が右手でムチを入れた。

(よしッ、前回と同じだ)

喜んだのも束の間だった。

ラッキーバレットが伸びてこない。

リメール騎手が理想的な前傾姿勢で手綱をしごいているが、ラッキーバレットの反応が鈍い。跳びも大きく見えない。

残り一〇〇メートルで内にいるブービー人気の馬が抜け出した。

ラッキーバレットも鼻を膨らまし必死の形相で走っているが、差が広がる一方だ。

ついにはゴール直前でうしろからきた馬にも差されて、そのままゴール板を通過した。

三着だった。

(ああ、負けた。悔しい)

「ああー、おしいッ」

あれ、また横から声がした気がする。

「残念だったね」

そう言うと嫁さんは台所へ戻っていった。

言葉に違和感を覚えたが、

（ああ配当か）

と一人腑に落ちた。

レース結果は悔しいけれど、リメール騎手は大外からスタートしてラッキーバレットのよさは最大限引き出してくれた。これはしかたない。力負けだ。

冷静に振り返ると、パドック周回ではテレビの解説者が、「お腹のあたりはもうちょっと絞れそうだ」とコメントしていた。

僕的には太め感はなかったが、さすがプロの目だ。

返し馬でも新馬戦に比べると少しちゃかついていたから、今回は心身共に臨戦態勢が整っていなかったのかもしれない。

ラッキーバレットが放牧に出されることがクラブから発表された。レース後も馬体には異常はなかったようなのでホッとした。近郊の牧場に一ヶ月ほどの短期放牧で二月の中旬には戻ってくるそうだ。

一瞬夢見た皐月賞出走は残念ながらほぼなくなった。

若駒に無理はさせたくないというクラブや和泉調教師の判断は至極真っ当だ。

僕が調教師なら、「出られるものなら出たい」となっていただろうから、ラッキーバレットにとって僕は一出資者でほんとうによかった。

ラッキーバレットが放牧に出されるのと入れ替わりといっては何だが、ゴールドアカツキの次戦が決まった。

やまもっさんが予想していた通り、目標レースが芝からダートに変更された。

一月十九日に中京競馬場でダートの一八〇〇メートル戦に臨む。騎手は田中騎手から南村騎手に乗り替わりになった。

やまもっさんには「今回は面白そうやけど、馬券を買うのはやめといた方がええかもな」と言われた。初遠征が心配なのと、中京の長い直線がゴールドアカツキには合わない気がするらしい。

とはいえ、「ダートがわりの一発の可能性はあるから、レースは楽しみや」と、今回も馬券が期待できないことに少しへこみぎみの僕を気遣ったコメントをくれた。たぶん厳しいレースになるのだろう。

ゴールドアカツキのレース当日、僕は若頭の用事でライブ観戦できなかった。朝からだんじり小屋の掃除だ。

久しぶりに見るだんじりにテンションが上がったが、レースの発走時刻が近づくと、なんとなく落ち着かなかった。
レースをライブで見たかったが、そんなわけにはいかない。
自分の役割をきちんと果たすことを優先した。
掃除が終わると集まった若頭の仲間と昼食を食べ、帰宅したときには十六時を回ってい
た。
部屋に駆け込み、急いでパソコンを立ち上げた。結果を見ないように注意してレース映
像を映した。
ゴールドアカツキは青い帽子の⑦番だ。映像はゲート入りが完了したところから始まっ
た。
ゲートが開くと、ゴールドアカツキがすッと前に出た。今回はいいスタートだ。押して
出ていこうとはしていないが押し出されるようにして先頭に立った。
中山競馬場と異なり、中京競馬場でのダートの一八〇〇メートル戦は、芝コースからの
スタートではなく最初からダートコースでのスタートだ。芝で実績のあるゴールドアカツ
キだからスタートダッシュを心配していたが、杞憂に終わった。
追い切りではゴールドアカツキが先行しての二頭併せをしていたので、うまくスタート
できれば今日は前からの競馬になると思っていたが、まさか先頭でレースを進めるとは
思ってもいなかった。

南村騎手も後続馬が追い越してくれるのを待っているようだ。

二コーナーを回ってもあまり手を動かさずペースを落としたように見えた。

先頭ならスローがいい。

向正面でうしろから四頭上がってきたが、どの馬も先頭に立とうとはしなかった。逆に外の二頭は騎手が手綱を引いてブレーキをかけた。どの騎手も先頭に立って目標にされるのを避けたいのが伝わってきた。

そのままの隊列で三コーナーから四コーナーを先頭で回ってきた。初めての左回りだがコーナリングは悪くない。

直線に向くとさっそく外からピンクの帽子が並びかけてきた。

二頭の叩き合いになり後続を引き離す。

「よしッ。こいッ、こいッ」思わず声が出た。

スローペースのレースの直線で先頭に立っている。理想的な展開だ。

ただ追い出すのが少し早い気がした。ここの直線は長い。

しばらく二頭で馬体を合わせていたが、残り二〇〇メートルをきって振りきられたのはゴールドアカツキだった。

南村騎手が必死で食らいつこうと手綱をしごいているが、力尽きたのかズルズル遅れだした。

ガクッとペースが落ち、うしろからきた二頭にもかわされ、最後はなんとか四着でゴールした。

スローな展開に救われた。

故障を心配するほどの遅れかただったが、騎手が下馬していないのでおそらく大丈夫だろう。

落胆しながら結果を見た。

「二番人気だったのか」

ダート替わりで人気になっていた。

馬券を買っていたら完全に外れていた。やまもっさんの言葉に感謝だ。

あれ、上がり三ハロンのタイムは四番手だ。思ったほど悪くない。

ああそうか。やっぱり印象通りか。二頭の叩き合いまではよかったのだ。最後の一ハロン、二〇〇メートルで叩き合いをした馬に一秒四も遅れていた。

次走は距離を二〇〇メートル縮めてくるかもしれない。

二月にはいると、ラッキーバレットが帰厩した。無事、予定通り厩舎に戻れたことにひと安心だ。

クラブの発表では、三月の芝の一八〇〇メートル戦に浜前騎手で臨むらしい。クラシックを考えるとこの騎手選択は悪くない。浜前騎手はリーディングで上位の騎手だ。ここで背伸びをせず自己条件戦を選んだのも悪くない。

ラッキーバレットより一足先に、ゴールドアカツキが東京競馬場でダートの一六〇〇メートル戦に臨むことになった。予想通り、前走より二〇〇メートル短いレースだ。

なにより鞍上がリメール騎手だ。厩舎のこの一戦にかける思いがビンビン伝わってくる。出資者からするとありがたい。

しかし、やまもっさんは前回の中京競馬場でのレースから、最後の直線が長く坂もない東京競馬場のコースも向いてないのではないかと危惧していた。

「馬券は見送ったほうが無難かもな」と今回も言われた。

とはいえ、僕は距離が短くなったことに加えて、鞍上にリメール騎手を迎えたことで、すっかり舞い上がっていた。

なんてったってリーディング騎手なのだ。期待するなという方がおかしい。厩舎も必勝を期しているはずだ。

僕と同じ思いの競馬ファンが多かったのだろう。前走は最後に大きく垂れた四着にも関わらず、ゴールドアカツキは三番人気でレースに臨んだ。

しかし、結果はやまもっさんの言う通りになった。

芝からのスタートはいつものダッシュ力で先頭に立ったが、ゴール板を通過するころには馬群に沈み、順位も確認できなかった。

結果は一〇着だった。

ぐうの音も出ない完敗だ。五着以内の馬に与えられる次走の優先出走権も失った。

やまもっさんの予想通りとはいえ、ショックはでかかった。


翌日、クラブからゴールドアカツキが右前脚を骨折していることが発表された。全治三ヶ月らしい。一〇着という不本意な順位に沈んだのもうなずけた。

やまもっさんから連絡があり、ゴールドアカツキの骨折を謝罪されたが、これは誰かが悪いわけではない。

ただやまもっさんのへこみ具合は尋常ではなかった。やまもっさんが悪いわけではないから、謝る必要はないと言っても、申し訳ないの一点張りだった。

押し問答が続いたので、今度一杯ご馳走になることで幕引きにした。

一方、入れ替わるように帰厩したラッキーバレットの調教は順調だ。和泉調教師のコメントも毎週弾んでいる。ついに今週は「クラシックに乗せたい馬や」とのコメントも飛び出した。

一口馬主を初めてまだ一年も経っていないのに、出資馬がクラシックに出られるかもしれない。

やまもっさんにほんと感謝だ。感謝しかない。

五　ラッキーバレット三戦目

ありがたいことに、嫁さんの機嫌がすごくいい。いや、いいというよりは悪くなる回数が減ったというべきか。

定期預金をこっそり解約して以来、一口馬主のことは家ではなるべく話題に出さず、気を使ってきた。

僕の一口馬主としてのデビュー戦で、ゴールドアカツキが二着になったことを恐る恐る切り出すと、一瞬笑顔になったが、配当額を伝えると「そうなんや」の一言で片付けられてしまっていた。

それがラッキーバレットの新馬戦あたりから、変化の兆しが見られだした。どうやら嫁さんも気になってレースを見たらしい。

「おめでとう。よかったやん」

と言われたが、嫁さんの本心がわからず、

「ありがとう。嬉しかったわ」

とこちらも一言で終わっていた。

一口馬主の話題は、苦虫を嚙み潰したような顔をされたイメージがどうしても抜けきらなかった。

それが最近変化してきた気がする。

一口馬主の配当が口座に入りだしたからかもしれない。一月に二万円弱、二月には八〇〇〇円ちょっとの配当があったのだ。

一月の配当を伝えたときは家庭内での僕の地位は上がらなかったが、二月の配当を伝えたときには少し驚いた顔をしていた。

子育てもまだまだこれからの世代で、夫がお金のかかる趣味を持つことに不安を覚えたとしても、それは致し方ない気がする。我がことながら……。

それが二頭の活躍のおかげで配当があり、嫁さんの気持ちも少しは和らいだのではないだろうか。

数日前、朝ごはんを食べていると、

「ラッキーバレットの次戦はいつなん？」

何気なく聞かれたのだ。

「ん、どうしたん？」

突然のことに動揺してしまい、いい返しができなかった。

「別に大したことではないんだけど、いつなんかなと思っただけ」

そう言い残して、そそくさと台所に戻るという出来事があった。

もしかして、嫁さんがこの二頭、特にラッキーバレットに愛着とまではいかないまでも、関心を持ち出したということか。

まさか「口取り式」での僕の満面の笑みの写真が効いたとか……。

ないか？

ないな。

嫁さんが少しでも一口馬主に興味を持ち出したとしたら、僕としては願ったり叶ったりなのだが、希望的観測はやめておこう。

和泉調教師から「競馬場にラッキーバレットの走りを見に来てや」とクラブ会員を歓喜させるコメントが発表された。それを裏付けるかのようにラッキーバレットも素晴らしい調教タイムを叩き出していた。

ネットの掲示板にはラッキーバレットへの期待のコメントが溢れていた。

万難を排してといきたいところだが、確定申告がピークのこの時期に仕事をほっぽり出して観戦に向かうほど、能天気ではなかった。

今回はやまもっさんが現地観戦するので、パドックでの様子を報せてくれることになった。

レース当日、家を出ようとすると、

「今日レースやんな。見に行かんでいいの？」

嫁さんから驚きの一言を言われた。

（レースの日を知っている！）

嫁さんも関心は持っているのだ。ニヤつきそうになるのを必死に抑えて、

「さすがにこの時期はな。確定申告が片付いたら、また応援しに行ってくるわ。今度一緒に行ってみるかい？」

サラッと誘ってみた。当然、「行かない」と返事が返ってくる前提で。

少し間があって、

「一回ぐらい行ってもいいかもね。競馬場って行ったことがないから」

思わず嫁さんの顔をガン見してしまった。

これは、これは。

そうですか、そうですか。

僕に運が向いてきたのかもしれない。

泣く泣く諦めた今回の観戦分を取り戻して、さらにお釣りがくる嫁さんの言葉だった。

事務所でクライアントさんの確定申告書を作成していると、スマホがなった。

「おはようさん。休みの日やのにご苦労さんやな」

やまもっさんからだ。

「ほんと、ちょっとブレイクして駆けつけたいですよ」

休日出勤してくれている社員の手前、そんなことはできやしないが、偽らざる正直な気持ちだ。

「今んとこ一番人気や。パドックやと、前走より馬体は絞れてて状態はよさそうや。ラッキーバレット自体に問題はない。せやけど、平場やのにメンバーが揃っとるな。二番人気のディープインパクト産駒もええ仕上がりや。逃げる馬がおるから、最後キレ勝負になると分が悪いかもしれん。新馬戦から二戦騎乗したリメールが他の馬に跨ってるのも怖いな。リメールの騎乗する馬は一番人気やないから、一番人気のラッキーバレットをマークしてきよるやろ。ラッキーバレットの特徴をよう知っとるのが気がかりや。複勝は買うてもええと思うけど、単勝は避けた方が無難やな。でも一番人気やから複勝もあんまりつかんし、見送るほうが懸命かもしれんな」

僕が欲しいと思っていた情報を、漏れなく伝えてくれた。

「ありがとうございます。勝ち負けにはなりそうですけど、馬券的妙味はなさそうですね。今回も観戦だけにしときます」

やまもっさんの読みはすごい。これまでに何回も助けてもらっている。

おかげでへそくりは過去最高額のままだ。

ここはやまもっさんの言葉に素直に従っておこう。


レースだけはライブで見たかったので、お昼を少し遅らせてそのままコーヒー片手にウインズ梅田に向かった。

ウインズ梅田に着くと、輪乗りしている姿がちょうど画面で映し出されていた。クラブの勝負服に今日は赤い帽子だ。

浜前騎手が優しくラッキーバレットの首筋を撫でているシーンが映った。少し興奮しているのかもしれない。なだめているように見えた。

ファンファーレが鳴りゲート入りが始まった。

今日は奇数番号なので先にゲートに誘導される。ゲート入りに不安はないので安心して見ていられる。

奇数番号に続いて偶数番号の各馬のゲート入りが始まった。

最後に⑫番の馬がゲートにおさまり態勢が完了した。

ゲートが開くとラッキーバレットはまずまずのスタートを切った。

スタートには抜群の安定感がある。浜前騎手が押さなくてもすッと前にいけるのがいいところだ。

しかしすぐに四、五頭が先行争いで追い越していった。どちらかといえば今日は少し抑えている感じがした。やまもっさんの言葉通り浜前騎手も差し勝負になると睨んでいるのかもしれない。

阪神競馬場での芝の一八〇〇メートル戦は、二コーナーのポケットからスタートする。三コーナーまではたっぷり距離があり枠の有利不利は比較的少ない。ただ外回りコースで直線が長いためペースはスローになりやすい。

ラッキーバレットは向正面では馬群中央あたりでレースを進めている。折り合いもついているようだ。

レースが若干スローと感じたのか、ディープインパクト産駒のクリアゲートが上がっていった。クリアゲートは二歳牡馬のGIである朝日杯フューチュリティステークスに三番人気で出走した馬だ。能力は高い。そして鞍上のゼムロ騎手は憎らしいぐらいに上手い。ディープインパクト産駒だから後方からと決めているわけではなく、レースをしっかり読んで上がっていったのだろう。

一方、リメール騎手が騎乗する①番は出遅れて、最後方からの競馬になっていた。これは助かった。

三コーナーに前から七、八頭目あたりで突入した。思っていたよりも一列後方だ。

三コーナーから四コーナー中間あたりで馬群が詰まってきた。

集団で四コーナーを回り直線を向いた。

ゼムロ騎手はクリアゲートを外に出し、浜前騎手は思い切ってラッキーバレットを最内に入れた。

先頭の⑥番が逃げる。その⑥番に後続が襲いかかった。

浜前騎手がムチを右手に持ちかえた。

残り二〇〇メートル、坂を上がってくる。内にラッキーバレット、外にクリアゲート。内外二頭が抜け出し、叩き合いになった。

一瞬ラッキーバレットが前に出たように見えたが、すぐに並ばれた。

二頭併走で差がつかない。浜前騎手とゼムロ騎手が懸命に追っている。

ラッキーバレットもいい脚を使っているが抜け出せない。

「差せッ、差せ」

「かわせッ、いかんかい」

ウインズの中でおっさんの声が響き渡る。

二頭の首が交互に前に出る。どっちが勝ってもおかしくない。ほとんど差がなく、首の上げ下げで勝負が決まりそうだ。

最後、ゴール板を通過するとき、ゼムロ騎手がクリアゲートの首のあたりを前に押したように見えた。

若干クリアゲートが体勢有利に見えたが、映像ではどっちが勝ったのかわからなかった。

写真判定になった。

なかなか結果がでない。ドキドキしながら判定を待った。

（頼む、頼む）

掲示板が点滅し始めた。二着だ。

ああ、やっぱり負けていたか。

点滅が確定に変わった。結果は同タイムのハナ差だった。一八〇〇メートルも走ってきてのハナ差。数センチの差だ。残り一〇〇メートルぐらいで一瞬前に出ただけに、すごく悔しい。やっぱり首の上げ下げで決まった。

最後、クリアゲートの首が上がりかけたところを、押して伸ばしたゼムロ騎手のしたたかさに感服した。

レース後、浜前騎手は「道中は馬を前においてて進めるように、陣営から指示を受けていました。意図的に差す競馬をしにいったが、馬もそれによく応えてくれました。次が楽しみです」とコメントしていた。

一方、和泉調教師のコメントには悔しさがにじみ出ていた。上がり三ハロンを三三秒三の脚を使っていたのだ。

ちなみに同日の九レース、四歳以上二勝クラスの芝のレースでは上がり最速が三三秒八、メインレースの三歳牝馬の重賞、チューリップ賞は三三秒七だった。

レースペースもあるので一概には言えないが、平場の三歳一勝クラスのレースにしてはいかにレベルが高かったかが窺えた。

そら和泉調教師も悔しいはずだ。

数日後、

「日本ダービーを目指せる馬だと思うので、次走は是が非でも収得賞金を加算したい。三月二十四日の毎日杯を目指したいが鞍上が確保できていないので、相手関係を吟味して三月三十一日の阪神競馬場でのアザレア賞か、同日の中山競馬場での山吹賞も視野に入れて、検討しています」

という和泉調教師のコメントがスポーツ新聞に掲載された。

その後、ラッキーバレットの次走がなかなか発表されず、ヤキモキさせられた。

情報が欲しくてネットの掲示板を覗くと、ラッキーバレットに好意的な書き込みが多くて嬉しくなった。なかには出資者もいるようだ。

次戦についてはいろんな意見が出ていて面白い。

格上挑戦になる毎日杯については意見が真っ二つに割れていた。

肯定的な意見では、ここで勝てば皐月賞に出走できることを理由に挙げている人が多かった。

一方、否定的な意見では、毎日杯は鞍上が確保できていないことを理由に挙げている人が多かった。前走騎乗した浜前騎手が同日中山競馬場での重賞に騎乗予定なのが影響していた。

次走以降の意見は割れていたが、ラッキーバレットの馬体を優先すべきという点では一致していた。

僕的には、次戦は毎日杯にこだわらなくてもいいのではないかと思っていた。クラシックに出走してほしいが、かといって、ラッキーバレットに無理はさせてほしくなかった。

皐月賞は諦めても日本ダービーには出走してほしいというのが正直な気持ちだ。

毎日杯で首尾よく賞金を加算できれば、短期放牧、京都新聞杯、日本ダービーとなり、新馬戦から二戦ごとに放牧という、ラッキーバレットにとって優しいローテーションも可能となる。

毎日杯で賞金加算できれば、和泉調教師の期待も大きいようなので、皐月賞に向かうこともありえなくはなさそうだ。

なんてったって、二歳牡馬ＧⅠである朝日杯フューチュリティステークスに三番人気で出走したクリアゲートと前走はハナ差だったのだ。

和泉調教師だけではなく、出資者もあれこれ妄想したくなる。

それだけで十分楽しく、出資した価値は大いにあった。


ついに次戦が決定した。散々焦らされたが、やっぱり毎日杯に向かうことになった。

出走が予定されている馬はこれまで以上に強敵ばかりだ。

和泉調教師もクラブと何回も意見交換を重ね、悩みに悩んだらしい。

そして、ここはラッキーバレットの能力を信じて挑戦することを決めたそうだ。

鞍上にはテン乗りになるが、皐月賞、東京優駿を含む五大クラシック競走完全制覇の川辺騎手を起用した。和泉調教師の本気度が窺える。

調教でのラッキーバレットの動きは相変わらず素晴らしく、和泉調教師がその能力に賭けたくなる気持ちは痛いほどよくわかった。僕も同じ気持ちだ。

皐月賞でその雄姿が見たい。

日本ダービーでその雄姿が見たい。

少しでも可能性があるならそれに賭けてほしい。

嬉しい決断だった。

驚きの事実が判明した。どうやら嫁さんも先日のラッキーバレットのレースを家で観戦していたらしい。

肩を落として帰った僕に、ハナ差の二着がいかに悔しかったかを延々と話してきた。

これは心からなのか、それとも「一口馬主にハマりつつある人の姿はこんなだから、深みにはハマるなよ」との僕への警告なんだろうか。嫁さんの心が読めない。疑心暗鬼になった。

嫁さんが一口馬主、いや、ラッキーバレットに興味を持ち出したような気がしなくもなかった。

ただその理由がわからなかった。配当が気になるのか、もしかして応援するのが楽しくなってきたとか……。

（いやいや、ないな）

即座に自分で否定した。

でもそれくらい今日の悔しがり方は尋常ではなかったのだ。

かといって、定期預金を解約して出資したのがバレたときのことは、僕の中で消化しきれたわけではなかった。

自分で貯めた独身時代の定期預金を解約しただけだ。

僕なんて嫁さんの独身時代の貯金額さえ知らないのに。

それでラッキーバレットの出資金より高いバッグを買わされたのだ。ハメられた感が半端ない。

(欲しかったんだろうな……)

それだけはわかった。結婚してから嫁さんのバッグは増えていなかった。

散々悩んだが、結局、はっきりとした答えにたどり着けなかった。

仮に配当目的だったとしても、嫁さんがラッキーバレットに興味を持つことは、僕が一口馬主を気分よく続けていくためには、とても素晴らしいことで必要なことだと結論づけた。

この前、競馬場にレースを見に行こうと誘ったら予想外の返事が返ってきたので、善は急げとばかりに次戦の毎日杯の観戦に行かないかと提案してみた。

断られるかもと思っていたら、

「行ってみる」

と、意外にもあっさり一緒に行くことが決まった。

このことをやまもっさんに伝えると、

「よかったやないか。ここは夫婦水入らずで行っておいでよ。奥さんが理解者になってくれたら、めちゃめちゃやりやすくなるぞ。俺も昔連れて行ったんや。まあ俺の場合、無理やりやったから失敗したけどな。ワハハッ……」

と喜んでくれたうえに、馬主席に招待してくれることになった。

「すんません」

逆に気を使わせてしまった。

「ええか。奥さんに無理して興味を持たそうとする必要はないからな。ラッキーバレットが一生懸命走っているのを現地で見たら、その楽しさはわかってもらえるはずや。そうなったらミッション成功や。金じゃ買えないものがある。って金で買ってるか。どっちゃろ。まあどっちでもええか。ワハハッ……」

やまもっさんに感謝だ。


ラッキーバレットを毎日杯に出走登録したことがクラブから発表された。

今回も嫁さんの協力のもと、しかも非常に好意的な協力のもと、「口取り式」の権利をゲットすることができた。

前回と違い、今回は開始三分で電話が繋がった。

今回の阪神競馬場行きは、なんかいいことがありそうだとポジティブに考えることにした。

出走が決まってから毎日杯のことを調べてみて驚いた。歴代の優勝馬には歴史的名馬がズラリと名を連ねていた。オグリキャップ、テイエムオペラオー、キングカメハメハ、キズナ……。凄すぎる。

毎日杯に勝つことは皐月賞、日本ダービーへの切符を手にするだけではなく、GIを勝つ能力があることも証明すると言えるのかもしれない。

今年の毎日杯は八頭が出走を予定しているが、頭数が少ない割に骨のあるメンバーが揃った印象だ。

のちに振り返ってみると、出走した八頭からGI馬が二頭、重賞馬が二頭と、出走した半数が重賞を勝っていた。クラシックへの優先出走権もない三歳重賞としては、いかに破格のメンバーが揃っていたかがわかる。


やまもっさんのご厚意に甘えて、家族総出でラッキーバレットの応援に行くことにした。

もしかしたらとは思うものの、まだ嫁さんが本当に一口馬主に好意的になったのか確信は持てていなかった。

そのため今回は「将を射んと欲すれば先ず馬を射よ」作戦だ。猫を飼いたがっている小学生の娘を何としても馬好きにして味方につけたい。どちらも哺乳類だからというのは考えが甘すぎるか。

娘が馬を好きになってくれたら、これ以上ない強力な援軍になるとの下心は隠して、

「子供だけを家に残して出かけるのは心配だ」とへ理屈をこねて、一緒に連れて行くことにした。

中二のお兄ちゃんは娘が飽きたときの子守要員だ。一緒に行くのを渋ったので、競馬場での買い食いを餌にした。この年頃は食べ物に弱い。

ふと東京の同級生と話をしたときのことを思い出した。配偶者のことを「嫁さん」、子供も上の子を「お兄ちゃん」、下の子を「娘」と呼ぶのが変わっていると指摘された。

変わっているといえば変わっているのかもしれない。

上を「お兄ちゃん」とよぶなら、下は「妹」か。

下を「娘」とよぶなら、上は「息子」か。

確かに。

でも配偶者を「妻」、「家内」……。

うーん、なんかピンとこなかった。

そういや僕の親父も昔は母親を「嫁さん」と呼んでいたが、最近は「家内」と呼ぶようになっていた。

同級生でも「家内」と呼ぶ人もいるが、共働きでいつも家にいるわけでもないので、なんか違和感がある。

僕の周りは圧倒的に「嫁さん」と呼ぶ人が多い。呼びやすいのだからしかたがない。

嫁さんにこの話をしたら、

「正式な場できちんと呼ぶようにしたら、親しい間柄では呼びやすいように呼んだらいいんじゃないの」ときた。

さすが、我が「嫁さん」だ。

六　毎日杯

レース当日、コンビニでスポーツ新聞を買い込んで阪神競馬場に向かった。三紙も買ってしまった。

嫁さんに「三紙も無駄遣いして」と言われるかと内心ビクビクしていたが、何も言われなかった。

日頃読まないスポーツ新聞をめくっていたので、嫁さんもラッキーバレットの記事が読みたかったのかもしれない。

記事でも結構ラッキーバレットのことを書いてくれていて、なかには本命に推してくれている記者もいたのが嬉しかった。

なぜ嫁さんはラッキーバレットの応援に誘うと、あっけなくついてきたのだろうか。

まだこの謎が解明されていない。

本人が言う通り、行ったことのない競馬場に行ってみたかっただけなのか、はたまた、ラッキーバレットを応援したいと思ったからなのか……。

最近の嫁さんの様子からすると、単に競馬場に行ってみたいというだけではない気はする。ラッキーバレットに好意を持ったのではと感じるときもあるのだ。

（だめだ、だめだ。やっぱり、そう簡単に信用するのは危険だ）

なにせ相手はバッグを買わせた嫁さんだ。油断は禁物だ。

今年も新規募集で何頭かに出資したいと思っているが、小遣いだけでは明らかに足りない。配当は出資金を回収するまでは貯金することを約束させられているので、使うことができない。

かといって、裏金であるへそくりを使うわけにはもっといかない。どこから調達したのか、問いただされると厄介だからだ。

やっぱり嫁さんに一口馬主を趣味として認めてもらう必要があるとの結論に達した。出資段階ではどうしてもまとまったお金が必要となる。そのためには、嫁さんに出資金は配当として回収できることを理解してもらう必要がある。

やまもっさんはプラス収支だが、僕もせめて収支がトントンになれば話がしやすくなる。出資しても回収できることがわかってもらえれば、定期預金から借りて配当が出ると返すという方法も可能になるかもしれない。

(よし、今日は嫁さんに、出資金は順調に回収できていることをアピールしよう。あわよくば、この方法を承諾してもらおう)

ガラガラの阪神高速湾岸線を運転しながら、そう決めた。


「二月はレースには勝てなかったけど、一月分の配当が八〇〇〇円ちょっとあって、累計だともう二万八〇〇〇円も回収できたよ。レースに出だして二ヶ月で三割弱の回収やもんな。たいしたもんだよな」

と話を振ってみると、

「ふーん、そうなんだ」

と興味なさそうな言葉が返ってきた。

まあこれは、これまでにも何回か話した内容だからしかたない。

「今日の毎日杯はメンツが揃ったけど八頭立てだから、仮に最下位でも一着の本賞金の六パーセントと特別出走手当として四〇万円ちょっとが貰えるらしいよ。一着の本賞金が三八〇〇万円でその六パーセントだから二二八万円か。それに特別出走手当を足して、ざっくりその七割の四〇〇分の一とすると、配当金は……」

「せっかく応援に行くのにお金のことしか頭にないの?」

嫁さんに話の腰を思いっきり折られた。しかも思いもよらない言葉で。

「前に配当を気にしていたからさ……」

これまで出資馬のレースのたびに、出資したお金がいくら回収できたかをすごく気にしていたではないか。

嫁さんがなぜか不機嫌になっている。

(何を間違えた？　わからん)

「今日は応援に行くんだから、お金のことは置いとこうよ」

(ん？　お金のことは置いとこう？　置いといていいの？　ほんとに？　よくわかんないけど、ここは素直に従っておこう)

「そ、そうやな。今日はラッキーバレットの応援に行くんやもんな。みんなでしっかり応援しよう」

「お父さん、そのつもりで行くんやなかったの？」

味方にするはずの娘に後部座席から狙い撃たれた。

「も、もちろんやないか。ラッキーバレットが走るのを応援しにいくんや。そら、勝ってくれたら一番いいけど、一生懸命走っている姿が見られたら、それで十分や。なあ」

ちょっと角度を変えてみた。

「そう。今日はラッキーバレットが一生懸命走っているのを現地で見るのが目的なんだから、勝ったらラッキーぐらいの気持ちでね。趣味は楽しまないと」

これまた予想外の言葉に頭が混乱した。

(ん、趣味は楽しまないと？　趣味として認めてくれるのか？)

運転中なので嫁さんの顔は見られないが、とりあえず発言方向の修正は間違っていなかったようだ。

「そうやな。趣味やもんな。楽しまんとな」

すかさず同調した。


駐車場に車を駐めて競馬場の門をくぐるころにはすでに十二時を回っていた。

別に競馬をしにきたわけではないので、かまわないといえばかまわないのだが、せっかく高速代や駐車場代を払っているのだ。なんかもったいない気がした。

もっとも、もったいないのは気分の問題で、馬券はそれほど当たらないから買わないほうがもったいなくはないのだが、それはまた別の話だ。

お兄ちゃんが腹へったとうるさいが無視して、まずはせっかくご招待いただいた馬主席に行ってみることにした。

馬主席にはドレスコードがある。ＪＲＡのホームページに記載されているが、基本的に男性はネクタイ、ジャケット、革靴の着用が必須だ。女性にも同等の服装が求められている。ジーンズ、スニーカーは馬主席に相応しくない服装として認められていない。

やまもっさんによれば、男性は普通のスーツ、女性はスーツやワンピースで大丈夫らしい。

ちなみに僕はスーツで、嫁さんはワンピースだ。そして子供たちは学校の制服を着させた。

馬主席受付で席番号の札をもらい、手にハンドスタンプを押してもらった。馬主席を出入りするときはこのスタンプが証明になるらしい。

受付を済ませてエレベーターに乗ると、中にエレベーターガールが立っていた。美人で気品があり一瞬緊張しそうになったが、嫁さんと子供の手前なんとか踏ん張った。

エレベーターは階を告げたわけではないのに、馬主席の階で当然のように停まった。

馬主席のフロアは思っていたほど堅苦しい雰囲気ではなかった。いい意味で、思っていたよりもはるかにフツーだった。もっと華やかで格式高そうなところを想像していたのでちょっと気が楽になった。

クロークで荷物を預けて席を探した。

やまもっさんから「普通は馬券を買うのに階段を上り下りするんがしんどいから一番上の席にするんやが、今回は子連れやからかぶりつきにしといたぞ」と事前に連絡をもらっていた。

眼下にはコース全体が広がっている。メインスタンドやセンターステージを見下ろせ、最後の直線もよく見えた。そして当然ゴール板も。素晴らしい席だ。この迫力に嫁さんも子供たちも大喜びだった。

（まずは嫁さんポイント一つゲット）

さらに追加点を狙って小さくつぶやく。

「ここのミックスジュースがおいしいんだって」

「飲みたい！」と素直に応えてくれる子供たちに満足しながらも、

「先にご飯を食べてからな」と焦らし作戦だ。

どうやら追加点は確実そうだ。

ここで、先にお兄ちゃんのリクエストである買い食いに向かい、お兄ちゃんから不満がでるのを阻止することにした。

ここまでは完璧だ。

あまりよく知らなかったが、阪神競馬場にはおっさん受けするお店だけではなく、家族連れにも喜ばれるお店や屋台がたくさん入っていた。がっつりお腹に溜まりそうなものを探すお兄ちゃんと、ソフトクリームやデザートを探す娘があまりに対照的だ。

「今日はお父さんの奢りだからね」

暗に「お父さんのお小遣いだから、高い物は頼むなよ」というメッセージを送ったにも関わらず、我が愛すべき息子は牛串九〇〇円を真っ先に選んできやがった。

「高いやないか」と言いそうになるのをぐっと堪えて、

「おいしそうやな」に変換した。

「そやろ、何個か食べたいもん見つけてん」

「何個か」って。

これはまずい。

中学生の食欲を甘くみていた。先にお腹の膨れるものを食べさせておかないとえらいことになる。

「先にみんなでご飯にしよう。買い食いはそれからや」

みんなが食べやすいというのを大義名分にうどん屋さんに入った。比較的リーズナブルでお腹を一杯にできるという理由は隠して。

お兄ちゃんは少し不満げだが、そこはスルーする。

競馬場のお店は基本前金だ。

お昼だから、もしかすると嫁さんが家計から出してくれるかもと淡い期待を抱いたが、バッグから財布を出す素振りさえなかった。

かといって、「そのバッグはな……」とは口が裂けても言えない。

諦めてお兄ちゃんを満腹にさせる作戦を徹底することにした。お兄ちゃんが買い食いのためにうどん単品にしようとしたので、「帰りが遅くなるかもしれんから、しっかり食べとき」とごはん付きの定食にさせた。ついでに、僕の定食のご飯も半分食べてもらおう。

しかし、欲望を前にすると人間の胃袋は大きくなるらしい。

うどん屋さんの定食と僕のご飯半分をペロッと平らげると、これからが本番と意気揚々と屋台に向かった。

うどん屋さんでの食事は食前酒ならぬ食前食だったとばかりに、ハンバーガーにアメリカンドッグ、最後に牛串二本を胃袋に納めていった。

お兄ちゃんの破壊力抜群の食欲から逃げるようにして馬主席に戻ると、今度は娘と嫁さんからミックスジュースをリクエストされた。

嫁さんには、「自分の分ぐらい自分で払えよ」と口から出かかったが、何とかここもギリギリ堪えた。

と思ったのも束の間、お兄ちゃんから、「俺もー」ときた。結局三杯分も払わされた。

くそッ。小遣いがきれいに吹っ飛んだ。

娘から「お父さんは飲まないの?」と訊かれたが、飲むわけない。月末までまだ半月もあるのだ。

馬主席に戻りレースを観戦した。俯瞰《ふかん》で見るレースに子供たちは大喜びだった。

これなら同じ階にある指定席が売り切れるはずだ。指定席にはお金を出すだけの価値がありそうだ。

二レースを馬主席で観戦してからパドックに向かった。

さあ、いよいよラッキーバレットが出走するレースだ。メインレースということもあり、パドック付近は少し混雑していた。

子連れなので混雑を避けて二階から見ることにした。

出走馬がパドックに姿を現した。

「あの⑦番がラッキーバレットや」

登場したラッキーバレットを指差した。

「もっと近くで見たい」

そう言うや否や、嫁さんが歩き出した。

慌てて子供たちと嫁さんのあとを追った。

階段を下り、パドックの最前列までずんずんと進んでいった。

このレースは頭数が少ないため、出走馬が少し間隔を空けてパドックを周回していた。

「きたッ、きたッ」嫁さんが周回してきたラッキーバレットをスマホで撮りだした。

（どうなってるんだ？）

嫁さんの行動が理解できなかった。

（どういう目的だ。証拠写真？　いや、意味がない。何のための写真だ？）

嫁さんの行動に？マークが並ぶ。

ふと見ると、嫁さんの隣の女性が周回している出走馬を大きな一眼レフカメラで撮っていた。

（熱心なファンもいるもんだ）

女性のあまりの真剣さに驚いた。

その女性と並んでスマホで写真を撮っている嫁さんがいた。

どう見てもただのファンにしか見えない。

（そうか！　ファンだ。嫁さんはラッキーバレットのファンだ）

そう考えると車の中でのやり取りも辻褄が合った。

（ファンだから、配当のことを話したら不機嫌になり、今日は楽しもうと言ったのか）

ストンと入ってきた。

そういう目で見ると、斜めうしろから見る嫁さんはやけに嬉しそうだった。ラッキーバレットの周回をずっと目で追っている。

「よしッ」思わず声が出た。今日のミッションはクリアだ。

出費は非常に痛かったが、家族を連れてきた甲斐があった。もう細かいポイントの積み上げも、娘の援軍も必要なくなった。

（いや、まてよ。油断は禁物だ）

ラッキーバレットのファンにはなったかもしれないが、今年も定期預金から出資することに理解を示してくれたわけではないのだ。娘の援軍が必要になるかもしれない。ここは慎重にいこう。

ただ、大きな第一歩を踏み出したことは間違いなさそうだ。

娘はパドック周回する馬を興味深そうに見ている。

お兄ちゃんは興味なさそうにぼんやり眺めている。

兄妹でも対照的だ。

横に並ぶと、嫁さんは目をキラキラさせてラッキーバレットに見入っていた。

僕もラッキーバレットを見たい気持ちは強かったが、今回ばかりは嫁さんに上回られた気がする。

でもそんな嫁さんの姿に接して、ようやく僕もラッキーバレットを安心して見ることができた。

馬体が前走より少しほっそりした気がして電子掲示板を見た。馬体重は前走比マイナス二キロと表示されていた。

馬体重が大きく減っていないことに一安心だ。

毛づやもピカピカだ。コンディションは悪くなさそうだ。

「とまーれー」

係の人の声で全頭が停止した。

川辺騎手がラッキーバレットに走り寄り、首をポンポンッとすると馬上の人となった。

さすが重賞レースだ。どの馬も落ち着いている。いななく馬なんていない。不安になると若駒はいななく。そこは出走する全頭が乗り越えていた。

頭数は少ないが、どの馬もしっかり仕上がっているようだ。

しかしラッキーバレットも負けてはいない。和泉調教師が自信を持って送り出しただけのことはある。

騎手を背にパドックを数周すると、出走馬は誘導馬を先頭に本馬場に向かった。それを見届けて、僕たちもメインスタンドに移動した。

しばらく待っていると、地下道を通ってラッキーバレットが本馬場に入場してきた。落ち着いている。

（よしッ、チャカついていない。いい精神状態だ。頑張れ！）

心の中で叫んだ。

「バレットー」

そんな僕の横から嫁さんの絶叫が聞こえた。

コントのように嫁さんを二度見してしまった。

疑心暗鬼だったのが確信に変わった。

今なら言いきれる。嫁さんはラッキーバレットのファンだ。

このレースはラッキーバレットの未来を大きく左右するが、僕もこのレースで何かが大きく変わりそうな気がした。

レースはまだ始まっていないが、返し馬に向かったラッキーバレットに小さくガッツポーズをした。

うまく言えないけど、レースを前にして何かに勝った気分だ。

「馬が走るのを音も含めて感じたい」という嫁さんのリクエストに応えて、レースは馬主席からではなくゴール板前で見ることにした。

馬券を買いたかったが、小遣いはすっかり底を突いていた。

やまもっさんからも「今日の馬券は勧められへん」と言われていたので、へそくりを使うのは自重した。

隣の嫁さんは記念馬券にと単勝を一〇〇〇〇円買っていた。思ったより度胸がいい。

今のところ、ラッキーバレットは八頭立ての五番人気だ。出資者としては思ったより低い評価に不満だ。しかし世間の評価はそういうことなんだろう。

阪神競馬場での芝の一八〇〇メートル戦は、ラッキーバレットにとって三回目の舞台だ。

一勝クラスのレースではタイム差なしの二着に敗れたが、新馬戦では勝っており、決して相性の悪いコースではない。

不安点を強いて挙げれば、川辺騎手がテン乗りということぐらいだが、追いきりで騎乗して感触は確かめてくれているので問題ないだろう。

ゴール板前でスタートを待つ間、嫁さんに横のスペースが「口取り式」をするウイナーズサークルであることを伝えて、レース後の移動の打ち合わせをした。

人気はなくても勝つ気満々だ。

「外回りの芝の一八〇〇メートル戦は、あそこの二コーナー奥のポケットからスタートするんよ。ここからはほとんど見えないけど、あのターフビジョンで映るからスタートはちゃんと見られるよ」

やまもっさんの言葉の受け売りだ。

自分の目でもスタートが見たいと娘にせがまれて、うしろを気にしながら肩車をした。

うう、重い……。

肩車した高さからだと、馬が坂を上がってくるクライマックスがよく見えるだろう。大人にはない特等席だ。

緊張からか嫁さんの顔が強張っている。

「今日は頭数が少ないからペースはスローになりそうだね。スタートの上手なラッキーバレットは楽しみだ」

「そうなの？」

「ペースがスローのときは先行馬が有利なんだよ。って、これ、やまもっさんの受け売り」

嫁さんをほぐそうとしてみた。

「なんだ。でも安心した」

ちょっとだけ表情が柔らかくなった。


出走時間になり、スターターが台に上がり旗を振った。

音楽隊による生演奏のファンファーレが競馬場に鳴り響き、奇数番号から順にゲート入りが始まった。

見ている僕の緊張感も高まってきた。

横にいる嫁さんも、また表情が硬くなっている。

「何番だっけ？」

さっきから何回目かの同じ質問がきた。

「⑦番だけど勝負服は遠くからはわかりづらいから、オレンジの帽子を追っかけるといいよ」

こちらも何回目かの同じ説明をした。

順調にゲート入りが進んで、最後に大外⑧番の馬がゲートにおさまった。態勢完了だ。

ゲートが開き、スタートした。

ターフビジョンが見えづらかったので、「スタートしました」の場内アナウンスがありがたい。

スタートして最初の直線は距離が長いうえに少頭数なので、枠による有利不利はほとんどない。

少し左にズレると、ターフビジョンがよく見えた。

ラッキーバレットが前めのいい位置につけたのが映し出された。

さすが川辺騎手だ。うまい。

向正面から外回りコースに出て行った。観戦しているゴール板前からはぐんぐん遠ざかっていく。

黒い帽子の馬が逃げている。少頭数の割に縦長の展開だ。

川辺騎手がいいリズムでラッキーバレットを走らせている。

三コーナーの入り口で前三頭が並んだ。少し差があってラッキーバレット以下五頭も一団だ。

前後二つの集団に分かれたまま四コーナーを回って直線を向いた。

坂の下から馬が駆け上がってくる音が聞こえだした。まだ肉眼では確認できない。

その音が少しずつ大きくなってきた。

ターフビジョンで川辺騎手がラッキーバレットを外に出した。さあここからだ。

内で逃げた馬が一杯になって下がっていった。前は二頭の争いだ。

残り二〇〇メートルの標識を通過した。

川辺騎手のムチが入る。

地響きのような音がさらに大きくなって近づいてきた。

競っていた一頭の脚が止まった。

入れ替わるようにラッキーバレットを真ん中に三頭が馬体を合わせて上がってきた。ここから追い比べだ。

もう肉眼で確認できる範囲だ。

「こいッ、こいッ」娘を肩車したまま声を嗄《か》らした。

「バレットッ、バレットッ」隣で嫁さんも絶叫している。

残り一〇〇メートルで赤い帽子の馬が抜け出した。

ラッキーバレットは二番手争いだ。ムチの音も聞こえてくる。

川辺騎手が頭を低くして手綱をしごき、懸命に前を追っている。

五感から馬群の迫力が飛び込んでくる。
空気がひりつく。
川辺騎手が全身を使い、ラッキーバレットをなんとか前に出そうとしている。
右手でムチを入れ全力で手綱をしごいているが、逆に少しずつ差が広がってきた。
「こいッ、こいッ、こいッ」
「バレットッ、バレットッ、バレットー」
嫁さんの絶叫が途切れたところがゴール板だった。
あまりの激戦にボーッとしてしまった。放心状態だ。
力が抜けて危うくふらつきそうになったので、娘を肩から下ろした。
「取ったー、三連単、取ったー」
近くの大喜びしている声で現実に引き戻された。
物凄い脱力感だ。
隣の嫁さんは口を固く結んだまま宙を睨んでいた。
ラッキーバレットは四着だった。最後の追い比べで決め手に欠けた。
良馬場でのガチンコ勝負だっただけに、素直に力負けだ。
レースは二番人気、一番人気での決着となった。近江厩舎のワンツーだ。強い。
しばらくその場に立ちすくんでしまった。

五番人気で四着なので、評判通りの結果といえばその通りだ。

とはいえ、悪い結果ではないが期待が大きかっただけに落胆も大きかった。

落ち着きを取り戻したころには、周りに人は少なくなっていた。すっかり陽が陰ってい て、急に肌寒く感じた。

ウイナーズサークルでは勝った馬の「口取り式」が始まっていた。どうやらマンデーサラブレッドクラブの馬が勝ったらしい。会員さんたちが嬉しそうに記念写真におさまっている。

「残念やったけど、よう走っていたな」

「ほんと。悔しいけど、いい走りだった」

嫁さんもようやく我に返ったようだ。

「すごかったね。お父さんの上から落ちそうになった」

娘はレースの迫力に興奮ぎみだ。

そらゴール板前の肩車という、これ以上ない特等席での観戦なのだ。肩車した甲斐もあった。

おかげでこっちは興奮から冷めて、肩が重だるい。

(娘よ、嫁さんへの援護射撃を期待しているぞ)

七　人間万事塞翁が馬

帰りの車内は静かだった。慣れない環境に疲れた子供たちは、車に乗り込むと後部座席ですぐに夢の中だった。

助手席の嫁さんは黙ったまんまだ。不気味だ。

競馬場での振る舞いからすると、ラッキーバレットに好意があるのはわかった。ただ今日の敗戦でその感情がどう変化したのかが読めない。

下手にこちらから話しかけて藪蛇になるのが怖かったので、僕も黙っていた。

土曜日の夕方、お父さんが運転する車。助手席にはお母さんが座り、後部座席では遊び疲れた子供たちが眠りこけている。

(外から車内を覗けば、さぞほっこりとした家族の時間に見えるのだろうな)

現実は、黙りこくる嫁さんを横に乗せ、嫁さんの出方が予想できず、何とも言えぬ張り詰めた空気の中で、少し緊張しながら運転しているお父さんがいるのだ。

とうとうその空気に耐えられなくなりラジオをつけようと手を伸ばした。

「英ちゃん、ありがとうね」

突然嫁さんにお礼を言われた。

（えッ）

予想外の言葉に、伸ばした手を引っ込めて、思わず隣に座る嫁さんの顔を見た。

「危ないよ。前見てよ」

（いやいや、突然怖いことを言うからやないか）危うく声になるところだった。

嫁さんの意図がわからず、次の一言を待った。

「英ちゃんが前梃子をやりだしてから、やってる姿はかっこよくて好きだけど、事故しないか心配で心配で、いつも不安やったんよ」

「……」

話の筋がまったく読めない。

「子供のころから祭りは大好きだったけど、今は楽しさよりも心配の方が上回ってる……」

そこに関しては、ほんと申し訳ないとしか言えなかった。反論の余地はまったくない。なんぼ前梃子が大工方と並ぶ祭りの華だとしても、前梃子をしたい者は、祭礼団体だけではなく嫁さんの許可もないとさせてもらえない。それだけ前梃子は危険と隣り合わせだからだ。

僕も嫁さんに許可をもらった。

ブレーキの発達で最近は死亡事故が減ってきたとはいえ、これまで祭りの事故でお亡くなりになった方の多くが前梃子だ。

祭りに命を懸けるのは本人だが、家族はどうだろうか。嫁さんの中には、夫が前梃子であることを望んでいない人も意外といるかもしれない。

「別に責めたくてそんな話をしたわけじゃないの。うまく言えないけど、素直に感謝してると伝えたかったの」

（あかん。話の筋がわからん。まったく見えてこん）

とりあえず黙って話を聞くことにした。

「祭りは今も好きだけど、英ちゃんの心配の方が上回っているから、楽しみきれない自分がいるの。そんな祭りが終わったと思ったら、英ちゃんが私に隠し事をしているのがわかって、本当に腹が立った。私の気持ちも知らないくせにと。出資した金額も金額なだけに、最初はレースのたびにいくら戻ってくるか気になったの。英ちゃんは戻ってくるとは言ってたけど、本当に戻ってくるのかなって。我が家にとっては大金だからね。でもそれが自分でもよくわからないけど、ラッキーバレットのレースを気にしてるうちに、だんだんと応援する気持ちが大きくなってきたの」

（きたッ、きたッ、きたッ）

緩みそうになる頬にグッと力を入れた。

「今は素直に、私も楽しませてもらってる。嫌味じゃなくて、祭りは英ちゃんが前梃子を引退するまでは楽しめないと思う。だって、心配だもん。でもラッキーバレットは純粋に応援できる。子供たちを運動会で応援してる感覚かな。平凡な日常にラッキーバレットを応援する楽しみができた。そういう意味で、ありがとう、英ちゃん」

嫁さんがペコリと頭を下げた。

釣られて僕も頭を下げた。

（ミッション大成功！　これ以上ない成果！　ラッキーバレットも何やかんやでいい感じやし、盆と正月が一緒にやってきたとはこういうことをいうんかな）

心の中では万歳の嵐だ。

弾けそうになる笑顔を懸命に押し殺した。

（いや、ちょっと待てよ。喜んでいるだけでいいのか。嫁さんは自分の気持ちを素直に話してくれたんやで）

単純に浮かれている自分に引っかかった。

定期預金をこっそり解約して以来、夫婦の関係はこれまでにないくらいギクシャクしていた。

冷静になれば、最初の二頭は混じりっけなしの僕の小遣いだから、そもそも何に使おうが文句を言われる筋合いではない。

その次の一歳馬への出資も、独身時代の定期預金が原資だから、嘘をついたことはよくなかったが、バッグを買わされるほどのことだったとはやっぱり思えなかった。結婚してから二人で貯めたお金には一切手をつけていないのだ。

結婚記念日には二人で食事に出かけているが、結婚してから小遣い制になったこともあり、嫁さんの誕生日に独身時代のようなプレゼントは贈らなくなっていた。友達とのランチや保護者会で羨ましく思うことがあったのかもしれない。

夏と冬には家族旅行に出かけているが、仕事と祭り中心の生活であることは否めない。海外にはあまり興味がないため、旅行はすべて国内だ。当然、免税店もない。

今回のバッグ騒動は、これまでの積もりに積もっていた不満を嫁さんが爆発させただけなのかもしれない。

嫁さんの告白に、僕もちゃんと応えないといけない。

「そう、それはよかった。僕も最初はやまもっさんへの付き合いで、しゃあなしで始めたんよ。競馬もそこまで興味なかったし、なにより月々の小遣いで始めるには金額が大きすぎるからね。だから何回か断ってん。それでも熱心に誘ってくれてん。別に僕が一口馬主を始めたからといって、やまもっさんが得するわけでもないのに。一緒に趣味を楽しみたいって。すごく世話になった先輩からのお誘いだから、出したお金が全部なくなるわけではないんならとなったんよ」

「そうやったんやね。地元の先輩の誘いは断りにくいもんね」

そこは嫁さんも理解してくれたようだ。

「今走っている二頭はへそくりをはたいてなんとかしたけど、新規の一歳馬の分まではとてもじゃないけど足らなくて。やまもっさんから『今年募集の一歳馬にはＧⅠを狙える馬がおるから、騙されたと思って出資してみ。回収できんかったら奥さんに一緒に謝ったる』とまで言われたら、もう断れん。かというて、二人で貯めたお金に手を出すわけにはいかんから、しかたなく独身時代の定期預金を解約したんや」

「それならそうと言ってくれたらいいのに」

予想外の嫁さんの言葉だった。

「えッ、言うてたら賛成してくれたんや」

「するわけないやん」

あっさり否定された。

（どないやねん）

「どうしたかは、そのときに言われてないから、わからないよ」

やっぱり一枚も二枚も上手だ。

「大雑把には説明したつもりなんやけどなぁ」

「それはバレてから言い訳として聞いただけで、やまもっさんとのことも端折りすぎてて、今やっとわかったよ。危うくやまもっさんを恨むところだった」

「やまもっさんは悪くないよ」

「そう、悪くない。悪いのは黙っていた英ちゃん」

なかなか難しい。

「それでも僕にとっては大金だから、出資したお金が戻ってくるか心配で、戻ってくる可能性がどれだけあるかをやまもっさんに何回も確認したんやで」

「どれくらい返ってくる可能性があるの？」

そこは気になるようだ。

「やまもっさんがな『出資した金の全部ではないかもしれんが、けっこう戻ってくるから大丈夫や』と言うから、『じゃあ、やまもっさんがこれまで出資した金額のうち、どれくらい戻ってきたか教えてください』と訊いたんや」

「どれぐらい戻ってきてるの？」

嫁さんが体をこちらに向けた。

（あれ、気のせいか前のめりになったような……）

「気になる？」

「そりゃなるよ」

チラッと見えた嫁さんの目がいたく真剣だ。

「なんとなく八割ぐらい戻ってきていたらいいなぁと思っていたら、なんと驚くことに収支はプラスなんだって」

「えッ、プラス⁉」

「そう、ビックリするやろ。まさかまさかやでな」

嫁さんが激しく頷いている。

「プラスということは、出資したお金が増えて戻ってきたということやんね？」

圧がすごい。急に体を近づけてきた。

「ああ、そうやで」

「それでどれくらいプラスか訊いたの？」

（あれ、あれ。なんか思っていた反応と違う……）

「ねえ、訊いてないの？」かぶせてきた。

「いや、訊いたよ。でも『絶対に誰にも言うなよ』って言われたから」

「それで」肩を揺すってきた。

「危ないよ」危うくハンドルを切りそうになった。

「ごめん」

言葉では謝ったが肩から手は離さなかった。嫁さんの鬼気迫る感じが怖い。

「ねえ」

答えるまで続きそうだったので、しかたなく、

「高級外車二、三台分ぐらいだって」

僕がそう言うと、肩から手をパッと放し、

「そんなん嘘やん。嘘に決まってるやん」

嫁さんの予想をはるかに超えたからか、あっけなく否定してきた。

「僕もほんまかなと思って、やまもっさんのこれまでの出資馬を管理しているサイトを見せてもらってん。そしたら、僕でも知っているGI馬が何頭かいて、びっくりしたわ。三冠馬もジャパンカップ勝った馬もいた。そらそれくらい軽く稼いでいるかもしれんと思ったよ」

「三冠馬ってそんなに稼げるの？」

「一三億！」

「その馬は一三億円稼いでいた」

「それになんやかんやつくから、多めに七〇パーセントとして、さらにその馬は四〇分の一だから、配当は軽く二〇〇〇万円を超えている」

「二〇〇〇万円！」

「それだけじゃなくて、引退してから種牡馬にもなっているから、さらに種付けの権利を売却した利益も入ってきてるんよ」

「やまもっさん、すごい！」

（あれ、あれ、あれ。お金ではなく趣味だという話ではなかったのか？）

どうやら心の声が顔に滲み出たようだ。

「も、もちろん、楽しむことが一番大事よ。でもそのうえでお金もプラスになるなら、なおいいじゃないってことよ。まさに棚から牡丹餅ね」

運転中で表情は見られないが、声から動揺しているのが窺えた。

使うことわざも違う気がするが、家庭平和のために突っ込むのは止めておこう。

「そんなやまもっさんでもマイナスの馬もいるらしいよ。そこも正直に話してくれたよ。すべての出資馬がプラスな訳ではなく、トータルでプラスになっているということらしいよ。でも一口馬主をしている人のほとんどがマイナスみたいだから、過度な期待はしないほうがいいかもしれないね」

「……」

嫁さんの耳に僕の話が届いている感じがしなかった。

さっきの二〇〇〇万円が頭から離れていないようだ。

「収支は人それぞれだからね。僕もやまもっさんのおかげで順調に回収しているしね。来年の今ごろには収支はプラスになっているかもよ」

ちょっとおどけて言ってみた。

なにか考えているようだ。少し間があって、

「やまもっさん、すごいね」

やっぱり僕の言葉は届いていなかった。

「やまもっさんはすごすぎる」

そこは間違いない。

「そしたらラッキーバレットがＧⅠを勝つことも十分ありえるということね」

前のめりが半端ない。

「ＧⅠまではわからないけど、いいとこまでいく可能性はあるみたいだよ」

嫁さんが少し挙動不審だ。

「そしたら、かなりプラスになるのかな」

もう笑うしかない。

「やまもっさんみたいに四〇口だとそうかもしれないけど、それだと出資金が一〇〇万円単位になるから、僕には難しいね。プラスマイナスゼロでいけたら十分いい趣味なんじゃないかな」

思い切って趣味を前面に押し出してみた。

しばらく間があって、

「そ、そうね。お金だけじゃないもんね」

絞りだした言葉が、なんか残念そうだ。

「でも趣味って、多少の差はあってもお金は必要やん。ゴルフとか釣りでも、最初に道具一式を揃えなあかんしね。他の趣味と比べると、一口馬主は最初の出費はおんなじように多いけど、趣味として楽しみながらお金が戻ってくるところがいいよね。プラスにはならなかったとしても、ある程度戻ってきてくれたら、それだけでも、めっちゃ得した気分になるし、結果的には安くつく趣味になるしね」

儲かる趣味とはあえて言わなかった。

「確かに言われてみればそうね。ゴルフはゴルフクラブとかけっこう初期投資が必要だもんね。練習代もばかにならないみたいだし。ゴルフはほんとお金のかかる趣味よね」

（危なかったー。嫁さん的にはゴルフは地雷やったんか）

なぜだかわからないが、ゴルフにあまりいい感情を持っていないようだ。

ゴルフは仕事柄よく誘われるだけに、選択肢として無いわけではなかった。

祭りだけでも厳しいのに、その上ゴルフも始めるとなると、お金もそうだけど、時間的にも家族はほぼほったらかしになる。

やまもっさんに誘われたんがゴルフでなくてよかった。事なきを得てホッとした。

話の内容が、話したかったこととはズレていた。

「話を戻すと、正直、出資は先輩孝行やと思ったんや。最初のまとまった出費は痛かったけど、出資したらえらい喜んでくれてな。北海道もお金も気ぃも使わさんようにマイルで招待してくれてん。僕が一口馬主を始めたとしても、せいぜい一緒に観戦するだけやのにな。もしかしたら、前に飲んだときに『なんか年中できる趣味ないですかね。ラグビーは季節もんやし』みたいなこと言うたのを、気にしてくれてたんかもしれん」

「そこなんよね。やまもっさんはまったく悪くない。悪いのは定期預金を勝手に解約した英ちゃん。確かに定期預金は英ちゃんが独身時代に貯めたものだから、英ちゃんの好きにしていいお金かと訊かれれば、そうだよ」

（お、そこはわかってはいたんや）

そう思えたのは一瞬だけだった。

「英ちゃんには話してなかったけど、私も独身時代の貯金はあったんだよ。でも引っ越しで家具買い足したり、食器買い替えたり、子供の塾代とかで消えていったんだよ」

声のトーンが真実を物語っていた。

（知らんかった……。しまり屋やから、うまいこと家計をやり繰りしてくれているもんやとばかり思っていた……）

「結婚してからの貯金にはいっさい手をつけてない。これは二人で貯めたものだから、使うときは二人で話し合ってと思っているの」

嫁さんの思いに申し訳なくて、言葉が出なかった。

「貯金は生きていくためのもの。だから趣味に使うのはなんにも問題ない。でも私にも相談ぐらいはしてほしい」

ただただ頭が下がった。

運転中で助かった。まともに顔が見られなかった。

「私も前から欲しいバッグがあったから、いい機会だし思いきって買ってもらっちゃったけどね」

嫁さんが顔を突き出して、ペロッと舌を出した。

完敗だ。僕よりはるかに上手だった。

チラ見した横顔は、昔と変わらぬ僕好みの笑顔だった。


阪神高速湾岸線に入った。これで合流やレーン移動を気にしなくてすむ。

後部座席では子供たちが爆睡したままだ。起きる気配もない。

「最初は出資したお金がほんまに回収できるかどうかだけが気になってな。競馬にそれほど興味もないし、やまもっさんと楽しく飲んで出資したお金が戻ってきたらそれでよかってん。それがラッキーバレットの新馬戦、あれで変わった」

「わかる！　あのレースよね」

なんと夫婦が同じタイミングで一口馬主にハマっていたのだ。

「鳥肌が立った。すごい興奮、すごい感動。体中を電流が走った。いや、そんな言葉では言い表せん」

「そうッ。感動して思わず泣いちゃった」

（おお、まじか。恐怖の、鬼の眼に涙。もとい、嫁の眼に涙）

競馬場での姿といい、今日は嫁さんの知らなかったところをたくさん知ることができた。

「あのレースで出資馬を純粋に応援する気持ちが僕の中で芽生えたよ。配当はいいに越したことはないけれど、それだけじゃない。なんか違う。そう、やっと趣味が見つかった気がしたよ」

隣で嫁さんが頷いた気がした。

「ラッキーバレットの新馬戦が終わって、根拠はないけど、やまもっさんの言う通り、出資したお金は回収できる気がしたよ。生き物のことだから絶対はないけど」

「わたしもそう思ってた」

運転しながらこけそうになった。

（そう思っていたんなら僕にプレッシャーをかけなきゃいいのに）

「でもおかげでドキドキできたんじゃない」

嫁さんにはお見通しだった。掌で踊らされていただけだ。

「一口馬主をするのは止めへんから、ちゃんと相談して。貯金はお金を貯めるのが目的じゃない。必要なときに使えるお金を準備しているだけなんだから」

言葉でこめかみを撃ち抜かれた。

嫁さんにはかなわないな……。

（ん、ちょっと待てよ。今、出資の許可が出たよな？　違うかな？）

確信が持てなかったので念のため確認してみることにした。ただ、話の持っていきかたが非常に難しい。

少し考えて、

「わかった。こんど出資するときは一緒に選んでみる？」

一歩踏み込んでみた。どうせならこちら側に引き込んで、夫婦で一緒に楽しむほうがいいに決まっている。

「えッ、いいの。どうしよ。でも楽しそう」

また肩を揺すってきた。

「あぶねー」

「ごめんッ」

今度は慌てて手を放してくれた。

でも思った以上の反応だった。やっぱり出資の許可は出ていたようだ。

「ラッキーバレットや他の出資馬を応援する楽しみができたけど、やまもっさんにはその先も楽しいよと言われたよ。『ラッキーバレットは牡馬やから、種牡馬になるかもしれんし、牝馬に出資したら繁殖入りするかもしれない。将来、その子供たちがクラブから募集されると、きっと応援したくなるよ』だってさ」

「それいいね！　親子を応援するなんて」

「血統を応援するのもなんか楽しそうやろ」

嫁さん接待と位置付けていた今日の観戦だったが、想像以上の収穫があった。

たまには夫婦でちゃんと話をするのも大事かもしれない。

八　はなみずき賞

「決め手に欠けたな。もう少し前でレースを進めてもよかったかもしれん。追い出しのタイミングは間違ってないから、現時点では力負けやな。このまま日本ダービーのステップレースである京都新聞杯に向かうのも考えたけど、レース後も馬体や脚元に異常はないから、次戦は四月十三日のはなみずき賞に浜前騎手で向かおうと思う」

毎日杯から数日後、和泉調教師のコメントが発表された。

はなみずき賞は阪神競馬場でおこなわれる芝の二〇〇〇メートルの特別戦だ。出走すれば中二週でのレースとなる。

正直無理させすぎの気がしないでもなかった。

放牧明けの三戦目。おそらく次は京都新聞杯に向かうだろう。仮に日本ダービーに出走となると、三ヶ月で五戦となる。

「カリフォルニアサラブレッドクラブも和泉のおっさんも気持ちはわかるけど、焦りすぎちゃうか。まあ、馬の状態がよっぽどええんやろな。どっちもまだダービーに出たことないから、前のめりになるんもわからんではない。でも、このクラブのええとこは、安い馬でコツコツ稼いで、会員に長く一口馬主を楽しませるとこや。だから基本はダートやわな。それが芝で可能性のある馬が出てきたもんやから、一発賭けたくなったんやろ。まあ、ダービーにはそれだけの価値が十分あるけどな。クラブにとっても、調教師にとっても、そして馬にとってもな」

確かに日本ダービーは別格だ。

「やっぱり使いすぎですか」

「ああ、使いすぎや。ただ、使いたくなるぐらい、調教での動きが抜群なんやろな」

電話の向こうから、やまもっさんの不機嫌さが伝わってくる。

「中二週でレースに出すのはなぜですかね。日程がきつくなるのはわかっているでしょうに」

京都新聞杯に直行でいい気がする。

「なにせ今年は獲得賞金のボーダーラインが高いから、京都新聞杯で二着やと賞金は加算できるけど、ダービーに出走できるかどうか微妙やからな」

「なるほど。二着だと賞金的に届かない可能性があるんですね」

「万全を期すなら、賞金を積み上げといたほうが安全やわな。今年は距離適性で回避する馬が少なそうやからな」

「距離適性で回避することも多いんですか？」

「多いよ。中距離までの馬にダービーの距離は長すぎるからな。例年ならＮＨＫマイルカップに向かう馬がもっとおるんやが、今年はダービーに出走できる馬で距離適性からそっちに回る馬が少なそうなんや」

「そんな理由があるんですね」

「これぱっかりは運もあるからな。前の年度なら出走できてたとかな」

年度による運、不運は確かにありそうだ。

「やまもっさんやったら、はなみずき賞はどうですか？」

「俺ならパスや。京都新聞杯に直行する。勝ったらダービー、負けたら放牧でええ」

やまもっさんの話は胸にストンと落ちた。

はなみずき賞を現地で観戦したかったが、僕もやまもっさんも祭り関係の用事で泣く泣く断念した。

「家に帰ってレース結果を見るから、絶対に連絡はせんといてくれ」

嫁さんに強くくぎを刺して、家を出た。

にもかかわらず、レースが終わったころには嫁さんからしっかりメールが届いていた。

それも二通。

すごく気になる。

勝ったのか、勝てなかったのか。

（勝っていたらありえるな。嬉しくて二通メールをしてしまった。うん、あるな。負けたら二通はないか。いや、何とも言えん。悔しくて送信した可能性もある）

あれだけ念を押したのに、なぜメールをしてくるのか。少し腹が立った。

用事を終えて、若頭の仲間と町会館で一杯やりながらも、レースの結果が気になって気になってしかたがなかった。

ほろ酔い加減で解散すると、ダッシュで家に帰った。

「ただいまー。結果、言うなよー」

機先を制して、二階の部屋に駆け込んだ。

急いでパソコンを立ち上げ、ＪＲＡのホームページを開いた。結果が表示されないように細心の注意を払って、映像のページまでなんとかたどり着いた。

レース映像のボタンをクリックした。

レースは九頭立てと小頭数のレースだった。

ラッキーバレットは緑帽子の⑥番で、鞍上は浜前騎手だ。

「全頭おさまりました。態勢完了。スタートしました」

アナウンサーの声が聞こえる。

ゲートが開くと、ラッキーバレットがポンッと飛び出した。

相変わらず、スタートは抜群にうまい。

ちょっと外めの枠から、すッと最内につけた。

二番手で一コーナーを曲がっていった。騎手が促さなくても前めにつけることができるのがラッキーバレットの強みだ。

赤い帽子の馬が、ポツンと一頭出遅れていた。

二コーナーから向正面あたりでラッキーバレットがいきたがるのを、浜前騎手が手綱を引いて懸命に抑えている。

ここを抑えきれるかどうかが最後の直線で効いてくる。

一〇〇〇メートルの通過が一分二秒台。少し遅い。

ラッキーバレットがいきたがったというよりはペースが遅いので、ポジションをキープするために抑えているのかもしれない。
そのままの隊列で三コーナーを四番手で入っていった。いい位置だ。
ペースが遅いため、このままではうしろからの馬は先頭まで届かない。
騎手に促されて後続馬が一斉に上がってきた。先頭との差が徐々に縮まってくる。
四コーナーを回ると一団となり、直線を向いた。馬同士がぶつかりそうな間隔だ。
まだ逃げた馬が内で粘っている。
ラッキーバレットのうしろから、青い帽子の馬が馬体を合わせてきた。
浜前騎手はまだ動かない。じっと我慢している。
三頭並んだ真ん中で、浜前騎手が追い出すタイミングを計っている。
残り四〇〇メートルを切った。
ようやく浜前騎手がムチを入れ、ゴーサインを出した。
しかしラッキーバレットが反応しない！　まだだ。
浜前騎手が全身を使って促している。
「あかんッ」
今回も伸びてこないかと目をつむりそうになった。
二〇〇メートルの標識手前で、ようやくラッキーバレットのエンジンがかかった。
騎手のゴーサインからラッキーバレットが反応するまでに、よくタイムラグが生じる。

ほんと心臓に悪い。

しかし、エンジンがかかると素晴らしい伸びだった。

脚の回転が速くなり、すッと一瞬で前にでた。

首をうまく使い綺麗なフォームだ。

あっという間に二馬身差をつけた。

よし勝ったと思った瞬間、出遅れた赤い帽子の馬が、外からものすごい勢いで飛んできた。

青い帽子の馬を並ぶ間もなく抜き去ると、いっきにラッキーバレットに迫ってきた。

ラッキーバレットもムチが入って伸びているが、
二馬身が一馬身、
一馬身が半馬身
一完歩ごとに差が縮まる。

半馬身がクビ差、

（あかん、差されるッ）

と思ったところでゴール板を通り過ぎた。

かろうじてクビ差、しのぎきった。

さすが浜前騎手だ。

見ている方はヒヤヒヤしたが、レース映像を見直すと、最後は少し腰を浮かせ、浜前騎手は余裕を持ってゴール板を通過していた。

映像が終わると、背もたれに体を預けた。

時間にして二分ちょっとのレースだがドッと疲れた。喜びというよりは安堵感のほうが大きいかもしれない。

ドアがノックされ、嫁さんが顔を出した。

「見終わった？　勝ったねー。めっちゃ嬉しかったー」

「連絡せんといてくれって、言うたよね」

苦情が先に口を出た。

「ごめーん。我慢できへんかってん。誰かと喜びをわかち合いたかってんけど、子供らは反応がイマイチで、思わずメールしてしまってん」

（思わずやない）

舌を出して両手を合わせているが、こっちは危うくレースを見る前に結果だけを知るはめになるところだった。

両手を合わせたことで謝罪は終わったとばかりに、いかに手に汗握ったかを興奮気味にまくしたてた。

僕の不機嫌さなんてまったく気にしていないようだ。

（でもこれだけ本気で喜んでいるならよかった。これこそほんまに棚から牡丹餅やな）

そう考えると心が晴れてきた。

「まあ、勝ったからよしとしよう。やまもっさんがええ馬勧めてくれた」

「ほんと、やまもっさんに感謝やわ。ところで英ちゃんは馬券買ってたの？」

「応援馬券を単複一〇〇〇円ずつだけな」

ネットで馬券を買うと通帳を見ればすぐにバレるので、正直に答えた。

ネットで馬券を買う弊害だ。

「あれ、そんだけ？　でも、よかったやん、勝ったんだから。今度なんかご馳走してもーらおっと」

四〇〇〇円程度勝ったぐらいでご馳走させられては堪らない。

「数千円勝ったぐらいでご馳走なんかできるか。今度、ドーンと勝ったときにご馳走したるわ」

その場で否定しないと碌なことにならない。

「あら、残念。じゃあ次は大勝負になるね。楽しみにしてる」

そう言い残して部屋から出ていった。

さすが、敵もさるもの引っ掻くもの。

しっかり「次は」と念を押していった。

やられた。

九　京都新聞杯

翌日の皐月賞で衝撃が走った。

毎日杯を勝ったソノワインが制したのだ。九番人気と人気は背負わなかったが、先行してしっかり抜け出し、クビ差逃げ切った。

単純比較はできないが、ラッキーバレットは毎日杯でソノワインとはコンマ五秒の差だったから、皐月賞なら七着相当だった。出走できなかったのが悔しい。

それより驚かされたのが、去年やまもっさんに一押しされたクマクマの16が桜花賞で二着になった。

有望な仔馬は一歳の夏に満口になる一口馬主の世界で、骨折の影響があったとはいえ二歳の夏前まで出資を募集していた馬だ。

やまもっさんの相馬眼に心底驚かされた。

ラッキーバレットもこれに続いてくれることを願ってやまない。

この二頭の活躍を目の当たりにすると、ラッキーバレットも日本ダービーに出走できるんじゃないかという思いがより一層強くなった。

そんな中、クラブから中二週で京都新聞杯を目標にすると発表された。

距離延長については好都合との和泉調教師の談話も出た。

ラッキーバレットが日本ダービーに出走するためには、京都新聞杯で二着以内にはいり賞金を加算するしかなかった。

怪我だけは避けてほしいが、僕の素直な気持ちとして、京都新聞杯に向かうのは嬉しかった。初めて出資した馬がこんな舞台にまで登ってきてくれるとは思いもしなかった。

嫁さんもラッキーバレットの活躍を心から喜んでいるようだ。毎朝毎晩、うるさいぐらいに話しかけてくる。

ネットの掲示板でも意見は割れていたが、その大半は僕と同じ意見だった。やっぱり日本ダービーは特別だ。

ラッキーバレットへの出資金も、はなみずき賞を勝ったおかげで三歳の春にしてほとんど回収できた。あとはコンスタントに走ってくれさえしたら、お釣りがきそうだ。

趣味として楽しみながらも、回収の目処が立ったことに安堵している自分がいた。

なんやかんやいいながら、出資したお金が本当に回収できるのか、ずっと気になっていた。

やっぱり僕は、お金に関しては大胆にはなれそうになかった。

いよいよ出資馬であるラッキーバレットが京都新聞杯に出走する。

ネットの掲示板では賛否両論書き込まれていたが、一口馬主初心者の僕としてはこのチャレンジは素直に嬉しかった。

牡馬のクラシックは皐月賞、日本ダービー、菊花賞だが、その頂点といっても過言ではないのが日本ダービーだ。馬主、調教師、騎手、すべての競馬関係者が最も勝ちたいと願うレースだ。

今年は五月二十六日に東京競馬場でおこなわれる。

日本ダービーは、皐月賞で四着以内、青葉賞で二着以内、そしてプリンシパルステークスで優勝すると優先出走権が与えられる。しかし残念なことにすべて関東でのレースだ。

京都新聞杯は日本ダービーへの優先出走権はないものの、GⅡレースなので優勝馬と二着馬は獲得賞金が加算される。

優勝すると賞金基準で確実に出走でき、二着でもそれまでの獲得賞金次第で出走が可能となる。

賞金加算できる関西の最終レースであることから、京都新聞杯は「日本ダービーへの東上最終便」と呼ばれている。

このレースの優勝馬には日本ダービーを制したキズナを始め、その年代を代表するような馬も多い。

一口馬主を始めた一年目からそんなレースに出資馬が出走するなんて、夢にも思わなかった。しかも単なる出走ではなく有力馬として出走するのだ。

毎日ワクワク感が止まらない。おかげでどっぷりと一口馬主にハマってしまっていた。

ふと、北海道の牧場で出会った品のいいご婦人の言葉が思い出された。


「いよいよやな」

「いよいよですね」

いつもの居酒屋でいつものやまもっさんだ。レース前日に急遽飲むことにした。集合時間は二十三時だ。

こういう飲みは何時からでもいい。ラッキーバレットの話がしたい。僕を一口馬主に誘ったやまもっさんの気持ちがよくわかった。

明け方まで開いている居酒屋はほんとありがたい。際限なく飲むもんが多い岸和田のニーズをよく摑んでいる。

「まずはお疲れさん」と乾杯した。

「けっこう印もついとるな」

「今のところ、三番人気ですね」

「三番人気か、縁起ええな」

過去五戦して、三番人気は二戦二勝と抜群の実績だ。

「ほんま、このままいってほしいですね」

験担ぎでもなんでもいいから、ラッキーバレットが京都新聞杯で二着以内に入り、日本ダービーで走る姿が見たい。

「調教は毎度ほれぼれするな。抜群や」

「ほんまそうですね。最後の一ハロンは確実に一一秒台でくるんですから。かといって、調教番長でもないですしね」

調教番長とは調教ではすごくいいタイムを叩き出すが、いざレースになるとさっぱり走らない馬のことだ。

「レース間隔が空いてないことだけが気になるな」

「ひっかかるのはやっぱりそこですか」

「なんやかんやいうても、まだ馬体が完成してない時期やからな。本来はもっとゆったりとしたローテーションにしたらんといかん。高校野球でピッチャーの投球数が制限されるんとおんなじや」

やまもっさんが顔をしかめた。

「確かに成長を考えると、よくなさそうですね」

体を酷使したツケはどこかで回ってくる。僕自身もラグビーで経験していた。

「三月の一勝クラスのレースで勝てんかったのが返す返すも痛かったな。競馬にたらればはないけど、あそこを勝ってたら、ローテーション的にはだいぶ楽やったんやけどな」

「痛いハナ差負けでしたよね。あれ勝っていたら毎日杯、京都新聞杯、日本ダービーとレース間隔的には理想的でしたもんね」

素人の僕でもそこはわかった。

「まあ、俺らが心配してもしゃあないんやけどな。専門家が近くでみてるんやから間違いないと思う。俺らはあくまで結果からの逆算やからそう思うだけで、そのときそのときの一番いい選択をしてくれてるはずや」

やまもっさんの言う通りだ。

「まあ、たくさんレースに出てくれているから、僕らも楽しませてもらえているのも事実ですしね」

「それは間違いない。めちゃめちゃワクワクさせてもらってるからな。しかも戦ってきたメンツもなかなか豪華やったから、なおさらやな」

「皐月賞馬をはじめ、そうそうたるメンツですからね」

そこは胸を張れるところだ。

「今回二着以内やとダービーか。でも二着やと微妙やな」

「今年は賞金のハードルが高そうですからね。例年だと問題ないんでしょうけど、今年は群雄割拠ですから」

「群雄割拠て、ええように言うなぁ」

「ええように考えんと」

笑いながら生ビールをあおった。

悪く言えば、この年代はどんぐりの背比べだ。

「そういう意味では、はなみずき賞に勝ったんは大きかったな」

「クラブと厩舎の英断ですかね」

「そやな。そこはちゃんと計算してたんやろな。今年はダービー回避組が予想通り少なかったからな」

「日本ダービーに出走してほしいですけど、こうして出走できるかもと妄想するだけでもけっこう楽しいですね」

僕の本音だ。

「そう言うてくれると、誘った甲斐があったわ」

僕の言葉にやまもっさんが笑顔になった。

「はなみずき賞を勝ったから、ラッキーバレットもオープン馬か」

「すごいですよね。こんな言い方したらあれですけど、カリフォルニアサラブレッドクラブの所属で、これだけクラシック戦線のど真ん中で戦っている馬は初めてじゃないですか」

「初めてや。ダート向きやと一億円以上稼いでる馬もおるけど、ダート向きやからクラシックには無縁やしな」

「そういやダート向きとはいえ、このクラブ初の重賞馬によく出資できましたね」

「このクラブは七、八年前に設立されたばかりで、当時は会員も少なくて出資したい馬はじっくり様子見して出資できたんや」

「そんな恵まれていたころもあったんですか。でもこれからが楽しみですね。あとに続く馬も出てくるでしょうし」

「間違いなく出てくる。ラッキーバレットを入れて今やオープン馬が四頭やからな。それもウエストファームの馬ならともかく日高の馬でや。クラブの相馬眼が半端ないな」

やまもっさんの生ビールが空になったので追加注文した。

「ところでラッキーバレットは八枠に入ったな。そこがちょっと心配や」

運ばれてきた生ビールに口をつけながら、やまもっさんが気になることを言った。

「八枠はあかんのですか?」

がっちょの唐揚げを口に放り込みながら聞いた。この店のがっちょの唐揚げは旨い。

「八枠の勝率は確か五パーセントぐらいやったんちゃうかな。たぶんコース特性から不利なんやろな。不幸中の幸いは頭数が一二頭とそこまで多くないことやな」

「そんなに勝率が低いんですか。枠は全部で八つですから平均すると一二・五パーセント。うわッ、その半分もないんですね」

あまりの勝率の低さに驚いた。

「さすがに低すぎや。京都競馬場での芝の二二〇〇メートル戦はメインスタンドの直線入り口付近からスタートするんや。一コーナーまでが四〇〇メートル弱あって長いけど、直線で平たんやからテンの入りが速くなりやすいんかもな。八枠からやと内に馬が多すぎて、一コーナーまでに無理して前に出ようとすると、脚を使ってしまって最後までもたんやろうし、脚を使わんかったらどうしてもうしろからの競馬になるんやろな」

「前めでレースを進めるほうがいいんですか？」

「平場やと逃げか先行が有利やけど、重賞クラスやとどの馬も能力があるからもう少しうしろの先行から差しが有利かな。ただ、どのクラスでも前が止まりにくいから、追い込みでは届かんことが多いな。この競馬場は三コーナーまでがのぼりで、コーナーを曲がるころからくだり始める。ここでいっきにスピードが上がるから離されずについていけるかがポイントや。阪神競馬場と違って、一瞬の切れよりもスピードの持続力が問われるから、ラッキーバレットには向いてると思うんや」

「そうですか、向いていますか」

それは嬉しい話だ。やまもっさんの言葉は信頼できる。

競馬場ごとにコースの特徴があり、馬ごとに向いているコースがあるというのも面白い。

「脚質からすると最初は力のいる阪神競馬場の方が向いてると思ってたけど、今までのレースっぷりからするとこっちの方が向いてるかもしれんな。ここはディープインパクト産駒やステイゴールド産駒が強いけど、今回はおらんから幸いや。ただ、ハーツクライ産駒とハービンジャー産駒も京都競馬場では強いんや。新馬戦で対戦したハーツクライ産駒のヤマトノクロニクルとハービンジャー産駒のアウトヴィクタは強敵やな。特にヤマトノクロニクルは近江厩舎やろ。この厩舎はこの競馬場の重賞には抜群に強いんや。ほんでラッキーバレットが二戦目の福寿草特別で負けたヤマトノリュウガ。大和さんとこはこの馬ともう一頭の二頭出しやけど、どっちも強い。ラッキーバレットとは一勝一敗やから、ここで決着つけんとな」

「ライバルたちはやっぱり強そうですね」

勝ち負けになりそうなライバルが一、二頭はいるだろうとは思っていたが、そんなに多いとは思っていなかった。

「強いのが多いけど、ラッキーバレットもこんなとこで足踏みしてる馬やないはずや。それでもこれまでのレースから考えたらメンバー的にはだいぶマシやで。ライバルの問題というよりも、どっちかというと、今回は自分自身との闘いになるかもな。パドックで馬体が寂しくなってなかったら、まあ何とかなるやろ。馬券も大勝負してええと思う」

やまもっさんの親指が立った。

「いっちゃいますか」

「パドック見てからな。万が一ということもあるから、複勝も買って三着でもチャラになるようにしとかんと、家でどえらいことになるぞ」

ワハハッ……。

おっさん二人の飲み会は盛り上がりすぎて、結局お開きになったのは日をまたいだ午前三時だった。


寝不足と二日酔いのまま、待ち合わせ場所である南海電車の岸和田駅に向かった。

頭がガンガンする。自業自得だ。

「口取り式」には外れたが、現地観戦は予定通り実行だ。

酔っぱらいのおっさん二人が奮発して特急ラピートに乗った。五〇〇円は痛いが一人でゆっくり寝られる席はありがたい。

嫁さんは笑顔で送り出してくれた。

心なしか、送り出す嫁さんの顔が強張っている気がした。祭りの朝に、法被に塩をかけて送り出してくれるときとおんなじ顔をしていた。

嫁さんも行きたかっただろうが、やまもっさんとの時間を尊重してくれた。感謝だ。ありがとう。

京都競馬場は土曜日にも関わらずけっこうな人出だった。この競馬場はコースの中の池に噴水があり優雅な時間を感じさせてくれる。

コース上では一つ前のレースの本馬場入場がおこなわれていた。

馬場の状態を確かめたくて、同じ芝のこのレースを見てからパドックに向かうことになった。

「レースで人気を背負う騎手がどのへんの位置取りでレースを進めるか。最後の直線で内を突くか外に出すか。このあたりに注目して見るとええよ。面白いで」

やまもっさんのアドバイスに従って、一番人気のヤマトノクロニクルに騎乗する池田騎手と、三番人気のアウトヴィクタに騎乗するリメール騎手、そして現在二番人気のラッキーバレットに騎乗する浜前騎手の三人の騎手に注目して観戦することにした。

このレースは頭数が一一頭で、京都新聞杯とほとんど変わらなかった。距離が四〇〇メートル短いだけだ。

レースは最後の直線で外に出した④番の馬が鮮やかに差しきった。

「今日は外に出した方がよさそうやな」

やまもっさんの言葉通り、レースは中団よりうしろからレースを進めた馬同士での決着となった。両馬とも最後の直線で外に出して差しきっていた。

一番人気のヤマトノクロニクルに騎乗する池田騎手は、二番手から内を選択して三着に粘りこんだ。

アウトヴィクタに騎乗するリメール騎手は、かなり後方から外を回って追い上げたが四着だった。

そしてラッキーバレットに騎乗する浜前騎手は、逃げて最内を選択したが一〇着に沈んだ。

「興味深いレースやったな。浜前と池田は内を確かめた。ほんでリメールは外を確かめた。池田は粘ったけど内は思ったほど伸びず、外は伸びた。結果、うしろからきた馬のワンツーや。もっとも浜前と池田の騎乗した馬は下位人気やったし、一着、二着は一番人気、二番人気での決着やから、妥当といえば妥当やけどな。ただ、ほぼ最後尾からのリメールはとどかんかった。だからリメールは京都新聞杯では一列前でレースをするはずや。池田は逆にこのレースよりも一列うしろからや。さあ、浜前はどこですすめるか」

「ラッキーバレットは八枠⑪番だから、だいぶ外からのスタートですね」

やまもっさんがニヤッと笑った。

「そや。それがラッキーバレットに吉とでるか凶とでるかやが、今回はどうも吉とでる気がする」

「吉となることもあるんですか？　昨日の話だと、先行するラッキーバレットにはてっきり不利だと思っていました」

　やまもっさんの言葉は少し意外だった。

「普通はそうや。でも今回はありえる。頭数がそこまで多くないからな。ラッキーバレットはスタートがええやろ。内枠に入ってたら、不本意ながら一コーナーを先頭で回ってくるかもしれん。もしくはラッキーバレットがすッといってしまうと、逃げたい馬はラッキーバレットを追い抜いていかなあかんから、レースペースが速くなる可能性が高い。そうなると前めに位置取りしたラッキーバレットは最後の直線で馬群に沈むことになるわな。ほんで、さっきのレースでは、内の馬はそないに伸びてなかったやろ。だから馬場的にも先行策は不利かもしれん」

　内にいた馬では池田騎手が騎乗した馬以外はほとんど伸びていなかった。

　かといって、前めにつけて最後の直線で大きく外に出すのは、進路妨害にもなりかねないため難しい。

「それが外枠からのスタートやからな。浜前が押していかんかぎり先頭に押し出されることはないやろ。理想は前から五頭目ぐらいかな。中団ちょい前らへん。うしろすぎるとどかんから、ラッキーバレットのこれまでのレースぶりからすると八頭目がギリやな。ほんまは四枠前後がよかったけど、こればっかりはしゃあない。一枠やなかっただけでもよしとせなの」

「そういうことやったんですね」

やまもっさんが頷いている。

「まあ隣の⑫番の馬が逃げると思うから、被されて下がりすぎんようにだけは注意せなあかん」

「馬券買うときはいつもそこまでレース展開を読んでいるんですか？」

僕はレースをここまで予想して見たことがないので、驚きしかなかった。

「レース展開を読むんが楽しいんや。レース展開によって、馬券内に突っ込んでくる穴馬の脚質が変わってくるからな。人気のない穴馬を狙うには、レース展開を読むんは必須や。想定通りのレースになるか、はたまた出遅れや好スタートによって展開が変わるか。馬券を買わんでもけっこうおもしろいで」

そんな話をしているうちにパドックに着いた。⑧番の馬が係の人に曳かれて出てくるところだった。

「日本ダービーへの東上最終便」といわれるレースだけあって、土曜日にも関わらずパドック周りはけっこうな人だかりができていた。

「追い切りは相変わらず抜群やった。浜前が跨ってるとはいえ、ウッドチップコースを馬なりで最後一一・五やからな。問題は馬体がどうなってるかや」

やまもっさんが目を細めた。

ラッキーバレットが係の人に曳かれて姿を現した。芦毛なだけに馬体は遠目ではよくわからなかった。落ち着いているようには見えた。

「ちょっと前にいこか」

なんとかパドックから近いところに二人分のスペースを確保できた。

出走する全頭が周回している。

電光掲示板ではラッキーバレットの馬体重は前走比プラス二キロの四八〇キロと表示されていた。

「馬体重はええかんじやな」

やまもっさんがつぶやいた。

現在、三番人気だった。

「ヤマトノクロニクルとアウトヴィクタが一番人気、二番人気ですね」

三番人気は縁起がいいが、それでも思っていたよりもラッキーバレットの評価が低いのが少し気に入らなかった。

「まあ、四連戦やからな。パドックで評価が変わるやろ」

馬体重とパドックを見て、やまもっさんも少し安心したようだ。

馬体重が大きく減っていなくてよかった。

ラッキーバレットが係の人に曳かれてまた目の前に回ってきた。僕には馬体は寂しくは見えなかった。

やまもっさんがじっと見つめている。

「悪くない」

やまもっさんが小刻みに頷きながら言った。

それからラッキーバレットが何回か目の前に回ってきたが、チャカつくこともなく落ち着いていた。

「とまーれー」

周回していた全頭の動きが止まった。

騎手がそれぞれ騎乗する馬に駆け寄っていく。

ラッキーバレットに騎乗予定の浜前騎手は、前のレースで騎乗していたので間に合わなかった。かわりに和泉調教師が姿をみせた。

「和泉のおっさんに勝たせてやりたいな」

見た目はどこにでもいる好々爺だ。

「俺、このおっさんの騎手時代、けっこう好きやったんよ。フェアーやったからな」

僕はそこまで競馬にハマってはいなかったので、騎手だったことぐらいしか知らなかった。

「スポーツ新聞には『二着では賞金的に微妙なので、勝って日本ダービーに向かいたい』とコメントしていましたね」

「今年は賞金のボーダーラインが高いからな。でも、デキは悪くないで。今日のラッキーバレットはありや」

出走馬がパドックから本馬場へ向かったので僕たちも馬券を買いに行った。

嫁さんからは応援馬券代として一〇〇〇円預かってきた。僕はへそくりを全額持ってきていた。

ラッキーバレットは二番人気になっていた。パドックでの気配がよかったので、買われたのだろう。

いざ馬券を買うとなって、迷いが生じてきた。

嫁さんは迷いなく単勝一本勝負だ。

決めきれない自分に、思わず苦笑してしまった。

天使と悪魔というには少し大げさだが、ラッキーバレットを応援する純粋な気持ちと、馬券を当ててへそくりを増やしたいという、ちょっとよこしまな気持ちが、僕の中で入り混じっていた。

一万円だけ残して安全に買うと、三着以内だと相手次第でトントンから若干のプラス、一着だと僕のへそくり史上最高金額が懐に転がり込む。

北海道の牧場にも行けるし、後輩と飲みに行くのにも嫁さんを拝み倒さずにすむ。キャバクラは……、違う意味で止めておこう。

いろんなことが頭をよぎった。


散々迷った挙句、嫁さんと同じく一〇〇〇円だけ応援馬券を買った。お金よりも純粋にラッキーバレットを応援したい気持ちが上回った。

やまもっさんはとチラッと覗くと、一〇〇〇円札を自動発売機に入れていた。

「こまっちゃんもついに一口馬主にハマったな」

やまもっさんがニッと笑って親指を立てた。


馬券を買って、ゴール板前に向かった。競馬を見る場所としてはここが一番好きだ。けっこう混んでいたので、少しうしろから見ることにした。

ターフビジョンには、輪乗りが映し出されている。ラッキーバレットは落ち着いているように見えた。ただ、いつもはもう少し下を向いたりしておとなしい気がするが、気合いが入っているのだと、いい方に解釈した。

さっきまではへそくりも増やしたいという気持ちもあったが、今は馬券なんてどうでもいいから勝ってくれと願うばかりだ。

スターターが台に上がり、旗を振った。

さあ始まる。

パーンパカパーン、パパパ、パンパカーパーン。パーンパカパーン、パパパ、パンパカーパーン。パパパ、パンパカパーン、パパパパパ、ジャーン、パパパパーーーン。

曇天の競馬場にファンファーレが鳴り響いた。音楽隊による生演奏だ。

ファンファーレが終わると、奇数番号の馬からゲート入りが始まった。

ピンクの帽子の⑪番、ラッキーバレットもすんなりゲートにおさまった。偶数番号の馬のゲート入りを待つ。

（落ち着いて、いいスタートをきってくれ）

祈るような気持ちだ。

順調にゲート入りが進み、最後に大外⑫番の馬がゲートにおさまって、態勢が完了した。

ゲートが開いてスタートした。

ラッキーバレットが勢いよく飛び出した。いいスタートがきれたが、隣の⑩番の馬が体勢を崩してよれてきた。一瞬ヒヤッとしたが大丈夫そうだ。

しかし避けようとしたぶん、スピードに乗り損ねた。痛い。

リメール騎手騎乗のアウトヴィクタが出遅れた。

（よしッ）

思わず心の中で喜んだ。

やまもっさんの予想通り、大外⑫番の馬が前に出ようとしてきた。騎手がガンガン押している。

ラッキーバレットも浜前騎手が立て直して前に出始めたが、ダッシュがきかなかった影響か、三列目の三頭並んだ一番外で一コーナーを曲がっていった。大外を回らされている。距離のロスが大きい。
⑫番の馬が先頭に立ち、逃げ始めた。騎手の手が動く。
徐々に二番手の馬との距離が開きだした。

二コーナーを抜けるころには、二番手の馬とは三馬身以上の差がついていた。

ラッキーバレットは上手くポジションがとれず、思っていたよりも後方だ。

それでも浜前騎手は慌てず、ゆったりとしたリズムでラッキーバレットを走らせている。

向正面で馬群がばらけて、かなり縦長の展開になった。

ヤマトノクロニクルは、ラッキーバレットの一列前の最内につけている。

出遅れたアウトヴィクタが追いついてきて、最後尾を追走している。

逃げた馬がガンガン差を広げている。一頭抜けて、五、六馬身差ぐらいの大きな逃げになった。

ラッキーバレットはまだ中団のややうしろだ。上がっていくかと思ったが、浜前騎手は自重している。

一〇〇〇メートルを通過した。一分二秒台とアナウンスされた。遅い。大逃げしている馬で一分二秒台なのだ。離れた二番手以降はさらに遅い。

さっきの芝のレースは、古馬の三勝クラスの牝馬限定戦とはいえ、五八秒台で通過していた。

これはかなり先行馬有利の展開だ。

アウトヴィクタが外からラッキーバレットを追い越して上がっていった。

出遅れたとはいえ、最後尾からこのスローな展開ではとどかないとのリメール騎手の判断だろう。

浜前騎手は、それでも手綱をがっちりと絞ったままだ。

坂を上りきっても⑫番の馬の大逃げが続く。

坂を下り始めて八〇〇メートルの標識を通過すると、二番手以降の馬との差が少しずつ縮まってきた。しかし先頭とはまだまだ大きな差がある。

ラッキーバレットは依然後方だ。やばい。ここからではとどかない。

「あかんか」

やまもっさんの口からこぼれた。

あまりにも先頭との距離がありすぎる。

四コーナーを回って直線を向いた。先頭は逃げた⑫番の馬だ。二番手とはまだ差がある。ラッキーバレットはまだ後方だ。

しかし、ラッキーバレットは後方だった分、馬場の外に出すことができた。

ヤマトノクロニクルが二番手に浮上した。馬場の内を通っているが、いい伸びだ。

二〇〇メートルの標識を通過した。

浜前騎手がムチを入れ、ゴーサインを出した。

アウトヴィクタは脚が止まり、ラッキーバレットの前方で伸びを欠いている。

浜前騎手が懸命に手綱をしごいて促しているが、ラッキーバレットも伸びてこない。

(ああ、終わったか)

諦めかけたそのとき、ラッキーバレットの頭がすッと低くなった。

飛びが大きくなり、前を追いだした。

ラッキーバレットの内側二馬身ほど前にはまだ六、七頭いる。

ここでヤマトノクロニクルが先頭に立った。さすが池田騎手だ。敵ながらうまい。

しかし、ラッキーバレットも大外からいっきに差を詰めてきた。

隣の数頭をかわし、うちで粘っている馬群との勝負になった。

浜前騎手がムチを入れながら、全身を使って前を追っている。

先頭とは大きな差があったが、いっきに差を詰めてきた。

依然ヤマトノクロニクルが先頭で粘っている。

蹄の音がだんだん大きくなってきた。

「ラッキーバレット追い上げる、ラッキーバレット、ラッキーバレット」場内アナウンサーが、名前を連呼している。

すごい勢いでラッキーバレットが伸びてきた。

「こいッ、こいッ」自然と声が出た。

大外からぐんぐん伸びてくる。

残り一〇〇メートルあたりからは飛んでいるかのようだ。

浜前騎手が懸命に手綱をしごく。

八〇メートル、六〇メートル。

一完歩ごとに差が縮まる。

ムチの音が直接耳に届く。

「差せッ、差せッ、差せー」絶叫だ。

周りも大歓声だ。

蹄の音がさらに大きくなってきた。

馬群が目の前に近づいてくる。

ラッキーバレットが人馬一体となり馬群に迫る。

ラッキーバレットの前脚が伸び、馬体を大きく見せる。

その差が
二馬身、
一馬身、
半馬身。

最後の最後、ゴール板手前でラッキーバレットが先行していた馬群をまとめて差しきったように見えた。

ゴール板真正面での出来事だから、見間違うはずがない。

「きたー」思わず、ガッツポーズがでた。

隣でやまもっさんも拳を突き上げている。

言葉にならない。

ついに、ついに。

目の奥が熱くなる。

やまもっさんとがっしり握手だ。

「よっしゃー、よっしゃー」何度も何度も拳を振り下ろした。

頭が真っ白だ。

言葉にならない。

これで、これで、ついに日本ダービーだ。

エピローグ

後日、クラブからラッキーバレットの左前脚骨折が発表された。

全治六ヶ月だった。

レース後、ウイナーズサークルで記者に囲まれて、控えめにほほ笑んでいた和泉調教師の日本ダービー初挑戦は幻となった。

ラッキーバレットは骨折しながらも先頭でゴール板を駆け抜けていた。

六月十二日、栗東トレセン内診療所にて、剝離した骨片の摘出手術がおこなわれ、厩舎で経過観察されたあと、北海道の牧場に旅立っていった。

ラッキーバレットの日本ダービーへの挑戦が終わった。


天国から地獄とはこういうことをいうのだろうか。

あの日、肝臓が千切れるほど痛飲したやまもっさんから何度も謝罪の電話があった。その都度やまもっさんが悪いわけではないと言っても聞き入れてくれず、逆にその落ち込みようは見ていて痛々しかった。

嫁さんはクラブからの発表を知ると、ひとしきりラッキーバレットが可哀そうだと嘆き、その後は一転、僕に厩舎、クラブ、果ては馬場を管理するＪＲＡに毒舌を吐いた。さらに、ラッキーバレットの骨折を聞いた子供たちの反応が薄かったことが怒りに拍車をかけ、僕の負担を大きくした。

その後、嫁さんの怒りのはけ口に疲れた、もとい、話を聞いていた僕からの「北海道にラッキーバレットのお見舞いに行こうか」の一言で嫁さんは瞬く間に立ち直った。

今はどうすれば負担が少なく北海道に行けるか研究中だ。とりあえず以前やまもっさんから勧められた航空会社のクレジットカードに夫婦で申し込んだ。

そして僕はといえば、毎晩終電になるくらいただでさえ忙しい時期に、やまもっさんからの何度もの謝罪に嫁さんの悲しみと怒り……。そのときの心境をどう表現すればいいか悩んだが、大好きなコメディアンの台詞が一番ぴったりきた。

「だっふんだ」

そして現在の心境は、

「だいじょうぶだぁ」

最後に一言、

「皆さん、一口馬主を始めてみませんか？」

著者プロフィール
前田 守（まえだ まもる）
大阪府出身。大学時代に競馬にハマり、
社会人となり、友人の勧めで始めた一口馬主にハマる。

だんじりの走る城下町にて〜一口馬主始めました編〜

2024年２月15日　初版第１刷発行

著　者　前田 守
発行者　瓜谷 綱延
発行所　株式会社文芸社
〒160-0022　東京都新宿区新宿1－10－1
電話　03-5369-3060（代表）
03-5369-2299（販売）

印刷所　株式会社フクイン

ISBN978-4-286-24975-9